愛張・張愛

讀解 張愛玲

自序

緣起

2020 年是張愛玲傳奇一百周年,《愛張·張愛──讀解張愛玲》的出版別有一種懷念的情思。

「愛張」聚集了懂得與愛悅。懂得她的清堅決絕、寬容慈悲;愛悅她的淹然百媚、通透自然;沒有多的刺激性享樂,是一份端然的歡喜。即便逛櫥窗路過,也可以好奇欣羨。而沉湎其中,如雲影水流,怡紅快綠,自在輝映。只覺得凡有她的地方便有風光。

「張愛」是炎櫻對張愛玲的暱稱;這兩位最好的朋友曾經互稱彼此為「張愛」與「獏夢」[1],演出了〈雙聲〉。相對於《看張·張看──參差對照張愛玲》,《愛張·張愛》更簡單直接,「讀解張愛玲」自身並論及其他作家作品,各見兵氣,銳不可擋。而她的回

---

[1] 張愛玲自言因為嫌這個名字難聽,是以濃縮成「張愛」。而炎櫻原名「莫黛」,後來從阿部教授那裡,發現日本傳說中有一種吃夢的獸叫做獏,因此又改成「獏黛」。獏可以代表她的為人,而且雲髻高聳,本來也像個有角的小獸。「獏黛」讀起來不大好聽,有點像「麻袋」。所以又改為「獏夢」。張愛玲在文中即稱呼她為「獏夢」。參見氏著,〈雙聲〉《餘韻》,台北:皇冠文化出版有限公司,1987 年 5 月,頁 56、63。二人親暱的交情參見氏著,〈『卷首玉照』及其他〉《餘韻》,頁 46-47。

望過往人生、情鎖風月，寫「世味年來薄似紗，誰令騎馬客京華？」文字間少了些祕豔，鬱鬱蒼蒼的調子裡仍有瀕臨成熟的可親與平俗。「直須看盡洛陽花，始共東風容易別。」後期的她以孤獨之筆，演繹了繁華與荒涼的終極情境，令人低迴。

　　這本書集結了張愛玲作品的分析研究，分為二個部分，上部「追尋自我」，收錄的是張愛玲的類自傳書寫與家族小說；下部「互放光亮」，探討了張愛玲與相關作家作品的評介比較，包括東方蝃蝀、魯迅與林語堂。

上部，追尋自我

　　著眼於作家的「內傷」書寫與「生存窘境」的揭示。書寫觸及了好友的相知相隨、童年家庭的記憶、女校生活的剪影、作家生命中最重要的女性以及自身一生的最後回眸等，屬於類自傳小說以及家庭傳奇。

　　張愛玲生活中的女性（包括長輩及友人）與張愛玲文字裡的女性（姊妹小說）是一個永遠也不老的話題。「花與蝴蝶的追尋」描述著由少及長至老，滬港之間，與張愛玲往來、相交影響最『實在』的四位女性：母親、姑姑和好友炎櫻、蘇青。而展閱她的「女朋友小說」──包括〈不幸的她〉、〈心經〉、〈相見歡〉，〈同學少年都不賤〉等，其中角色人物個個心裡都有個小火山在，在現實生活中總是被掩埋著……。如此，一方面通過張愛玲自身的書寫得以一窺作家與女性交往的情誼，重現了張愛玲與庸俗世界的衝突與整合；一方面由這些個人親身的女性經驗於文字間的騰挪轉化，幫助我們進一步地開發了歷來「被引導者」的女性與限居「依附者」女性間「相知相覺」的面相。

〈茉莉香片〉，1943年7月刊登於《雜誌》第11卷第4期，是張愛玲發表的第三篇小說。內容描述一個年輕人找尋自己真正的父親，小說情節走過男主人公聶傳慶憎厭的家、不幸的童年、早逝的母親以及絕望的愛。他始終在欲求與匱乏之間苦惱著。作家通過欲望形成、自我主體的建構以及追尋破滅的過程，刻劃出故事主人公如何從一個精神上的殘廢到一個頹廢家庭的犧牲者，演述了「棄兒的家庭傳奇」；同時，經由作品文本繫聯作家的主體性，窺知了作家借人物自剖，混同自身的家庭傳奇，間接重繪了一幅陷在時代心獄中的女性畫像。

〈同學少年都不賤〉是張愛玲由港赴美後，於七〇年代敘寫的一部中篇。小說觸及了「女性情誼」這個別出的題材——對女性「相知相覺」的面相以及女性「生存窘境」的挖掘摹寫，並開發了「性」話題的陳述，同時技巧性地碰觸了「流浪／出走」和「家園」這二個人類精神生活最重要、卻在實踐中屢屢互相衝擊矛盾的主題，呈現出一個孤獨漫遊者的心境。而在書寫風格上，作家透過書寫記憶，揭示自己，段落短而速，用句素而省，點到為止，迅疾翻入淡漠，使過去的時間重獲了真實感，並寫出了人的局限。

2009年，一個具總結性的自傳意義的小說——張愛玲《小團圓》由皇冠文化出版。可視為另一種傳奇、另一種流言。儘管小說中人物紛雜，人名虛構，圍繞在女主人公盛九莉的情節（包括家族關係與情欲實錄）極具戲劇性，但皆可比對，幾疑是張愛玲個人的傳奇。《小團圓》宛如亂世孤島裡一塊末世的紀念碑，它呈現給我們一個比較完整的張愛玲的世界——可說是張愛玲對自己一生中各種感情的全面清算。在這裡，我們無可迴避地面對著張愛玲的本真：裡面人物像縷空紗、是缺點組成的；而情感是千瘡百孔的。

下部，互放光亮

　　作家與作家原有不同的方向，因為一個介點交會了，層巒疊嶂，使讀者產生「噢，你也在這裡」的驚喜之感。這些「光亮」分別包括了東方蝃蝀《紳士淑女圖》的評介，張愛玲的〈霸王別姬〉與魯迅的〈補天〉的故事新編，以及從翻譯的適應與選擇的角度比較張愛玲〈五四遺事〉與林語堂《啼笑皆非》的自譯。

　　作為四〇年代張愛玲的追隨者東方蝃蝀，生活在上海中上階層人家，他的小說《紳士淑女圖》等十二個故事，選材於他所熟悉的一切，以富麗纖巧、融會雅俗的獨特文字氣質為基點，記錄了上海城市的繁華變遷；描繪著世俗男女的形貌舉止；書寫著他們的興敗與榮辱、戀愛與婚姻、和諧與鬥爭，鋪展出「城市少年」的飛揚乍起以及終歸日常的往日情調。相較張愛玲細摩女性心理及現實生活的華麗蒼涼，他自稱是「沉溺在小說世界，沉溺在現實與想像、人生與藝術、真與美的交織之中」，是以更沉更濃的上海味，從繁華都市風景線的摹寫中迴身，描繪出一幅幅紳士淑女的圖影，留存了洋場故事的別樣風情。

　　故事新編是一種重寫（Rewriting）的工程。在採諸古事史材舊聞的述寫處理上，或著重於前文本的情境，或致力於情節改寫，許多作家都以各種敘事視角和技巧實踐了重寫的互文性。他們在接手歷史、傳統以及古典的傳承與嫁接的橋樑上，朝向「以今觀古」、「溫故知新」的道路前進，都力圖避免簡單的「舊瓶裝新酒」；紛紛嘗試於新的角度探索以及新的意義揭示。魯迅和張愛玲都曾經從事故事新編──他們分別重寫新釋〈補天〉〈霸王別姬〉，不僅限於傳承史事前情、重返一個古老的時空；更新構著文字世界，指向、穿越一個久遠的年代。

　　「兩腳踏中西文化」的林語堂以及曾經嚮往能像林語堂一樣用英語創作，在美國闖出一片天地的張愛玲都是漢語寫作中兼具雙語背景、能寫作的譯者。以 1943 年 2 月林語堂的英文創作 "Between Tears and Laughter"，於 1944 年自譯成中文版《啼笑皆非》（一到十一章）出版以及 1956 年，張愛玲 "Stale Mates——A Short Story Set in the Time When Love Came to China"發表於紐約《記者》（The Reporter）雙週刊，中文版題名為〈五四遺事〉兩篇作品為例：他們都面臨著一個戰後的世界秩序／社會文化重建的一個轉捩點，二者都以古代的儀俗生活和東方文化為對照面反諷著或批評了現代西方生活。他們在「自譯」是「原作最好的闡釋」、也是「翻譯過程中的獨裁者」中以「能動性」、「目的性」、「創造性」、「共感性」、「審美性」騰挪出迴旋的空間，探索著跨語際寫作的極限。

緣結

　　做為張愛玲課程的導讀者以及張愛玲作品的研究者，其實，最喜歡的還是做一個讀者，單純的沉浸，是一種極真的享受。

　　因為她的世界裡有動聽而近人情的故事；感情在她筆下幻滅了，也還有些東西在，並不一定要有結果。她的文字裡有愉快的顏色，像戴著珍珠耳環的少女，掀開畫布來就在那裡了，使人安心。而看久了，小說的芯子裡有回望的深黯，沉沉的距離，似乎是不那麼容易進入的，一旦走進去了，看她寫可愛又可哀的年月，「聚如春夢散如煙」；她在舊夢裡做著新的夢，「曉來自驚還自笑」；迢遙的日常有倏忽的牽纏、擁擠的霧數有微妙的牽掛。……

　　而傳奇翩翩，今生在此。

目次

上部｜追尋自我

花與蝴蝶的追尋[1]
——張愛玲的「女性情誼」

一、張愛玲生活中的女性

　　張愛玲生活中的女性（包括長輩及友人）與張愛玲文字裡的女性（姊妹）是一個永遠也不老的話題。由少及長至老，值得一數的情誼如：童年時期是美麗敏感而遼遠的母親與有清平的機智見識的姑姑，中學時期比較好的同學主要還是因為喜愛／擅寫文章的投合，她曾與一位創作才華極高的同學張如瑾引為知音[2]；香港大學唸書時認識了一生的朋友炎櫻；進入寫作職場，成為一個名作家，則與蘇青彼此相譽相賞。其中《小團圓》有綜合性的類自傳的書寫，他如披露母親的記憶的有〈童言無忌〉與〈私語〉（《流言》）；專文記述的則有姑姑、炎櫻與蘇青，分別收入《張看》中的〈姑姑語錄〉、

---

[1]　炎櫻說：每一個蝴蝶都是從前的一朵花的靈魂，回來尋找它自己。參見張愛玲，〈炎櫻語錄〉《流言》，台北：皇冠文化出版有限公司，1968 年 7 月，頁 119。

[2]　張愛玲說：我有個要好的同學，她姓張，我也姓張，她喜歡張資平，我喜歡張恨水，二人時常爭辯著。參見張愛玲，〈存稿〉《流言》，台北：皇冠文化出版有限公司，1968 年 7 月，頁 125。張子靜在《我的姊姊張愛玲》中以為這個姓張的同學是張如瑾，而根據顧淑琪的回憶則認為應當是張秀愛比較可靠。參見止庵、萬燕，《張愛玲畫話》，天津：天津社會科學院出版社，2003 年 10 月，頁 128。

《流言》中的〈炎櫻語錄〉與《餘韻》中的〈我看蘇青〉;而《對照記》的回憶書寫中亦可見其母親、姑姑與炎櫻的圖影,既複製也重現了張愛玲與庸俗世界的衝突與整合。五〇年代到香港與宋淇夫人鄺文美友善,交情延續一直到晚年甚至過世後託管處理遺物,是極大的信賴。[3] 相較於胡蘭成《今生今世》裡說自己:把幼年時的啼哭還母,成年後的號泣還妻,自己是把自己還給了天地,得了解脫像個無事人,此心已回到了如天地不仁,是個最最無情的人。張愛玲別有「情到深處情轉薄」的味道。其中,繁弦急管時期,滬港之間,與之往來、相交影響最『實在』的四位女性應為:母親、姑姑和好友炎櫻、蘇青。以下即通過展閱張愛玲自身的書寫、往來親友的憶述、各種記聞報導[4] 等,進行梳理作家與這些女性交往的情誼。

---

[3] 在香港期間,張愛玲結識宋淇與其夫人鄺文美女士,多有往來,張愛玲還給鄺文美取了個「My eight o'ciock cinderella」的雅號。鄺文美筆名「方馨」,曾和張愛玲合作翻譯過《睡谷故事李伯大夢》。參見蔡登山,《傳奇未完:張愛玲》,台北:遠見天下文化出版出版,2003 年,頁 210-212。另劉紹銘說:她(張愛玲)在香港生活短短的兩三年,有資格說話的大概也只有宋氏夫婦。參見氏著,《到底是張愛玲》,上海:上海書店出版社,2007 年 3 月,頁 50。

[4] 包括張愛玲自身的書寫如《流言》、《餘韻》、《張看》、《惘然記》、《續集》、《對照記》、《小團圓》中的記敘與憶述文字為骨幹;並參照當時與張愛玲往來交接人物包括張子靜、胡蘭成、東方蝃蝀(李君維)、汪宏聲、顧淑琪、路易士、沈啟无、柳雨生、柯靈、潘柳黛……等人的記寫與憶述以及張愛玲出席《女作家聚談會》(1944 年 3 月 16 日)、《傳奇》集評茶會記(1944 年 8 月 26 日)、《蘇青張愛玲對談記》(1945 年 2 月 27 日)以及《納涼會記》(1945 年 7 月 21 日)所發表的談話資料加以補充(參見唐文標,《張愛玲資料大全集》,台北:時報出版事業有限公司,1984 年 6 月,頁 237-245,246-251,266-272,288-293)。

（一）遼遠而神祕的母親[5]

1. 進步女性與缺席的母親

　　西元 1920 年，張愛玲出生於上海。1922 年，舉家遷居天津。1924 年，張母黃素瓊（後改名黃逸梵）因不滿張父吸食鴉片，遠走英國留學。張愛玲記憶中最初的家沒有母親這個人。[6]1928 年，母親返國，試著與父親修好，那時張愛玲住在紅的藍的家裡，過了一段具有洋式淑女風度的時期，是侉氣而快樂的，似乎是達到了「美的頂巔」。但這竟已是幸福的家庭的尾聲了。隨著對張父的墮落完全絕望，父母終於協議離婚。母親與素來就和父親意見不合的姑姑一同搬走了。

　　張愛玲的母親是個美麗敏感的女人，雖出身於傳統世家，思想觀念卻不保守，比如她從小纏足，卻踏著三寸金蓮到了歐洲進美術學校，還在瑞士阿爾卑斯山滑雪。這位進步女性執著於自己的價值觀，而勇於行動選擇。但也因著追求自由長期在家庭缺席的緣故，在孩子的眼裡，母親是遼遠而神祕的。[7]一如《秧歌》裡的阿招，夢到父親姑姑以及許多別人，「惟獨她的母親還太陌生，沒有到她的夢裡來。」[8]這樣的情形，一方面使得母女關係充滿著壓抑與疏離；

5　關於張愛玲母女關係探索，另參見本書後章「《小團圓》的自我書寫與意義生產」中「作家的自我書寫」中第一部分「（一）家族秘史」更做詳盡討論。
6　張子靜、季季，《我的姊姊張愛玲》，上海：文匯出版社，2003 年，頁 41-53。
7　以下文字敘述整理參見張愛玲，〈童言無忌〉、〈私語〉《流言》，台北：皇冠文化出版有限公司，1968 年 7 月，頁 5-16，153-168。
8　張愛玲，《秧歌》，台北：皇冠文化出版有限公司，1968 年 6 月，頁 45。

另一方面也使得張愛玲凡己身與母親相關的,無法淡然[9]。

　　相對模糊、陰暗、懶洋洋、灰撲撲地「沉下去」的父親的家,母親的家有輕柔的顏色,還有可愛的人。可幸張愛玲被准許可以常去看母親,即使母親不在,仍留有母親的空氣,這就使得張愛玲覺得高興、安慰。1937 年,張愛玲因外宿母親處,與後母發生衝突,遭到禁閉後罹患了痢疾,這段沉重的生病經驗以及無望的孤單寂寞成為張愛玲家庭記憶中恐怖的夢魘。後來(1938 年)她出走到母親的家,從此與父親的家告別,沒有再回頭。然而孤獨慣了的張愛玲,驟然在新的環境中學做「偽善」的『淑女』,感到十分困難。同時看出母親為她犧牲了很多,當經濟不算寬裕的母親漸漸地不耐煩於她的伸手要錢,張愛玲感覺一種瑣碎的難堪,同時為「母親的脾氣」以及「自己的忘恩負義」磨難著。張愛玲曾說:真的家應當是合身的,隨著我生長的[10]。當新的環境亦成窘境,張愛玲在母親家裡嚐到的仍是苦果[11]。而她的童年便在這樣的懷疑與焦慮、壓抑與漠然中流逝;然後像一切惶惑的未成年人,赤裸裸地站在天底下了[12]。

2. 母親的啟蒙與影響:入學、閱讀與繪畫

　　母親應是張愛玲繪畫的啟蒙者,小時候的張愛玲看著她母親為

9　張愛玲曾談及與母親的『離別』:第一次母親和姑姑出洋,行前,四歲的愛玲看著「綠衣綠裙的母親伏床痛哭」,是手足無措的。後來母親再去法國,到學校看張愛玲,張愛玲沒有任何惜別的表示,⋯⋯等到母親出了校門,張愛玲在寒風中大聲抽噎著,是哭給自己看。另外記憶中張愛玲對於過馬路時母親偶爾拉住她的手,竟感覺一種「生疏的刺激性」。參見氏著,〈私語〉《流言》,頁 161-162。

10　張愛玲,〈私語〉《流言》,1968 年 7 月,頁 154。

11　余斌,《張愛玲傳》,台北:晨星文學館,1997 年 3 月,頁 36-38。

12　張愛玲,〈私語〉《流言》,頁 168。

她小時候的一張相片著色──是最鮮豔的藍綠色[13]。而她出版的第一本書，封面即是她自己設計孔雀藍的封面；柳雨生說那是種陳腐的寶石藍，正象徵著「神祕而飄忽」的遺傳[14]。而張愛玲學習畫畫的興趣亦是來自於她的母親，母親曾對她畫畫不時指導：「我母親還告訴我畫圖的背景最得避忌紅色，背景看上去應當有相當的距離，紅的背景總覺得近在眼前……」[15]。另外值得注意且有趣的是，後來以寫作聞名海外的張愛玲，生平第一次賺的錢，其由來卻不是「字」，而是她的畫──在中學時代，她生平第一次賺錢，畫了一張漫畫投到英文《大美晚報》上，「報館裏給了我五塊錢，我立刻去買了一支小號的丹琪唇膏。我母親怪我不把那張鈔票留著做個紀念……」[16]。對張愛玲而言，錢就是錢，一張鈔票卻可買到想要的東西。由此可以看出她是一個非常實際的人。此外，張愛玲喜歡自己繪製圖片，如她的散文集《流言》中就收了不少插圖，就連封面用圖她也常自己設計繪製，這點也凸顯了她的特色，不假他手，凡事都喜歡自己來，性格非常獨立。

　　還有被動而快樂的記憶，是關於閱讀的部分：比如「母親坐在抽水馬桶上看老舍的「二馬」，一面笑，一面讀出來，我靠在門框上笑。」就因著母親的影響，雖然老舍還有其他更好的作品，張愛玲卻一直愛讀老舍的「二馬」。而 1931 年，張愛玲母親堅持送她入

---

[13]　張愛玲，《對照記──看老照相簿》，台北：皇冠文化出版有限公司，1993 年，頁 6。

[14]　柳雨生曾說那種陳腐的寶石藍是我們的老祖母或其友人們所服御過，而今日尚保留在香港門閫裡面的衣服。參見柳雨生，〈說張愛玲〉，收入唐文標主編，《張愛玲資料大全集》，頁 328。

[15]　張愛玲，〈私語〉《流言》，頁 160。

[16]　張愛玲，〈童言無忌〉《流言》，頁 7。

小學，認為張煐二字不夠響亮，便以英文名 Eileen 直譯為「愛玲」為她填寫入學證，就是這一個取名字的那一點回憶，使得張愛玲戀戀於『愛玲』這個俗氣的名字而不願意更改。[17]這些點點滴滴，她所記取的是母親與自己之間共同的生命因子，那正是無法切斷的部分。

3. 衣服狂（clothes-crazy）的繫聯

弗留葛爾（John Carl Flugel）曾指出：在象徵世界中，子宮幻想意味著回歸母親溫暖、呵護及安慰的懷抱。……而衣服、房屋和傘，所具有的「保護作用」和「溫暖效果」，是轉化了子宮的幻象。[18]在現實生活中，人類不斷透過對衣服、房屋等物徵的依戀，巧妙地連結了回歸母親／子宮的欲求，比如「慈母手中線，遊子身上衣」的巧妙動人的連結。而「衣服」，也正是繫聯母親與張愛玲的另一條無形的臍帶。

張愛玲的母親愛做衣服，[19]她的記憶中曾留有「對穿著綠短襖綠裙的母親對著鏡子別上翡翠胸針羨慕萬分」的印象，自言是恨不得自己快點長大。張愛玲是自小便把環遊世界與穿美麗的衣服並列為她的理想志願的。當母親回來的時候，她穿上自認為最俏皮的小紅襖來迎接她，可是母親嫌衣服小。不久之後，張愛玲就做了新衣。從此，覺得一切都不同了。另外她也提到：因為得到父親的姨太太為她做了一件頂時髦的雪青絲絨的短襖長裙的緣故，曾向她表示喜歡她更甚於母親，而感到不安。[20]至於一襲藍綠色的薄棉袍已經很舊

17　張愛玲，〈私語〉《流言》，頁 40。

18　弗留葛爾（John Carl Flugel），《服裝心理學》（The Psychology of Clothes），台北：水牛出版社，1991 年，頁 74。

19　張愛玲，《對照記》，頁 22。

20　張愛玲，〈童言無忌〉《流言》，頁 10-12。

了，還不捨得穿，原因是快壞了，所以更是看重它。至於記憶中殘
存有穿著繼母給她的舊衣服的那份寒傖，碎牛肉的顏色，像凍瘡的
疤，令她一直耿耿於懷。[21] 或許，在張愛玲幼小的心靈中，隱隱地是
用著「新衣」這個判準來鑑別母親／幸福的存在。後來唸香港大學
的時候，申請到獎學金，覺得可以放肆一下了，就隨心所與欲的做
了些衣服，這戀衣情結至今仍還沉溺其中。[22] 他如與李香蘭的合照裡
的衣服是祖母的夾被被面改製成的，舅舅曾翻箱子找出大鑲大滾寬
博的皮襖，叫她用皮裡子做大衣。這些服裝的改製、翻修、轉手所
留下的是一個曾經顯赫、輝煌家族的破敗與凋零的種種線索。於是，
衣服不僅是一種裝潢，衣服成為一種言語；每一件衣服也留下不同
的記憶。她在〈更衣記〉裡曾說：「再沒有心肝的女子說起她『去
年那件織錦夾袍的時候』，也是一往情深的。」這些都在張愛玲長
大之後造成她一種特殊的心理 —— 乃至於後來偏嗜的 clothes-crazy
（衣服狂）。[23]

　　眾所週知，張愛玲的特異獨行有一部分是表現在穿衣打扮上。
由於小時後沒好衣服穿，後來有一陣拼命穿得鮮豔。在文亭所繪活
躍上海文壇的三位名女人的畫像中，分別依次是輯物繁忙的蘇青、
弄蛇者潘柳黛、奇裝炫人的張愛玲。[24] 她的「奇裝炫人」，包括為《傳
奇》到印刷所去校稿樣，穿著奇裝異服，使整個印刷所的工人停了
工；又穿著大宅老戶的衣服去出席朋友的西式婚禮；與蘇青和潘柳

21　張愛玲，〈我看蘇青〉《餘韻》，台北：皇冠文化出版有限公司，1987年5月，
　　頁 84-85 以及〈童言無忌〉《流言》，頁 13。

22　張愛玲，〈童言無忌〉《流言》，頁 10。

23　張愛玲，〈更衣記〉《流言》，頁 76 以及《對照記》，頁 32、59、65、
　　67。

24　「女作家三畫像」圖，參見唐文標主編，《張愛玲資料大全集》，頁 30。

黛有約，居然是穿了一件檸檬黃袒胸裸臂的晚禮服，手鐲項鍊，滿頭珠翠地在家裡等她們來喫茶[25]；與李香蘭的合照則身著來自祖母的夾被被面製成，一襲米色薄綢隱著暗紫的鳳凰的款式。在《對照記》裡，更可見到她的極有名的清裝行頭，幾乎是她的定裝照[26]；李君維曾說她曾穿著自己設計的連衣裙，下身彷彿套著一只燈籠，在馬路上好奇地觀察上海市民，上海市民也報以好奇的眼光。當時是稍微突出一點的服式，都管它叫「張愛玲式」。[27]此外，她專文暢談服裝的變遷，在〈更衣記〉裡，是用時裝詮釋了時代，人們反倒成了展示的點綴品。她甚至一度還想與炎櫻姊妹合辦時裝設計。至於她的小說裡的女性角色也屢屢在服裝的天地裡周旋，舉如〈第一爐香〉女主角葛薇龍一住進姑媽家，便徹底淪陷在裝滿華服的衣櫥裡：「一夜也不曾闔眼……在那裡試衣服，試了一件又一件。」[28]另外在〈同學少年都不賤〉裡，張愛玲寫女主角趙玨為了參加晚宴，買了幾尺碧紗自己裁剪衣服，仿希臘風又似馬來紗籠，朱碧掩映，穿出來不但順眼，而且引人注目。[29]其餘如紅白玫瑰、怨女銀娣、鴻鸞禧邱玉清的服裝都可由衣想見其人，創造著她們貼身的環境。這好似藉由衣服發展出了心理與創作層面的戀物劇場[30]。是而，衣服之於張愛玲

25 余斌，《張愛玲傳》，頁 194-195。

26 張愛玲最經典的服裝是旗袍外罩一件古式夾襖，夾襖是超級的寬身大袖，水紅綢子，用特別寬的黑緞鑲邊，右襟下有一朵舒捲的雲頭──也許是如意，長袍短套，罩在旗袍外面。參見《對照記》中圖 42、43。

27 李君維，〈在女作家客廳裡〉《人書俱老》，長沙：嶽麓書社，2005 年 3 月，頁 52。

28 張愛玲，〈第一爐香〉《第一爐香》，台北：皇冠文化出版有限公司，1968 年 7 月，頁 48。

29 張愛玲，〈同學少年都不賤〉《同學少年都不賤》，台北：皇冠文化出版有限公司，2004 年 2 月，頁 49-50。

30 張小虹，〈誰與更衣〉，收入金宏達主編，《華麗影沉》，北京：文化藝術

不僅是身體展現的舞台，從衣服與衣料的色澤與質感的品第裡，她學得了對照與和諧的規矩，兼以參透了服裝與人的關係[31]以及生命的領悟[32]，延展到她的文字駕馭裡便出現著婉妙複雜的調和以及祕豔可愛的的情調，自成一套『參差對照』的美學[33]。

1956 年張愛玲母親於倫敦病重，之後母親在英國逝世，母女二人沒有見面，或許是她當時手頭不寬裕，不容去看母親，或許是她「沒有足夠的愛去克服兩個世界的鴻溝」。[34]張愛玲從母親遺物中拿回了母親生前隨身所帶的她的相片，那張相片十分模糊。而張愛玲母親之所以選擇這一張，除了可能因為這張相片比較像張母心目中的女兒之外，或許是她的母親覺得與張愛玲之間始終是存在著這種凌亂散漫、影綽糾結的依稀模糊、不確定的感覺。而對張愛玲來說，母親的身影是一襲秋天落葉的淡赭衣著，肩上垂著淡赭小花球，永遠有飄墮的姿勢，其中充滿著的是無可言喻的優裕的感傷。然而這所有的一切都將隨著時光消頹，張愛玲與母親由衣服上繫聯，又從

出版社，2003 年，頁 266。

31 張愛玲，〈我看蘇青〉《餘韻》，頁 87。張愛玲說：「一件考究衣服就是一件考究衣服；於她自己，是得用；於眾人，是表示她的身分地位；對於她立意要吸引的人，是吸引。」

32 張愛玲曾說：生命是一襲華美的袍，爬滿了蚤子。見氏著，〈天才夢〉《張看》，台北：皇冠文化出版有限公司，1976 年，頁 242。

33 張愛玲，〈童言無忌〉《流言》，頁 11。張愛玲說：「對照便是紅與綠，和諧便是綠與綠。殊不知兩種不同的綠，其衝突傾軋是非常顯著的，兩種綠越是只推扳一點點，看了越使人不安。紅綠對照，有一種可喜的刺激性。」又如對色澤的調配：寶藍配蘋果綠，松花色配大紅，蔥綠配桃紅，這種「參差對照」一度成為她創作美學。

34 姚宜瑛，〈她在藍色的月光中遠去——與張愛玲書信往來〉，收入陳子善編，《張愛玲的風氣——1949 年前張愛玲評說》，濟南：山東畫報出版社，2004年 5 月，頁 69。

衣服上「撒手」而馳[35]。母親終究成為了令人崇拜豔羨的空氣。[36]

（二）清平而有機智見識的姑姑

1. 姑姑自稱「文武雙全」

　　姑姑張茂淵早年留學英國，學音樂，頗有造詣。[37]她一直是個獨立的職業女性，找起事來，挑剔的非常利害。她曾經在怡和洋行當職員，一度還當過電台播音員，獨立生活。姑姑自稱「文武雙全」：文能夠寫信，武能夠納鞋底。張愛玲曾形容過姑姑的信「有一種無聊的情趣，總像是春夏的晴天。」而她亦常不經意地說出一些充滿清平的機智見識的話語，頗具沖淡之氣。舉如她以「視睡如歸」形容冬天寒冷，急急要往床裡鑽。張愛玲認為寫下來可以成為一首小詩：「冬之夜，視睡如歸」。又說生了病的人，久久沒有復元，在懨懨的天氣，是這樣的虛弱，以至於整個人像一首「詞」了！而對張愛玲的可憐無告的弟弟，她選用的形容是「一雙大眼睛『吧達吧達』望著我」，十分傳神。她的言談也十分風趣，譬如她談到關於職業婦女的秘訣，是開始的時候要「有衝頭」，對自己要能「隱惡揚善」，比如王熙鳳就是一個了不起的經理人才。她還打趣自己在電台報告新聞，誦讀社論，每天說半個鐘頭沒意思的話，可以拿好幾萬薪水；而一天到晚說著有意思的話，卻拿不到一個錢。至於對

35　張愛玲說：「人生最可愛的當兒便在那一撒手罷！」張愛玲於衣服自有其不
　　忘情與撒手而馳的時刻。參見氏著，〈更衣記〉《流言》，頁76。

36　張愛玲，《談音樂》《流言》，頁214以及〈私語〉《流言》，頁160。

37　朱曼華，〈張愛玲和她的姑姑〉，收入金宏達主編，《昨夜月色》，北京：
　　文化藝術出版社，2003年1月，頁349。

張愛玲的小說，姑姑說她是「看不進去」，因為嫌它「太不愉快」，只因為親戚份上所以忠實地篇篇過目[38]。而對周作人翻譯的日本名詩「苦竹」，她看過之後，搖搖頭說不懂，隨即又有妙語：「既然這麼出名，想必總有點什麼東西吧？可是也說不定。一個人出名到某一個程度，就有權利胡說八道。」1952年，張愛玲離開中國大陸，與姑姑約定從此斷絕往來，直到1979年才通過好友宋淇又重新取得聯繫，在陳子善《說不盡的張愛玲》中即收入了張愛玲分別於1989年5月及8月寫給姑姑的兩封家書，文字中張愛玲因近況不佳而情緒低落，但仍充滿遙遠的思念，這是張愛玲生活在一個幾乎與世隔絕的孤獨的文學與情感世界中，偶爾回到現實中，向唯一的親人的傾訴。[39]1990年，姑姑約張愛玲回上海探親，以及後來張愛玲的邀請姑姑來美，雙方均因故未能成行，終至無緣再見。而檢閱1993年出版的《對照記》，總計收有母親相片九幅，姑姑的相片八幅，其中有一張是1940年末姑姑的留影，張愛玲說在她記憶中的姑姑永遠是這樣。那時，姑姑已於1991年病逝上海，距離張愛玲辭世僅有兩年。姑姑可說是她少年以後相知相伴極親的人。

2. 姑姑的家有一種天長地久的感覺[40]

　　張愛玲的姑姑夾處在張愛玲父母不睦的婚姻中，但她一直是站在張愛玲的母親這一邊的。在母親離婚後，由於姑姑和張父一向意

38　張愛玲，〈姑姑語錄〉《張看》，頁136-139。

39　陳子善，〈遙遠的思念──關於張愛玲的兩通家書〉《說不盡的張愛玲》，台北：遠景出版事業有限公司，2001年7月，頁162-163。

40　張愛玲，〈私語〉《流言》，頁156。張愛玲說：亂世的人，得過且過，沒有真的家。然而我對於我姑姑的家卻有一種天長地久的感覺。而對她父親的家是她瞧不起的。

見不合，一同搬出和母親同住。後來母親再度出國赴法，姑姑的家裡仍留有母親的空氣，張愛玲說：「我所知道的最好的一切，不論是精神上還是物質上的，都在這裡了。」[41]再稍大兩歲，姑姑就告訴張愛玲，她是答應張母照應張愛玲的。她需要聲明，大概也是怕張愛玲跟她比跟母親更親近，成了離間親子感情。張愛玲後來因外宿問題與繼母發生爭執，被父親禁閉，姑姑也曾前來說情，被父親煙槍打傷眼睛，上醫院縫了六針。[42]平時張愛玲與姑姑結伴同看電影，也都愛逛舊書攤。張愛玲進入文壇之後，姑姑一直扮演著鼓勵與扶持的角色：比如張愛玲答謝周瘦鵑賞識所辦的小型茶會即由張茂淵代為打點準備[43]；1944年由張愛玲改編〈傾城之戀〉搬上舞台，受到好評，被認為是一齣成功的浪漫喜劇。張愛玲姑姑張茂淵也寫了一篇劇評〈流蘇與柳原的話〉，為之助陣宣傳。[44]1945年7月雜誌月刊辦的「納涼會記」座談會她陪同張愛玲一齊出席。[45]至於張愛玲的小說創作，根據姑父李開第（1979年張茂淵與之結婚）在訪談時指出：許多故事來源是由姑姑說給她聽，而由張愛玲『化』出來的。[46]

　　另外，張愛玲在人情、金錢上向來分明，與姑姑分房同居，兩

41　張愛玲，〈私語〉《流言》，頁162。

42　張愛玲，〈私語〉《流言》，頁54。

43　馮祖貽，《百年家族——張愛玲》，台北：立緒文化事業有限公司，1999年5月，頁169。

44　張愛姑（張茂淵筆名），〈流蘇與柳原的話〉，收入陳子善編，《張愛玲的風氣——1949年前張愛玲評說》，濟南：山東畫報出版社，2004年，頁105。

45　柳雨生，〈說張愛玲〉，唐文標主編，《張愛玲資料大全集》，頁288。

46　參見陳怡真，〈到底是上海人〉，收入金宏達主編，《華麗影沉》，北京：文化藝術出版社，2003年，頁251。

人亦錙銖必較。有一次，愛玲打碎了桌面上的玻璃，一塊六百元，照樣要賠[47]。平時，張愛玲與姑姑是朝夕相見說話，有什麼事商量商量。在《我看蘇青》裡，張愛玲就提到她的一個夢境：「夢見自己是個窮學生，深夜下著大雨不敢敲學校門，好不狼狽可憐。後來一個闊施主帶了女兒來了，砰砰拍開了門，張愛玲這才趁機鑽進學校，看見舍監像看見晚娘似的。……」講給姑姑聽的時候，張愛玲還脹紅了臉，滿眼含淚。這樣的一個充滿不安全感的夢魘，有種壓抑著的疏離，而畢竟是向姑姑傾訴了。足見張愛玲與姑姑的感情非比尋常。是而，不管姑姑說張愛玲是個財迷也好[48]；或說她不知從哪裡來的一身俗骨也罷[49]；張愛玲知道：她（姑姑）對我們張家的人沒多少好感——對我比較好些，但也是我自動沾附上來，拿我無可奈何的緣故。[50]同時，張愛玲也理解著：姑姑的家對我一直是一個精緻完全的體系，無論如何不能讓它稍有毀損。[51]

　　張愛玲的姑姑和母親都是舊社會中的進步女性——所謂「輕性知識份子」的典型[52]；1924 年，她們同去英國四年。她們絕口不提上一代，在思想上都受五四的影響。對於從前／過去，她們不是憎恨就是說受夠了；對於未來，則口調一致的「該往前看了」。[53]是以，張愛玲從母親與姑姑這裡，是走出了傳統的門第，邁向著現代的。

---

[47] 胡蘭成，《今生今世》上冊，台北：三三書坊出版，1990 年，頁 285。
[48] 胡蘭成，《今生今世》上冊，頁 285。
[49] 張愛玲，〈我看蘇青〉《餘韻》，頁 86。
[50] 張愛玲，〈姑姑語錄〉《張看》，頁 138。
[51] 張愛玲，〈私語〉《流言》，頁 153。
[52] 張愛玲，〈詩與胡說〉《流言》，頁 143。
[53] 張愛玲，《對照記》，頁 37。

（三）雙聲合奏：張愛與獏夢（炎櫻）

止庵在《張愛玲片斷》中曾說：張愛玲身邊有兩位非常重要的人物，一個是她的姑姑；一個是她的錫蘭朋友炎櫻。她分別為她們寫過語錄。姑姑的特立獨行，炎櫻的天真浪漫，與張愛玲自己的性格有種相輔相成的關係。[54]

1.生於現代的敦煌壁畫裡的天女[55]

炎櫻姓 Mohiddeen（摩希甸），本名 Fatima（法蒂瑪）。原來名字是莫黛，又名獏黛、獏夢，炎櫻這名字是張愛玲取的。[56] 她是錫蘭人（今斯里蘭卡），信回教，家裡在上海成都路口開著摩希甸珠寶店。炎櫻黑眼黑髮，瓜子臉、丹鳳眼，生得美，很大氣。而且品學兼優，人緣又好，能服眾。見過她的人都喜歡她。[57] 她的個子小而豐滿，時時有發胖的危險。然而她從來不為此擔憂，她達觀地說：兩個滿懷勝於不滿懷。（Two armfuls is better than no armful.）[58] 炎櫻個性活潑，比張愛玲淘氣，愛說俏皮話。比如《炎櫻語錄》就記錄著她在一篇給教

---

54 李君維，〈且說炎櫻〉《人書俱老》，長沙：嶽麓書社，2005 年 3 月，頁55。

55 胡蘭成，《今生今世》上冊，頁 298。胡蘭成說：她（炎櫻）像敦煌壁畫裡的天女，古印度的天女是被同時代的巴比崙與埃及所照亮，炎櫻亦這樣，是生於現代西洋的。

56 『莫』是姓的譯音，『黛』是因為皮膚黑。又因為炎櫻聽說日本古傳說裡有一種吃夢的獸，叫做『獏』，就改作『獏黛』，又改為『獏夢』。張愛玲，〈雙聲〉《餘韻》，頁 63。

57 胡蘭成，《今生今世》，頁 298-299。包括胡蘭成、蘇青、李君維、張愛玲姑姑及胡適夫婦都喜歡她，喜同她談話。

58 張愛玲，〈炎櫻語錄〉《流言》，台北：皇冠文化出版有限公司，1968 年 7 月，頁 119。

堂神父看閱的作文這樣寫著：中國人有這句話：「三個臭皮匠，湊成一個諸葛亮。」西方有一句相彷彿的諺語：「兩個頭總比一個好。」炎櫻說：「兩個頭總比一個好——在枕上。」[59] 他如〈氣短情長及其他〉裡的玩笑話：「一位小姐說：『我是這樣的脾氣，我喜歡孤獨的。』獏夢低聲加了一句：『孤獨地同一個男人在一起。』」[60] 又如「吉利」這篇短文裡，提到有朋友結婚，炎櫻分得一片結婚蛋糕。他們說：「用紙包了放在枕頭底下，是吉利的。你自己也可以早早出嫁。」炎櫻說：「讓我把它放在肚子裡，把枕頭放在肚子上面罷。」[61] 此外，炎櫻還嘲弄「許多女人用方格子絨毯改製大衣，毯子質地厚重，又做得寬大，方肩膀、直線條，整個地就像一張床——簡直是請人躺在上面！」這些快人快語使得張愛玲也禁不住提醒著：「少說兩句吧！」在同學之中，炎櫻不僅言語大膽，行事也膽子大。在香港戰爭期間，她冒死上城去看電影——看的是五彩卡通——回宿舍後又獨自在樓上洗澡，流彈打碎了浴室的玻璃窗，她還在盆裏從容地潑水唱歌，舍監聽見歌聲，大大地發怒了。但她不在乎，彷彿是對眾人的恐怖的一種諷嘲。[62] 又如拍『流言』裡那張大一點的照片時，是獏黛在旁邊導演。又冒著極熱的下午騎腳踏車取了相片給張愛玲送來，嚷著說：『吻我，快，還不謝謝我……哪，你現在可以整夜吻著你自己了。』可見二者的關係親暱異常。[63]

　　總之，炎櫻給人整體的感覺，不是「東方的」，是「世界的」、

59　張愛玲，〈炎櫻語錄〉《流言》，頁 121。
60　張愛玲，〈氣短情長及其他〉《餘韻》，頁 72-73。
61　張愛玲，〈吉利〉原刊於《雜誌》15 卷 1 期，1945 年 4 月，收入唐文標主編，《張愛玲資料大全集》，頁 142。
62　張愛玲，〈燼餘錄〉《流言》，頁 44。
63　張愛玲，〈『卷首玉照』及其他〉《餘韻》，頁 46-47。

「現代的」；[64] 不是「溫文婉約式」，是「嘻笑怒罵式」的。

2. 生活之伴與人生之侶

　　1930 年，張愛玲母親以英文名 Eileen 直譯為「愛玲」堅持送她入學。名字的更動，象徵著由壓抑到解放，是張愛玲「世俗」生活開始[65]。1938 年，通過參加倫敦大學遠東區入學考試，原本有機會實現她海闊天空的計畫到英國讀書，可惜因為歐戰爆發而受阻。[66]1939 年，轉進香港大學文科，結識了炎櫻。1941 年，太平洋戰爭爆發，港大停課，回到上海進聖約翰大學。炎櫻讀到畢業，張愛玲則是半工半讀，後因體力不支，入不敷出，又相差過遠，隨即輟學，賣文維生。[67]1943 到 1945 年間，張愛玲小說《傳奇》、散文《流言》結集發表，成為紅遍上海的女作家。其間，炎櫻亦有作品發表，而多由張愛玲翻譯。分別是 1944 年 11 月、12 月刊登於《苦竹》第一期、第二期的炎櫻的〈死歌〉以及炎櫻原著、張愛玲翻譯〈生命的顏色〉；1945 年 5 月炎櫻作、張愛玲譯〈女裝、女色〉發表於《天地》第二十期；1945 年 7 月炎櫻作、張愛玲譯〈浪子與善女人〉發表於《雜誌》（15：4）。另外，《桂花蒸阿小悲秋》開場用得是炎櫻的一段題詞；而《色‧戒》裡提到女主角設計男主角的陷阱，

64　路易士，〈記炎櫻〉，收入唐文標主編，《張愛玲資料大全集》，頁 285-286。

65　張愛玲，〈私語〉《流言》，頁 40。張愛玲原名叫張煐，十歲的時候，她的母親堅持把她送進學校，當時父親反對，入學的名字是由英文名字翻譯而成。進了學校後發現同名的有兩個之多，張愛玲認為「自己有一個惡俗不堪的名字，不夠美麗深沉，但明知其俗而不打算更換，是因為戀戀於取名字的那一點回憶。」「且要做一個俗人，先從俗氣的名字入手。」

66　張愛玲，〈私語〉《流言》，頁 162。

67　張愛玲，《對照記》，頁 56。

地點是在一個印度商開的珠寶店；〈連環套〉的故事則是自炎櫻父親的老朋友帕西人與麥唐納太太母女的故事脫胎翻寫。除了這些寫作與翻譯上的互涵互涉，張愛與獏夢在美術繪圖上也互補互援。舉如：在香港戰爭期間，張愛玲畫了許多圖，多是由炎櫻著色。有一幅炎櫻用的顏色全是不同的藍與綠，使人聯想到「滄海月明珠有淚，藍田日暖玉生煙」這兩句詩，讓張愛玲是特別喜歡。另有一張是張愛玲畫的炎櫻單穿著一件襯裙的肖像，還獲得一位俄國先生賞識，願意出港幣五元購買。[68] 此外，炎櫻的美術設計才華表現活躍，如：1944 年，《雜誌》發行的《傳奇》再版，即由炎櫻設計封面：草稿上是古綢緞上盤了深色雲頭，細看卻是小的玉連環。[69] 其強有力的美麗圖案使人震懾，使得張愛玲心甘情願地像描紅一樣地臨摹了一遍。《流言》再版的封面亦由炎櫻設計。1947 年，《傳奇》增訂版的設計炎櫻再度操刀，張愛玲圖畫。封面是傳統與現代交錯，魅惑中透著詭異，造成了一種怔忡不安的氣氛。[70] 而 1944 年胡蘭成創辦的《苦竹》雜誌，封面也是炎櫻畫的，滿幅竹枝竹葉，以大紅作底子，以大綠做配合，只有大竹竿是白的斜切畫面，充滿著東方純正的美。[71]

　　和炎櫻同是上海聖約翰大學同學的李君維曾經說：炎櫻是張愛

68　張愛玲，〈燼餘錄〉《流言》，頁 52。

69　張愛玲說：書再版的時候換了炎櫻畫的封面，像古綢緞上盤了深色雲頭，又像黑壓壓湧起了一個潮頭，輕輕落下許多嘈切嘁嚓的浪花。細看卻是小的玉連環，有的三三兩兩勾搭住了，解不開，有的單獨像月亮，自歸自圓了；有得兩個在一起，只淡淡地挨著一點，卻已經事過境遷──用來代表書中人相互間的關係，也沒有什麼不可以。參見氏著，〈再版的話〉，收入唐文標主編，《張愛玲資料大全集》，頁 126-128。

70　張愛玲，〈有幾句話同讀者說〉《沉香》，台北：皇冠文化出版有限公司，2005 年 9 月，頁 7。

71　胡蘭成，〈漢臯解珮〉《今生今世》，頁 307 以及沈啟无，〈南來隨筆〉，收入唐文標主編，《張愛玲資料大全集》，頁 310--311。

玲的好友知友摰友，是生活之伴、人生之侶。她們的友誼從青春年
華到滿頭華髮，從學府深造到社會沉浮，依然連綿不斷。[72]先後輾轉
於香港、上海、日本、美國，經歷戰爭和平、顛沛流離，貫徹始終。
她們曾一起買鞋逛街做衣服看電影、喝咖啡吃蛋糕冰淇淋；炎櫻買
東西時還與賣主討價還價，硬要去掉零頭，皆見興興頭頭；炎櫻平
素不但打理張愛玲的髮型服裝，她們也曾為出版書籍的的插頁照商
議半天。至於二人私下錢來錢往，仍依張本色「斤斤較量，沒有一
點容讓」，則見其不掩虛偽，二者相交真情直性，正所謂「這樣自
私的人遇到這樣無私的朋友」[73]。其中值得一提的是張愛玲的兩次
婚姻，炎櫻都在場見證；包括 1944 年張愛玲與胡蘭成結婚，炎櫻正
是媒證以及 1956 年在美國與賴雅結婚，炎櫻亦參加了婚禮。此外，
張愛玲見客或是到公共場合，有人作伴多由姑姑或炎櫻陪同，尤其
是炎櫻，幾乎逢場必到，好似她的衛星。[74]1952 年，張愛玲離開上
海，避居香港。由於當時炎櫻在日本，所以張愛玲曾經於同年 11 月
前往日本，以為是赴美捷徑，但後因無法找到工作，三個月後失望
返港。[75]這段經驗張愛玲也寫入了小說〈浮花浪蕊〉，化作女主角洛
真。1955 年，張愛玲赴美，到達紐約，與炎櫻重逢，曾一同去拜訪
胡適。[76]1993 年張愛玲對照圖文記寫青春，流金歲月裡留下了炎櫻

---

72 李君維，〈且說炎櫻〉《人書俱老》，頁 59。
73 張愛玲，〈『卷首玉照』及其他〉《餘韻》，頁 46。
74 舉如 1944 年 8 月 26 日，《雜誌》社出版《傳奇》小說集，特別召開「《傳奇》
  集評茶會」，炎櫻陪同張愛玲出席。1945 年 7 月《雜誌》舉辦「納涼會記」
  座談會，參加者亦有炎櫻常有旁白，可視為張的代言。參見唐文標主編，《張
  愛玲資料大全集》，頁 121。
75 子通，〈張愛玲的日本之行〉，收入金宏達主編，《昨夜月色》，北京：文
  化藝術出版社，2003 年 1 月，頁 450-451。
76 張愛玲提及胡適夫婦都很喜歡炎櫻。參見氏著，〈憶胡適之〉《張看》，頁

的五張相片（獨照三張、合照兩張）。然而張愛玲到了美國之後，因為不善與人交往，生活坎坷，夏志清說她「對現實的社會和人失去了興趣」，靈魂和肉身俱皆疲憊，與炎櫻的交往亦趨平淡。一直到 1995 年 6 月，炎櫻在紐約去世，同年 9 月，張愛玲亦被人發現於洛杉磯公寓辭世，至此，雙聲收歇。

3. 一個知己就好像一面鏡子，反映出最優美的部分[77]

　　炎櫻的主要的生命力的消耗是在文學與繪畫上的，[78]這與張愛玲相同。二人同愛繪畫，同嗜服裝設計，又常一同出進，分享日常生活情趣。儘管炎櫻與張愛玲在性格上動靜有別，一矜持，一放鬆；對嚴肅話題的處理一種含蓄，一種熱鬧。比如張愛玲曾寫過在路上看到一個小女孩覺得很像她自己，那小女孩正在研究織絨線的道理，有人注意她顯得非常高興的樣子，但她的絨線僅僅只夠做一節小袖口，張愛玲一路走過去，沒有回頭，心裡卻稍稍繚繞著「悲哀」。[79]炎櫻也有一篇〈死歌〉則是直言痛惜著修道院的孤兒（英女）的死命，她總認為一個人可做可想可感覺可愛可恨，過這樣的死生活是不對的。[80]可見二者對生命人物的消極與積極的觀照不同。但難得的是張愛玲卻能於炎櫻處得到放鬆，顯露了自己少女的那一面。[81]

146-147。

[77] 宋淇編，〈張愛玲語錄〉，收入季季、關鴻編，《永遠的張愛玲》，上海：學林出版社，1996 年 1 月，頁 216。

[78] 路易士，〈記炎櫻〉，唐文標主編，《張愛玲資料大全集》，頁 286。

[79] 張愛玲，〈氣短情長及其他〉《餘韻》，頁 68。

[80] 炎櫻，〈死歌〉，收入唐文標主編，《張愛玲資料大全集》，台北：時報文化出版有限公司，1984 年，頁 228-229。

[81] 比如張愛玲說她不喜小孩，卻喜歡炎櫻的孩子氣；她們還談到三角外遇、妒忌等問題，有著嬉笑、噪鬧、認真與苦惱。另外，日籍學者池上貞子說：香

　　關於炎櫻，張愛玲筆下多見於〈炎櫻語錄〉、〈燼餘錄〉（《流言》），（『卷首玉照』及其他）、〈雙聲〉、〈氣短情長及其他〉、〈我看蘇青〉（以上收入《餘韻》），〈自序〉、〈憶胡適之〉（《張看》），《對照記》以及《小團圓》裡的「比比」……等文字之中，或專寫或雜談，皆見其精采活潑的一面；至於張愛玲的小說人物亦不乏炎櫻的影子潛存脫化，比如《茉莉香片》裡的言丹朱以及《心經》中的許小寒。[82] 雖然，炎櫻的中文程度有限，但她對中國事物很感興趣，常由張愛玲處受教，比如她在《一封信》[83] 裡提到去聽蘇州彈詞，有著洋人看京戲的好奇，她屢屢問東問西，是外行人看熱鬧，竟也給她瞧出些門道：一方面使她了解了古老傳奇戲碼的趣味；一方面是更靠近了中國實生活中嘈雜喧嘩。而張愛玲經由炎櫻的詢問，在重新釐析澄清自己的認識與堅持的過程中，亦再一度啟發了自己。

　　炎櫻的文字話語輕鬆爽氣俏皮，如聞其聲、見其人，胡蘭成曾說與炎櫻說話像聞得見香氣[84]。舉如她的雋語：「每一個蝴蝶都是從前一朵花的鬼魂，回來尋找它自己。」又如「月亮叫喊著，叫出生命的喜悅；一顆小星是它的羞澀的回聲。」都呈現的是如小詩般的意境。路易士則認為：炎櫻這個女孩子的見解有許多地方的確是可稱讚的。並指出其（生命的顏色）寫的不錯，〈死歌〉也好。細觀

港大學時代的張愛玲，……肯定獲得了擺脫沉重的體制、歷史以及相應的價值觀和規範等等的自由。……換言之，是奪回了年輕女性的心之彈性。原見池上貞子，〈張愛玲──愛與生與文學〉《中國研究季刊》第十九號，參見邵迎建，《傳奇文學與流言人生》，北京：新華書店，1998 年 6 月，頁 64 引用。

82　李君維，〈且說炎櫻〉《人書俱老》，頁 60。李君維以張愛玲親繪的小說人物言丹朱的插圖為例說明可以找到炎櫻的影子。

83　炎櫻作、張愛玲譯，〈浪子與善女人〉，原發表於《雜誌》15 卷 4 期，1945 年 7 月，收入唐文標主編，《張愛玲資料大全集》，頁 157。

84　胡蘭成，《今生今世》，頁 299。

炎櫻自己的許多見解固然有使人吃驚之處，但因為其散文多是張愛的譯筆，其筆觸和韻致彷彿與張愛玲互補相生，感覺十分熟悉。[85] 她曾經說「女人」，「是美麗的、誘惑性的、甚至於奸惡，卻又慷慨到不可理喻。」其造型與張氏蠻荒時代的女人——蹦蹦戲花旦相去不遠。兩個人且在文章裡都不約而同談到了托爾斯泰的《戰爭與和平》。張愛玲說「《戰爭與和平》中，托爾斯泰的寫實功夫是進步的。小說裡是一班小人物寫的最成功，偉大的中心人物總來得模糊，隱隱地有不足的感覺。」[86] 並說「這部偉大的作品經過修改七次之多，最後讓故事自身的展開戰勝了預定的主題。這使我們至今讀它，依然一寸寸都是活的。」[87] 炎櫻亦認為《戰爭與和平》是個偉麗的傑作。她談到「其中幾個女人寫得軟弱，男性的人物呢，合起來成為托爾斯泰的性格。比如其中托氏在描寫安德雷時，想必是四下裡摸索著，歸折他自己靈魂的一方面。……寫羅斯托夫南爵，老將軍，小配堤亞等，像是把太陽關在房間裡，從門窗細漏縫裡都跑出光來，這樣的活潑。還有那做襯衫的，就連亞歷山大皇帝，都是這樣清楚著實，可親的。書裡的男性所以有絕對的和諧，是因為他們實在是一個人的各方面——那個人當然是托爾斯泰。」[88] 由此可見，二者都認為托爾斯泰是用著極短的記言記事有效地畫出人物個性。在創作這一方

85　余斌，《張愛玲傳》，台北：晨星文學館，1997 年，頁 204。

86　張愛玲，〈我看蘇青〉《餘韻》，頁 80。張愛玲認為寫實功夫有深淺，……她所寫的那些人有什麼不好，她都能原諒，有時還喜愛，就因為他們存在，他們是真的。

87　張愛玲說：現代文學作品和過去不同的地方，……不再那麼強調主題，卻是讓故事自身給它所能給的，而讓讀者取得他所能取得的。參見氏著，〈自己的文章〉《流言》，頁 22。

88　炎櫻作、張愛玲譯，〈浪子與善女人〉，唐文標主編，《張愛玲資料大全集》，頁 160-161。

面，以人物而言，凡人應是這時代的廣大的負荷者，比英雄更能代表這時代的總量；就作家言，她們都同意對於不熟悉的東西，作家很難有感情；而他們所熟悉的，他們又有一個規定的感情──『應當怎樣想』。就讀者言，小說是一種就事論事，給它所能給的，而讓讀者取得他們所能取得的。而讀者們，又常常是沒常性，喜歡了又丟掉，一來就粉碎了幻象。真是每一種經驗都是學問。

此外，炎櫻在〈女裝、女色〉、〈生命的顏色〉諸篇文章裡[89]，亦發展出自成一套的顏色美學。在她看來，「每一種情調，每一件事都可以用一個顏色來翻譯。」她曾經將廢名、開元合著的詩集「水邊」每一首都畫上了顏色，來象徵著詩的情緒。她說「各個人都是顏色的跳舞，色調的舞劇。」再加上她的色彩形容特殊，曼妙活潑，是合著人的一種動態的打扮。比如：「微黑的姑娘穿了棗紅、醬紅、銹紅就有點髒相。發黃的綠是比較疙瘩，難討好的，發藍的綠就比較仁慈。」「個性模糊的人穿上強烈顏色的衣服，可以給她一點個性。……純黑，誰都認為是最大方的，同時又充滿了戲劇氣氛，妖婦的魅惑。黑色又是一個好的背景，任何一種豔色襯映著都分外突出，……黑色在西方是比較隆重的，給人一種感情上的重壓，久久不能忘記。……但瘦的人穿尤其會帶寒酸相，必要肥胖的人穿才顯得黑衣服的俊俏。」另外，炎櫻還自創一些形容色澤的詞目，如：毒粉紅、埃及的藍、權威的紫、牢藍的灰、春雨綠、土地的綠、處女的粉紅、風暴的藍、Van Gogh 的向日葵的黃等都充斥著來自調色盤上的鮮活，饒見熱鬧的情意。這些文字中充塞著飽滿的色彩，是浩浩蕩蕩地一字排開。與張愛玲的〈更衣記〉裡所談的時裝與流行，

89　炎櫻作、張愛玲譯，〈女裝、女色〉、〈生命的顏色〉，收入唐文標主編，《張愛玲資料大全集》，頁 152-155、287。

以及〈穿〉裡所談的色澤的調和與對照相較，俱見「好的顏色裡有一個世界的聲音」，很難劃界。

平心觀察，炎櫻與愛玲的相知相交，宛若是花與蝴蝶的重逢、月與星的遇合。這二人的微妙親密的關係，是青春的友誼。大約就屬胡蘭成的記寫最妙：走到街上，忽然兩人會合在一起，忽然上下聯成了對。[90]

（四）各人住在各人的衣服裡：蘇青與張愛玲[91]

觀察四〇年代的上海，蘇青張與愛玲一時瑜亮。人們提到張愛玲，接著就會帶出蘇青，蘇青是明朗熱烈的，張愛玲則清冷豔異，但她們都站上一個現代的立場找尋靈感，並不同於五四以進的書寫，在她們的「傳奇」「天地」裡，我們依稀可見上海的風華，可以試出三〇、四〇年代上海的涼熱。

1.二人的交往

蘇青與張愛玲的結識是因為《天地》月刊，由於稿件業務上的需求互有拉抬往來。張愛玲曾經多次給稿《天地》，總計其出刊的19期月刊中，張愛玲只有三期缺席。同時還為其設計封面以及繪製插畫，舉以蘇青〈女像陳列所〉的第一女像：「咭咭呱呱的二房東

---

90 胡蘭成，《今生今世》，頁298-299。胡蘭成曾記寫炎櫻曾建議要與愛玲兩人製新衣裳，面前各寫一句聯語，走到街上，忽然兩人會合在一起，忽然上下聯成了對。

91 本節修改節錄自作者自著，〈淪陷城市的女作家：蘇青與張愛玲〉《看張、張看——參差對照張愛玲》，台北：秀威科技資訊公司，2007年3月，頁268-302。

太太」為例，配合著蘇青的文字：「第一個使我瞧著吃驚的，就是側著張瘦削的淡黃臉孔，下巴尖尖的二房東太太。……祇不過她的細瞇眼一張開，就變成三角形，惡狠狠地愛瞪人了。我看著實在有些心悸。」[92] 當時她們畫傳文神，「雙劍合璧」──張愛玲的作品發表與蘇青的編輯出版對《天地》是非常重要的。[93]

此外，張愛玲與蘇青在 1944 年 3 月《天地》第 6 期都發表了同為〈談女人〉的散文，同年 12 月張愛玲改編《傾城之戀》舞台劇，蘇青寫了〈讀《傾城之戀》〉大力推薦。[94] 另外，蘇青在 1944 到 1945 年間《天地》第 4 期、5 期、14 期、17 期都以編者的立場推介張愛玲的小說與散文，並為《傳奇》與《流言》的出版促銷。當時這兩位上海有名的女作家自然成為文壇批評比較的焦點，比如專門研究的女作家的譚正璧就寫了一篇文章〈蘇青與張愛玲〉[95]。另外她們共同出席了「女作家聚談」，並做對談。[96] 二人聲氣相投，舉如「女作家聚談會」裡，蘇青直言在目前女作家裡，自己只看張愛玲的文章，說她「思想巧妙、文筆幽麗」，又說她「附畫構思奇絕」；[97] 張

92　蘇青，〈女像陳列所〉，收入唐文標主編，《張愛玲資料大全集》，頁 346。

93　古蒼梧，《今生此時今世此地──張愛玲、蘇青、胡蘭成的上海》，香港：牛津大學出版社，2002 年，頁 30。

94　蘇青，〈讀《傾城之戀》〉原載於 1944 年 12 月 10 日《海報》，收入金宏達主編，《昨夜月色》，北京：文化藝術出版社，2003 年，頁 181-182。

95　譚正璧，〈論蘇青與張愛玲〉，原為《當代女作家小說選‧序言》，收入金宏達主編，《昨夜月色》，頁 44-49。

96　舉如《新中國報社》舉辦的「女作家聚談會」（1944 年 3 月 16 日）以及「《傳奇》集評茶會記」（同年 8 月 26 日），又在 1945 年 2 月 27 日一同出席了《雜誌》安排的「蘇青張愛玲對談記」收入唐文標主編，《張愛玲資料大全集》。

97　蘇青，上海《天地》第 17 期《流言》再版預告，1945 年 2 月。收入陳子善編，《張愛玲的風氣──1949 年前張愛玲評說》，濟南：山東畫報出版社，2004 年，頁 96-97。

愛玲亦言在近代女作家裡最喜歡蘇青，盛讚她作品的特點是「偉大的單純」。[98]至於私交，張愛玲性情孤僻，難與人相處，除了她姑姑外，最常與她交往提及的只有炎櫻與蘇青兩人。張愛玲曾這樣說：「只有和蘇青相提並論我是甘心情願的」。蘇青的女兒也曾回憶，有段時間蘇青與張愛玲經常相伴出入，如影隨形，甚至常常交換衣服穿著，不分彼此。

2. 出身與性格

　　張愛玲出生於遺老家庭，身上流著貴族血液，是個聰慧的上海人，自小在父母離異的生活陰影中長大，早熟而缺乏安全感，後與胡蘭成結婚；蘇青則出生於書香世家，帶著新興的市民氣息，是個熱辣的寧波人，與丈夫離婚是她生命中重要的轉折點，後與陳公博來往。在求學履歷上，張愛玲就讀香港大學、蘇青在南京中央大學，皆為大學肄業。而與人相處，張愛玲對於人世的繁文縟節始終保持著距離，而蘇青則是不甘寂寞的。相對於張愛玲離滬赴美、孤單無子；蘇青有兒有女、留在上海，二者最後的選擇不同。身為文人，兩人都出書賺錢，自力救濟，其散文、小說俱足以觀；在文字表現上，她們的寫作亦皆如其為人，自由地出入世俗，而前者好的使人稍稍不安；後者是平實熱鬧而沒有禁忌。但張愛玲的小說裡描畫了無數周邊的小人物，就是沒有一個人是像蘇青的。或許是因為張愛玲是如同「當心我自己」一般地看待，所以不在她冷靜透析之內。

　　性格方面二人性情不同、動見分明。胡蘭成說張愛玲只是她自己，不與人同哀樂。她個性自私，臨事心狠手辣，從不悲天憫人、不

98　新中國報社舉辦「女作家聚談會」（1944 年 3 月 16 日），收入唐文標主編，《張愛玲資料大全集》，頁 237-245。

同情誰，慈悲佈施全無，對好人小人、好東西與普通東西一律平等。
潘柳黛認為張愛玲的脾氣有點怪，除了自標高格外，更受美國噱頭主
義的影響，喜歡抓住機會表現自己；不像蘇青的人情味那麼濃厚。[99]
張愛玲自己則這樣說：「一個人假使沒有什麼特長，最好是做的特別，
可以引人注意。」[100]這樣「特別」的做人哲學，相應於她的奇裝異服、
不欠人情、成名要趁早、與一錢如命等種種行徑實屬相當。

　　相對於張愛玲的愛看電影看櫥窗，閱讀興趣上是戲劇文學，入
手古今、中西通吃。蘇青喜歡看戲聊天，平常喜歡讀哲學類和中國
舊詩詞。她本心忠厚，熱情而不做作，有種女兒家天真；她豪爽直截，
但怕吃苦，不能忍受生活的空白。胡蘭成說她是一匹不羈之馬[101]；
張愛玲則說她是高等調情的理想對象。蘇青走在上海馬路上亦是我
行我素、敢作敢當的。炎櫻說蘇青最大的吸引力是是「男人總覺得
他們不欠她什麼，同她在一起很安心。」[102]她喜歡說話，微笑的眼
睛裡有一種藐視的風情，一如她的文字一樣全無虛矯遮掩，直抵人
心。但也許由於她對於人生有著太基本的愛好，所以不能發展到刻
骨的諷刺，而且她不作興寸步留心，又沒有過人的理性，在理論上
往往不能跳出流行思想的圈子。可見二人心思不同，文章路數自然
相異。王安憶在比較張愛玲與蘇青時說：蘇青麻利，是實在的，躍
然眼前；而張愛玲虛無，是遠著的，須掩起來看。古蒼梧則認為張
愛玲對蘇青及其作品的了解是「以心會心」，而蘇青的直覺的思考
與不自覺的藝術技巧，正符合一種「平淡與自然」，所以深受張愛

99　潘柳黛，〈記張愛玲〉，收入金宏達主編，《昨夜月色》，頁 36。
100　張子靜說張愛玲的脾氣就是喜歡「特別」。參見氏著，〈我的姊姊張愛玲〉，
　　　收入金宏達主編，《昨夜月色》，頁 4。
101　錢理群編，《二十世紀中國小說理論資料》（第四卷），頁 271-272。
102　張愛玲，〈我看蘇青〉《餘韻》，頁 89。

玲的欣賞。[103]

　　但在某些象限上，她們仍是有交集的：蘇青與張愛玲一般敏銳善感，她們玲瓏剔透，洞察人性。在生活經驗上，所遭受的苦難也許不全相同，但心靈上所延伸出的感觸卻極為相似。[104] 她們對於錢，比一般文人要爽直得多，也有人說她們是斤斤計較。巧的是兩人賣文謀生的過程裡都與書商報社發生金錢糾紛，又不約而同地都投稿為文辯正。[105] 另外，由於蘇青與張愛玲同為敵偽時期在上海走紅的女作家，因此戰後她們兩人都受到非難，也曾為文表白。而對身處於戰亂的時代，她們只能各人就近求自己的平安。[106] 但相對於一身俗骨的張愛玲所表現的自覺、明瞭與透徹的應世風格，蘇青卻是在努力的周轉著，玩世而世故。[107]

3.談女人與婚姻

　　張愛玲談女人的時候，是把婚姻與職業放在一起來看的。她的

---

[103] 古蒼梧，《今生此時今世此地——張愛玲、蘇青、胡蘭成的上海》，頁76-80。

[104] 張愛玲，〈我看蘇青〉《餘韻》，頁86。張愛玲說看蘇青文章的記錄，她有一個時期困苦的情形雖然與之不同，但感情上受影響的程度是相仿的。

[105] 替蘇青出書的人僅想賺她一個35％的折扣都不容易，她可以自己把書拿到馬路上去販賣，甚至不惜與書商小販在馬路上講斤頭、談批發價。蘇青在《光化日報》一稿〈談折扣〉中提及自己作品在文匯書報社遭到剝削，後與周楞枷先生打起筆墨官司，事見周允中，〈蘇青為何被稱為「猶太作家」？〉《中山風雨》2004年第一期。而張愛玲的節儉不吃虧也是有名的，包括她從家裡逃出來，招車時還跟包車夫還價錢以及在路上遭搶，手裡的小饅頭一半落地，一半仍被拿了回來。後來寫稿時，因為替《萬象》雜誌寫《連環套》小說，為了一千元稿費問題，在「海報」上與秋翁（平襟亞）爭論，各說各話，引文見唐文標書，頁260-265。

[106] 張愛玲，〈我看蘇青〉《餘韻》，頁82-86、95。

[107] 王安憶，〈尋找蘇青〉《結婚十年》，台北：時報出版社，2001年，頁1-3。

一貫調子是：以美好的身體取悅於人，是世界上最古老的職業，也是極普遍的婦女職業，為了謀生而結婚的女人全可以歸在這一項下。……有美的身體，以身體悅人；有美的思想，以思想悅人，其實也沒有多大分別。對男人，蘇青說「飲食男，女人之大欲存焉。」張愛玲則是：「女人一輩子講的是男人，怨的是男人，永遠永遠。」[108] 二者都道出女人對男人的愛恨情結，又有恨不成器的味道。

至於擇偶，張愛玲說「男子挑選妻房，純粹以貌取人。面貌體格在優生學上也是不可不講究的。女人擇夫，何嘗不留心到相貌，只是不似男子那麼偏頗，同時也注意到智慧健康談吐風度自給的力量等項，相貌倒列在次要。」蘇青的五項標準丈夫的條件十分明白：「一、本性忠厚，二、學識財產不在女方之下，能高一等更好，三、體格強壯，有男性的氣魄，面目不要可憎，也不要像小旦，四、要有生活情趣，不要言語無味，五、年齡應比女方大五歲至十歲。」[109] 但在亂世，那種安定的感情恐怕是沒有的。

至於談到「現代婚姻是一種保險」，張愛玲有驚人之語：「婚姻就是長期的賣淫。」而且她認為：「完美的女人比完美的男人更完美，同時，一個壞女人比一個壞男人壞得更徹底。」[110] 且因為對於大多數的女人，「愛」的意思就是「被愛」。所以現代職業女性須時時注意自己的體格容貌，因為有幾個女人是為了她靈魂的美而被愛？心裡不安定，所以導致她駐顏有術。

蘇青對婚姻制度亦不信任，她揭示女子的奴性和惰性造成女性

108　張愛玲，〈有女同車〉《流言》，頁 152。
109　分別參見張愛玲，〈談女人〉《流言》，頁 87。雜誌月刊舉辦「蘇青張愛玲對談記」（1945 年 2 月 27 日），唐文標主編，《張愛玲資料大全集》，頁 272。
110　張愛玲，〈談女人〉《流言》，頁 87-91。

自身的悲劇：女子太過依賴婚姻、依賴男子，一結婚放棄事業、放棄娛樂、放棄友誼、什麼都自動放棄了。她們想用婚姻箝制男人，最終男子還是掙脫「管束」，自尋聲色犬馬之樂趣了。女人只得把精力消耗在孩子身上，靠了孩子打發自己空落的光陰，也藉孩子給自己以地位。事實上，她們是用婚姻囚禁了自己。所以女子最怕「失嫁」[111]。同時由於男子期待女子以貌示人，女子為了討男子歡心，忽略了自身的修養，以無知為可愛，假裝天真，養成虛偽的品性，最終落得紅顏薄命的慘局。（〈論女子與交友〉）

由於蘇青對女性的期待與要求更為積極，她有許多議論文字，主題多集中婦女問題，其中帶有強烈的時代色彩，例如蘇青曾大力推行戀愛結婚養孩子的職業化。蘇青主張的「女性解放」是有差異的男女平等：她認為用丈夫的錢是一種快活，女人如果失去被屈抑的快樂，是有失陰陽互濟之道的。她們二人都深深地了解到所謂女性的全人格其實並不能兩全。1944年3月出刊的《天地》第6期她們都曾經〈談女人〉：蘇青認為「上流女人是痛苦的，因為男子只對她們尊敬，尊敬有什麼用？要是賣淫而能夠自由取捨物件的話，這在上流女人的心目中，也許倒認為是一種最能夠勝任而且愉快的職業。」張愛玲則主張「正經女人雖然痛恨蕩婦，其實若有機會扮個妖婦的角色的話，沒有不躍躍欲試的。」從這個角度來看，長久以來，女人心裏是明白的：要讓男人瞭解和尊重女人，爭取女人的權利，遠不如女人學習利用自身來控制他們達到目的容易，所以她們選擇沈默。因此，張愛玲筆下的「紅玫瑰與白玫瑰」實際上是一而二、二而一的，至於《連環套》中的霓喜既要男性的愛也要安全，

---

[111] 雜誌月刊舉辦「蘇青張愛玲對談記」（1945年2月27日），收入唐文標主編，《張愛玲資料大全集》，頁266-272。

到頭來落得人財兩空。而蘇青口中所謂的「女強人」，《結婚十年》裡的「蘇懷清」始終是陷於母性與情欲間的掙扎。倘若檢視作者的實生活，人前的表相是：「我就是死也要轟轟烈烈的，我要先成名了，然後再死。」[112] 人後卻是一片況味蒼涼：「我（蘇青）自己看看，房間裡每一樣東西，連一粒釘，都是我自己買的，可是，這又有什麼快樂可言呢？」[113] 因此，若自「驚世駭俗地道出一個赤裸的真相」這個層次來觀察，二者還真有著驚人的雷同。

4. 小說與散文

蘇青與張愛玲的作品包括小說與散文都十分精采，她們都以自己周圍的題材從事寫作，書寫著切身的生命需要與哀求。[114] 正因為生命經驗是那樣傷感獨特，所以記錄下來以免遺忘，且因著心理潛壓巨大難以承受，所以藉著訴說以舒緩或解決人生困境。但在男性中心社會裡，儘管女子漸漸爭得平等的名義，但女作家寫文章困難的地方還是存在的，蘇青就指出女作家的生活範圍較狹，所以取材受限，且所寫的內容容易被人猜想附會，所以又多忌諱。由於她們二人剛巧都生活於那樣的一個時代，而又都堅持活出自我，所以敢以命運一擲，做出人家看來是大膽冒險的行徑。有近代學者選取了二者的代表作《金鎖記》與《結婚十年》做一比較，分析曹七巧近乎自虐虐人的人生態度相對於蘇懷青的被虐式的逆來順受，分別代表著女性抵抗形象的顯型與隱型。[115] 但無論是《金鎖記》記錄了女

---

112 錢理群編，《二十世紀中國小說理論資料》（第四卷），頁 266-67。
113 張愛玲，〈童言無忌〉《流言》，頁 8。
114 舉如蘇青的〈生兒育女〉，張愛玲的"What a Life！What a girl's Life！"。
115 孟悅、戴錦華，《浮出歷史地表─中國現代女性文學研究》，台北：時報文化出版公司，1993 年，頁 296-299。

子駭人的一生，或是《結婚十年》裡所節取的一段充滿委屈不堪的時光；乃至《傾城之戀》裡張風作致的男女調情；女作家們在描寫其生活經驗、所見所聞，是以女性個人的、利益的角度進行觀察與言說的，這樣的書寫令人耳目一新，不但標示著從大時代的主述系統的脫離轉向，並與男性書寫模式分道揚鑣。因而，在四〇年代女性角色認同與發掘自我的層面上，分別取得了代表性的發言位置。

然而二者文字的風格迥異。譚正璧曾這樣評論二人：張愛玲是專寫小說的，因此她的思想不及蘇青明朗；……張愛玲始終是女性的，而蘇青含有男性的豪放。蘇青是個散文作家，論意識，蘇青高過於張愛玲。論技巧，張愛玲下著極深的功夫，而蘇青大膽吐露著驚人豪語，對於技巧似乎不十分注意。[116] 張愛玲的文字以「蒼涼的華麗」聞名，她以傳奇色彩的魅惑力成功的征服了讀者。而蘇青作品的特點是「偉大的單純」，脫離了愛情故事的纏綿悱惻，是一份平淡寫實——純粹只是為了生活所創造出來的作品，她的特色在古往今來無所不在的妻性和母性，爽直坦白，使得大家樂於親近。有些讀者覺得蘇青文筆嫵媚可愛、天真，有些卻覺得有些粗魯俚俗。這或許是蘇青後來在上海文壇未能像張愛玲再度走紅的原因。

大抵而言，張愛玲的上海故事，是一椿椿「普通人的傳奇」，對照著現實，也有著自己，有著如火如荼的浪漫情懷，也有著對人生的真實的如泣如訴；而蘇青的女性小說，環繞著作者為軸心，週遭的人物各自代表著時代、環境、想法與生活態度的種種樣貌，是一部實錄，也是一種論述。在文學創作觀方面，蘇青跟張愛玲一樣

---

116 譚正璧，〈論蘇青與張愛玲〉，原為《當代女作家小說選·序言》，收入金宏達主編，《昨夜月色》，頁44-45。

都有〈自己的文章〉[117] 等談論自己的作品，但不似張愛玲對自己創作理念所做的分析，蘇青大都在說明自己賣文謀生的動機。總之，她們是分別以自己發明的言說方式完成了女性在臥室、廚房、工作間、育嬰室以及書房的日常編年史與個案研究。她們皆以寫稿為生，蘇青的作品往往有一得之見，但有些文字較為粗糙，意見容易受人挑剔。而張愛玲的驚豔之作固然令人難忘，然也有因惡評而腰斬的比如《連環套》。

人物設色上，蘇青以「本色作家」的姿態建構女性本色[118]，她不贊成女子無止盡的犧牲，認為「母愛在女子原是天性，但一半也是女人別無其他可寄託的地方」（〈女性的將來〉），而且過於神聖化母愛，只有將女性禁錮更深。但她反對太新也反對太舊，是主張維持現狀而加以改良。所以她筆下的女性雖然勇於突破現狀，但仍受制於傳統思想之下。而張愛玲認為好的作品應當有男性美與女性美的調和，所以她逸出嫩弱綺靡、多愁善感之姿，發展出華麗之外別見蒼涼的風格；另一方面她形塑「蹦蹦戲花旦」圖像。這樣的女性有著雙重特質：一方面是精於計算、心地狹窄、爭多道少，但另一方面又由於這些負面的特質讓她久居社會壓抑、身處劣勢，卻仍能夷然的活下去，舉如〈傾城之戀〉裡的白流蘇。[119]

在寫作這個行業裡，蘇青與張愛玲都是當時最負盛譽的女作家，

---

117 張愛玲，〈自己的文章〉發表於 1944 年 5 月上海《新東方》雜誌第 4、5 期合刊，今收入《流言》，頁 17-24。蘇青，〈自己的文章〉發表於 1943 年 10 月《風雨談》第 6 期，頁 11。

118 胡蘭成，〈談談蘇青〉原載《小天地》第 1 卷第 1 期，1948 年 8 月。收入錢理群編，《二十世紀中國小說理論資料》（第四卷），北京：北京大學出版社，1997 年，頁 270。

119 張愛玲，〈再版自序〉《傾城之戀》，台北：皇冠文化出版有限公司，1968 年，頁 8。

她們的文學命運大抵類似：一樣的「時代」、一樣的「上海」、一樣的「驚起的光亮」。在那個年代，二人身處於新舊之際，在銜接與斷裂之處，在熱情與頹廢之間，在絕望與希望之中，在閱讀與寫作的領地裡，她們大起大落，歷經歲月洪流的洗鍊，都曾受到忠奸的檢驗與批判。她們的作品裡，沒有冠冕堂皇、文以載道的偉大情操，有的是市井小民周圍都接觸到的小事的書寫。是不唱高調，亦無狎邪氣。她們以個人感性體驗的特點，無視於戰亂與道德、無涉於媚俗與影響，展現了城市邊緣女性多元身分的複數聲音。如今，人們回頭看上海這個城市的演進，追憶的風景中有一大部分是要留給上海的女作家——那是不能跳過蘇青、張愛玲的。

二、張愛玲文字中的女性情誼

關於女性情誼的文字書寫，包括有：圖文連鎖中的女性：《對照記》以及聚焦於作家在五〇年代以前已經創作的「女朋友小說」——〈不幸的她〉、〈心經〉、〈相見歡〉，借由觀察作家個人親身的女性經驗於文字間的騰挪轉化，廓約往日時光，形成閱讀趣味。

（一）《對照記》

1993 年，張愛玲的《對照記》出版，被認為是作家圖文對照的一部自傳。這個老相簿記錄著一個天才女作家乃至一個家族的從災難到絢爛，從混亂到寧靜。全書收入 54 張圖片，其中張愛玲獨照 24 張，母親相片 9 張，姑姑 8 張，炎櫻 5 張，弟弟 4 張，父親 2 張，祖父母、外婆共 5 張。夏志清說上半本人多很熱鬧，下半本都是張

愛玲的獨照，看來好孤單。[120] 回憶的材料中極重要的項目就是追悼童年以及迤邐而出的貴族輓歌。張愛玲是從「我忘啦」[121] 的拒絕進入「我認可」的詮釋——雖然仍有祕而不宣的省略；箇中她以「現在的自我」書寫「過去的自我」；是簡單地不復將生命以斷章的形式錯落表現：其間除了以「我」的圖像進行「自我命名」與「活出自己」的實體與心路歷程的復原建置，復以『作家自身女性情誼』的連鎖重現往日時光——其中主要以母親、姑姑與炎櫻的圖文連鎖勾連了她與庸俗世界的衝突與整合[122]，而這些悲歡離合、相知相覺的演繹又一一與隱身背後來自父系男性中心的創傷相通相連。在這裡，過去與現在、虛構與真實、圖與文的對照，通過回憶，張愛玲留下人生的畢業紀念冊，宣告一種永恆的回歸。

(二)〈不幸的她〉

姊妹小說裡是張愛玲描畫了另一類女性角色。最早應屬 12 歲初一的張愛玲發表的〈不幸的她〉，刊登於 1932 年上海聖瑪麗亞女校年刊《鳳藻》總第 12 期。文中描述了主人翁「我」與「雍姊」的親密感情。這是描述 M 小學一對親密的同學——『她』和雍姊的故事。隨著時間過去，親暱無邪的童年好友分別有了不同的遭遇，女主角『她』為了反抗母親所安排的婚姻要求自立離家，至今仍漂泊著。

---

120 夏志清，〈一段苦多樂少的中美姻緣——張愛玲與賴雅〉，收入金宏達主編，《昨夜月色》，頁 280。

121 汪宏聲曾提及張愛玲在聖馬利亞女校讀書時的口頭禪是「我忘啦」。參見氏著，〈記張愛玲〉，收入金宏達主編，《昨夜月色》，頁 28-29。

122 母親、姑姑、炎櫻的相片（扣除重疊者）總計約 23 張，與張愛玲的獨照張數相當。

而雍姐則有了幸福的歸宿及一個可愛的女兒。對比之下，女主人公覺察自己的多餘淒清，於是選擇飄然離開。

　　這篇極短的小說文字雖不免地出現當時流行的新文藝腔，但在憂鬱傷感的調子裡不僅呈現了作者自身的早慧與多愁善感的特質，更透露出少女們年輕的迷情。觀察中學時期的張愛玲個性內向、纖細敏感，成長時期是寂寞的。在聖瑪利亞女中的時候，曾與一個同學『戲劇性的』交心。[123]另根據張子靜的回憶以及國文老師汪宏聲的記載，張愛玲在聖瑪麗亞女校讀書時（1931-1937），有一位要好的同學張如瑾，她們都對寫作有興趣同時表現著過人的才華，張如瑾創作了一篇長篇小說《若馨》[124]，隨後張愛玲在《國光》第六期即發表了《〈若馨〉評》，張如瑾本人在自序中曾特地引述她的觀點[125]。後來張如瑾結婚了，不再寫作，張愛玲在畢業年刊裡，關於「最恨」一項的調查，她是這樣寫：「一個天才的女子忽然結了婚。……」對於張愛玲這樣一個既熱情又孤獨的人[126]，在青春期寫了這麼一個擁抱生命而徒留悵惘的故事——其中敘述了少女成長過程中的摸索，並觸及了同性愛戀的刻劃描寫。年輕的愛枯萎了，少年時的無邪與成人世界的狹窄令人窒息。可見對張愛玲來說，當時在「做人」的身分與「做女人」的職分之間確實存在著矛盾。這第一篇書寫女性情誼的小說，無論依據作家的實體經驗或是寫作經驗的考察，所展現出來的竟都是一段如此混

---

123 張愛玲，〈童言無忌〉《流言》，頁13。
124 張愛玲，《〈若馨〉評》刊登於1937年3月25日在《國光》第六期。參見汪宏聲，〈記張愛玲〉，收入金宏達主編，《昨夜月色》，頁30。
125 陳子善，〈埋沒五十載的張愛玲『少作』〉，收入金宏達主編，《昨夜月色》，頁141。
126 張子靜、季季，《我的姊姊張愛玲》，上海：文匯出版社，2003年，頁71。

亂、難以決定而又具重要決定性的時期的圖景。

(三)〈心經〉

　　1943 年，〈心經〉發表，女主人公許小寒的扮相遙指張愛玲那美麗的母親──穿著孔雀藍的衫子與白袴子，孔雀藍的襯衫消失在孔雀藍的夜裡，隱約中的玲瓏沒有血色的臉，有一種奇異的令人不安的美。故事裡小寒有一個女同學段綾卿，兩個人長得很像，關係親近好比張母與姑姑一般。[127] 接下來故事發展峰迴路轉，這二個少女同時愛上了小寒的父親許峰儀，最後小寒選擇離開家，斬斷錯亂的認同，告別天真的迷惑。西蒙 · 波娃在《第二性》裡曾這樣說：「一個女孩子，孤獨的自我崇拜常是必經的一個補償過程，並不足夠。為了尋找滿足，她時常轉向她的同性朋友以求幫助與舒適。……而在之中，一種三角感情亦難免形成，比如女孩之一可能／常喜歡上朋友的家人（哥哥或爸爸）。」[128] 張愛玲寫好朋友陷入三角戀愛的悲劇，嚴格說來《心經》並不是第一部，她在散文〈存稿〉中就提及在小學讀書的時候，曾寫成一篇素貞的故事：女主角素貞把男朋友介紹給表姊芳婷，鬧出了三角戀愛，結果素貞憤而投水自殺。[129] 對這樣的窘境，如果發生在張愛玲與炎櫻之間──炎櫻主張應該說

---

127 〈心經〉中有段文字寫「綾卿彈唱，小寒站在綾卿身後，一手搭在綾卿肩上」。與〈談音樂〉中「張母立在姑姑背後，手按在她肩上學唱」文字如出一轍。參見張愛玲，〈心經〉《第一爐香》，台北：皇冠文化出版有限公司，1968年 7 月，頁 144、152-157 以及張愛玲，〈談音樂〉《流言》，頁 214。

128 西蒙 · 波娃著、歐陽子譯，《第二性》，台北：志文出版社，1992 年 9 月，頁 40-41、102-103。

129 張愛玲，〈存稿〉《流言》，頁 124。-

明清楚、加以制止；張愛玲則說「發作一場，又做朋友了。」而且，「是在我們之間可以這樣，換了一個別的女人就行不通。」[130] 看來二人都並不願意多年朋友的感情就這樣被破壞。

像〈心經〉這樣一個故事，小說中初將許小寒視為段綾卿的重影處理，二人並在『獨白的樓梯』中曾經坦白相對，互訴心曲；後來反成為競爭者，爭奪女主人公的父親。張愛玲一方面除了揭示繁複人生中可見可及的扭曲的倫常與傾斜的人性，一方面也描述著一個少女的成長蛻變。表面上二個女主角由「同型同類」的結盟裂解成「異物異類」的敵對，事實上亦是將童女許小寒的現在與過去進行切割──不僅是同性的感情分合，更摹寫了女主角許小寒強烈的自戀──初與母親爭，復與同學爭，畸型的主宰慾望最後終被倫常社會打敗。所以篇末所釋放的依序是女主角的妒嫉、焦躁和悔恨，而包裝以一種磨人的和病態的氛圍。這種在心理學上，小女孩會不自覺地誘惑自己父親的洛麗塔心理，張愛玲說在《海上花》中浣芳與玉甫也不是沒有[131]。而在〈心經〉張愛玲借用小寒與綾卿的一而二、二而一的塑形以及都愛戀小寒父親的亦敵亦友的同性情誼，表現了青春這一段尷尬的年歲對少女而言正是一段痛苦的騷動：一方面初戀的激情百無禁忌，她願意永遠長不大；一方面又需要健康的、正常的愛。而文字中所傳遞出對男子的盲愛的崇拜性與曖昧的色彩，均指向作家殘缺父愛的遺憾，與猥瑣委屈的童年的不堪記憶的移轉以及在缺乏安全與信賴危機中如何通過弒父階段邁向成人歷程的反

---

130 張愛玲，〈雙聲〉《餘韻》，頁 55-56。

131 納博柯夫名著小說《洛麗塔》──拍成影片由詹姆斯梅遜主演──寫一個中年男子與一個十二歲的女孩互相引誘成奸。參見張愛玲，〈國語本『海上花』譯後記〉《續集》，台北：皇冠文化出版有限公司，1988 年，頁 65。-

照。[132] 難怪張愛玲說自己並不愜意〈心經〉，因為它晦澀。[133]

（四）〈相見歡〉

　　大約 1950 年間張愛玲就寫了〈相見歡〉，因為這個故事讓人震動，所以作家甘心屢經徹底改寫，1978 年 12 月在《皇冠》雜誌正式發表，後收入《惘然記》中。[134] 這是透過一對表姊妹久別重逢，伍太太邀約荀太太到家裡吃晚飯，閒話家常的一個簡單的故事，地點是在上海。小說裡有四個角色比較重要：一個是矛盾的伍太太，荀太太是她的表姊，也是她少女時代的單戀對象，伍太太此時此刻痛心彩鳳隨鴉，餘憤未平，恨不得她（荀太太）紅杏出牆；至於自己的遭遇不佳，因為伍先生有了外遇，算是個棄婦，卻是怨而不怒。第二個是語聲溫柔的荀太太，知足於現有的小家庭生活。細究她一生之中未免於「有情」：當年有戀慕她的牌友，還有永遠唸叨著的那盯梢的，但她對假設紹甫死了的態度平靜，以及怕人借錢先買下東西的審慎，顯示已與現實媾和了。再者是荀紹甫，荀先生雖然有時聽不懂荀太太的絃外之音，又有時說話不留神，使她生氣，但那是粗豪男子的通病，他對她仍有強烈的欲望，他仍是愛著他的太太

---

132 李焯雄以為：水仙式自我疏離特質在張愛玲的現實生活中似乎也有跡可尋。參見氏著，〈臨水自照的水仙──從《心經》和《茉莉香片》看張愛玲小說中人物的自我疏離特質〉，收入金宏達主編，《靜像繽紛》，頁 211-227。

133 柳雨生說：「以深刻說，《心經》最愜鄙意。」張愛玲則是最不愜意。參見《傳奇》集評茶會記，原載 1944 年上海《雜誌》第 13 卷第 6 期，收入唐文標主編，《張愛玲資料大全集》，頁 251。

134 張愛玲說這個作品是 1950 年間寫的，不過此後屢經徹底改寫然後發表。參見張愛玲，〈相見歡〉《惘然記》，台北：皇冠文化出版有限公司，1983 年6 月，頁 4、67-94。

的。另外，伍太太的女兒伍苑梅在故事中是個旁觀者。她的先生出國深造，自己因為沒錢無法同去，這才知道沒錢的苦處，但小夫妻是恩愛的，倘若對照荀太太與伍太太對過去光陰失落揮之不去的沉重感，她有的是離愁加上面對現實——一種成長的痛苦。[135]

對這場「天真的同性戀愛」，張愛玲是這樣描述的：這對表姊妹無非是處在一種無法獨立自主的附庸的社會地位上——兩對夫婦各自拉開來亦分別處於一個『沉默的掙扎』之中：婚姻名存實亡，靈魂僵斃麻木，看來只能靠咀嚼回憶來打發日子。而回憶裡，光是對有人盯梢一事，荀太太是忘了說過一再地說，伍太太卻是有意識地排斥性的一再遺忘。這無疑是另一種「生存的窘境」。[136] 同時由於在過去這段時間裡，這一對表姊妹會少離多，所以現在荀太太要不停的說——似乎在進行大段的補白，而伍太太是永遠有興趣聽，因為她「愛」。至於二人親密的行徑如：兩人唧唧噥噥，互相拔撥白頭髮；文中還有伍太太處處為荀太太受委屈的打抱不平，當她提起「荀太太從前眼睛多麼亮，還有種調皮的的神色，一嫁過去眼睛都呆了。」（72）竟說得眼圈一紅，嗓子都啞了。此外，又為荀太太做時行的衣服，畫眉梳頭，把她打扮得幽嫻文氣；連跳舞也是伍太太跳男人的舞步教她（87）；弄得連荀先生都出現了兩性間的敵意。

無論這段非比尋常的同性間的情誼是否為反映「張愛玲的母親與姑姑關係」的產物[137]，細觀全篇文字是鎖定了女性間的情誼，卻

---

135 張愛玲，〈表姨細姨及其他〉《續集》，台北：皇冠文化出版有限公司，1988 年 2 月，頁 29-31。
136 林佩芬，〈看張——《相見歡》的探討〉，收入金宏達主編，《華麗影沉》，頁 160--164。
137 參見《小團圓》中楚娣與蕊秋的關係。可知張愛玲的母親與姑姑的情誼非比

以平淡、平常、平穩的調性，夾雜著細節性的重複與瑣碎進行敘述。
明顯的可以察覺七〇年代張愛玲的文字是由千嬌百媚轉入了簡省
深沉，內斂許多。不但灰撲粗疏的風格出現，連人物也是暗沉沒有
明天的。然而夾縫文章的讀法亦正在此：是憑藉著這些點點滴滴卻
可以拼湊出上一輩（荀太太與伍太太）的同性愛，蠢蠢欲動著。西
蒙·波娃曾說：「同性戀愛是代表著一個階段，一段學徒時期。青
春少女之同性戀愛常是一種她們尚無機會與勇氣經驗的異性關係的
取代，因為男人是各懷欲望追求異於自己之「物」，而女人正是欲
望的絕對之「物」，前者促使男人們互相分離，而後者使女人之間
盛行著特殊的友情。……又因女人較男性不陌生、不可怕，所以她
們選擇或爭取女人為友，許多學生甚至傾心於較她們年紀更長的女
老師或女管理員，尋求她們安全的庇護感。」[138]對照〈相見歡〉裡，
荀太太與伍太太的這段淡淡的蕾絲邊關係之所以由推波助瀾到清淺
流長，或許即因著這種「愛」的沒有危險性，不過是一個階段；就
好比小說中提到伍苑梅也曾瘋狂的崇拜她的音樂教師——簡直就是
「愛」[139]，也是一陣興頭。但不同於男子一旦過了青春發育的不安
定的階段，就不再從事同性戀的娛樂；女人是常常回返到一度曾讓
她著迷的那段青春的同性戀戀情——或精神的、或肉體的。加上更
由於對異己異性戀中的男人的失望的緣故，舉如小說中二位男士的
形象醜化：荀先生長的楞頭楞腦，是個黑黑的小胖子。伍先生則是
一副東亞病夫相，像隻磨得黯淡模糊的舊銀元，還有了外遇[140]，自

尋常。參見《小團圓》，台北：皇冠文化出版公司，2009 年，頁 34、41、
294。
138 西蒙·波娃著、歐陽子譯，《第二性》，頁 106、109、201。
139 張愛玲，〈相見歡〉《惘然記》，頁 83。
140 張愛玲，〈相見歡〉《惘然記》，頁 72、78。

然受到貶棄，使得女人往往轉向女人身上尋找情人，以取代那背叛了她的男子。故事裡的荀太太與伍太太的年紀是屬於上一代的，此後沒機會再跟異性戀愛，所以感情自然就更深厚持久些。胡蘭成說：對像荀太太伍太太那樣的人，她們像是時代的浮沫，但底層還是有著海水的，像他們這樣的人你剛想看不起她們，她們卻發出話來，會當下讓你自悔輕薄。張愛玲對她們是抱有愛意的，雖然她自己不喜歡與她們一樣。[141]

是而，在黃昏時光中相濡以沫的這兩個人，儘管留下的是美人遲暮的心情，儘管所召喚的卻是少女時代的幻覺，儘管她們倆是無望了[142]，今生此時、今世此地毋寧還是夕陽無限好——「相見歡」！

（五）〈同學少年都不賤〉

關於女朋友小說，還有一部〈同學少年都不賤〉不能忽略。這篇是張愛玲由港赴美後，於七〇年代敘寫的一部中篇小說。主要在寫兩位女主人公——趙玨與恩娟之間的交往滄桑。故事的時間跨度四十年，從女校就學到成家就業；地點橫越上海和美國；背景也涉及越戰反戰、甘迺迪遇刺等事件；而命名則選自杜甫《秋興》名句：「同學少年多不賤，五陵裘馬自輕肥」而略作更動。由於這部小說放置了張愛玲對年輕時求學生活的回憶：包括了張愛玲的聖馬利亞女校情結以及蕾絲邊的迷情，其間情事定位複雜，不但有同性戀情，

---

141 胡蘭成，〈讀張愛玲的「相見歡」〉原發表於 1979 年 4 月《三三集刊》20 輯，後收入氏著，《中國文學史話》，台北：遠流出版事業股份有限公司，1991 年 3 月，頁 271-276。

142 張愛玲，〈相見歡〉《惘然記》，頁 94。

也有異性戀，有接近寫實的細節，自然也有不可磨滅的生活印象。然而這篇小說稿並未在張氏生前出版，主要的原因是張愛玲認為《同學少年都不賤》本身毛病很大，因而擱置。[143] 一直到 2004 年，皇冠雜誌社才與張愛玲的四篇譯作結集為《同學少年都不賤》出版，以饗讀者。這些爭議與細節，本書於後「張愛玲與〈同學少年都不賤〉」作有專題析論，於此省言不述。

三、張愛玲的風氣

作家在追尋自我的過程在追尋自我的過程中，其實並沒有想要創造一種風氣，而風氣卻由她創造出來了。[144]

就女性的探索歷程而言，心理學家曾一再強調小孩與其母親早期關係的重要性。身處準備期邁入成長期的童女／少女，尤其難以逃離母親的影響[145]。無論是被多慮的母親太恩愛的監視；或是被不盡責的母親拋棄、忽視或惡待；都將使她們趨近於同性情誼的尋索。前者意圖逃離監控，後者則藉聯合，謀求抵抗孤獨與迫害，而二者

---

143 根據張愛玲在 1978 年 8 月 20 日寫給夏志清的信中所言：「除了外界的阻力，並發現《同學少年都不賤》本身毛病很大，所以就此擱置下來。」原收錄在《聯合文學》第十四卷第九期〈張愛玲給我的信（十）〉一文。引文參見張愛玲，〈編者的話〉，《同學少年都不賤》，台北：皇冠文化出版有限公司，2004 年 2 月，頁 4。

144 李君維，〈張愛玲的風氣〉《人書俱老》，長沙：嶽麓書社，2005 年 3 月，頁 67。

145 皮爾森指出內心探索的歷程可以分作三個階段，即準備期、探索期和返回期。且此一探索之旅是一個盤旋而上的歷程。參見皮爾森（Carol S.Pearson）著、張蘭馨譯，《影響你生命的 12 原型》（Awakening The Heros Within: Twelve Archetypes to Help Us Find Ourselves and Transform Our Word），台北：生命潛能文化事業公司，1944 年，頁 11、360。

都歸結於「被包圍在溫暖而無壓抑的保護」的渴望，一如回歸於孕育她的母親的子宮。

　　而張愛玲自身的女性情誼發展的起點即是「匱乏的童年」──亦即「生存窘境」的起點，這也使得分析張愛玲女性情誼小說得到一個重要的觀察點：一方面張愛玲在孩提時代便發展出一種「虛假的我」，當她不斷受挫，很早地便建立偽裝機制（表面堅強果斷機智），藉以掩飾內心有缺憾的真我，同時抑壓潛藏的憤怒。並迅速地發展出「領域獨立」的能力以建構主體[146]；一方面在往後的時光中仍不斷地尋找理想的我父與我母。關於父親的認同與取代，研究者不斷地指向她「年長男人」的婚姻以及其寫作王國商業化、功利化的主導經營。而理想母親的建置，一方面她選擇以「消失的母親」作為她儲存親身母親的影像──美麗而遙遠，另一方面她主動依附於與母親同進退的姑姑作為真實母親的替身──清平機智，並向外界尋求慰藉角色，比如好朋友炎櫻──活潑風趣，並藉由彼此提供、互相分享（包括精神與物質的），進而產生完整的親密，以女女關係取代對血統母親的依戀。同時，這逝去的時光與失落的童年，不斷的溶入張愛玲的文字和意象之中，不但成為作家個人懷念的儀式，也成為其追悼的儀式；不但成為其作品企圖解構的主體，也成為其企圖重構的主體。

　　復將觀察的焦點轉置於張愛玲女性情誼小說（姊妹小說）的書寫：自〈不幸的她〉中的主人翁『我』與『雍姊』以降，四〇年代

---

[146] 所謂「領域獨立」是孩童由身體自由所發展出空間視覺技巧、破解難題以及為自己設想的能力。參見史坦能（Gloria Steinem）著、羅勒譯，《內在革命》（Revolution from Within），台北：正中書局，1992 年，頁 20。

的〈心經〉裡許小寒與段綾卿的重影，五○年代的〈相見歡〉中上一輩荀太太與伍太太，乃至七○年代的〈同學少年都不賤〉中的幾個同輩女子，各處於不同的生活方式，各見不同的情誼交往。她們相知相覺的面相有的是天真的同性的愛，是在女性懷抱中享受自己（女性）的快樂與滿足；有的是迷戀具有陽性潛傾的女人，藉以轉移對男性不信任的恐懼，或反抗男性權威的壓迫，而尋求鬆弛、緩和與消遣；有的因為不需扮演、不需偽裝，而得到自由的解放、坦誠的喜悅；有的卻也因為太相似、太同類，導致競爭、互挫、乃至勢不兩立，於是苛求、責備、妒忌、猜忌、爭吵更加劇烈、更加緊張地被釋放出來。何況張愛玲小時候即曾親睹自己的母親和一個胖伯母並坐在鋼琴凳上模仿一齣電影裡的戀愛表演[147]，這些性別錯置的腳色扮演從實生活到戲劇性的模仿，像七八個話匣子同時開唱，打成一片混沌。至於居於男性之外的另一性──女性，一直是或被置為男性的對照面以襯托其超人性；或以充當為男性引導者的被引導者；或作為雄偉男性的依附者而存在；即便讓女人更接近上帝，也只是用來拯救男人的工具……；[148]然而突然有一天，當女性乃至女性作家忽然覺察了，偶而在大時代的櫥窗裡瞥及自身乃至婦女同胞們的影子──是那麼蒼白，渺小，愚蠢，空虛與孤獨。於是，在喧囂中，嘗試將零星的、湊巧發現的和諧聯繫起來，在重重黑暗中，嘗試掌握了那點瞭解──記寫下她們所發生、所遭遇、所憑藉的一些看似微不足道的相濡以沫、相互取暖的感情／感覺。於是，由「花與蝴蝶的浪漫追尋」到「姊妹們鄭重的自我選擇」，當我們讀她記

---

147 張愛玲，〈私語〉《流言》，頁 160。

148 朱立元主編，《當代西方文藝理論》，上海：華東師範大學出版社，1997 年 6 月，頁 345。

寫現代女性的柔弱與堅韌，真心與機心，偽裝與調適，窘境與新生，
由愛看人世進而襯寫了人生的飛揚與素樸……，不禁連帶地嚮往了
她的風氣。

棄兒的家庭傳奇
──〈茉莉香片〉

一、〈茉莉香片〉與死在屏風上的鳥

〈茉莉香片〉，1943 年 7 月刊登於《雜誌》第 11 卷第 4 期，是張愛玲發表的第三篇小說。內容是描述一個年輕人找尋自己真正的父親[1]。男主角聶傳慶是一個二十歲的年輕人，瘦弱、憂鬱而帶有陰柔美。與女主角言丹朱的活潑明朗成一對比；小說情節走過男主角憎厭的家、不幸的童年、他無意中發現從未曾愛過父親的母親馮碧落與情人言子夜的絕望的愛，這些如同一把刀一般地絞動著聶傳慶，因而對言子夜產生畸形的傾慕。他始終苦惱著──在他的父親、他的家、乃至在下意識中認定搶佔了他理想的父親的對手言丹朱之間；於是，內在的壓抑外延到對言丹朱施暴，終了卻發現終究無可救藥的逃脫不了這既定的一切，如同綉在屏風上的鳥，給蟲蛀了，死也還死在屏風上……。夏志清說這是一個動人的故事，而在末尾時讀者又遇到了恐怖。[2]

這是一篇「棄兒的家庭傳奇」，作家通過欲望的形成、自我主

1　夏志清，《中國現代小說史》，台北：傳記文學出版社，1979 年 9 月，頁413。
2　夏志清，《中國現代小說史》，頁413、418。

體的建構以及追尋破滅的過程，刻劃出故事主人公如何從一個精神上的殘廢到一個頹廢家庭的犧牲者；另一方面，從作品文本繫聯作家的主體性（作品的人物事件來發掘作者的創作心理），借重精神分析理論的釐析與作家寫作的接觸與容受；得以窺知張愛玲委實藉著小說人物（聶傳慶）自剖，混同其自身的家庭傳奇，間接重繪了一幅陷在時代心獄中的女性畫像。

二、張愛玲對精神分析理論的接觸與容受

　　現代文學理論的發展與二十世紀政治經濟以及意識型態的變動相關，在社會紛擾動亂的同時，也出現著人際關係與人類的存在危機。精神（心理）分析（Psychoanalysis）理論由佛洛伊德十九世紀在治療精神病人的過程中開發，是針對人類受到壓抑產生精神的錯亂不安、對迫害的恐懼、甚至自我分裂所建構的系統性的分析理論。他所主張的無意識理念、三重人格結構學說和力比多理論、俄狄浦斯情結、夢的理念、文學藝術與白日夢等觀點，鬆動了文藝復興以來理性主義的基礎，從臨床心理學到文藝創作、文藝批評都直接間接、或多或少受到影響。尤其在後者的應用上，一方面從創作主體的本能衝動出發、探討其創作態度、深層心理結構，及所呈現的挖掘人性本質的文學主題；另一方面揭示作品中在描寫人物的欲望壓抑、兩性心理、人格衝突，使用的意識流、跨官覺、多重人格、變異心理等多元的手法等，提供了極具張力的技巧表現；成為二十世紀影響最大、延續時間最長的現代文學批評流派之一。迎應著這樣時代思潮，論及張愛玲對於西方精神（心理）分析理論的接觸與容受，自當首從佛洛伊德學說在中國的流行與傳播進行觀察：五四時期，朱光潛、張東蓀、錢智修等分別在《東方雜誌》、《民鐸》等

刊物上翻譯闡釋了佛洛伊德的精神分析學以及現代心理學著論，介紹了夢的現象、潛意識、原欲自我以及變態心理等來解釋人的行為。[3]文學藝術作品與評論亦借鑑著夢的解析、發展出佛洛伊德的美學[4]，於是佛洛伊德的精神分析學實已成為現代派的理論基石。例如：從心理分析的角度看魯迅的〈狂人日記〉揭示中國文化。創造社三巨頭中郁達夫的〈沉淪〉、〈茫茫夜〉中民國青年的心靈扭曲與變態描寫；郭沫若的〈殘春〉、〈葉羅提之墓〉則分別主述以意識流以及伊底帕斯情結；三〇年代，上海新感覺派登場，劉吶鷗、穆時英、施蟄存在其洋場小說中大量運用內心獨白、自由聯想的技巧收放情欲、揭示人性的祕密，而著名的〈莎菲女士的日記〉正是女子情欲的獨白[5]，張愛玲在聖瑪利亞女中校刊《國光》上曾發表過關於丁玲的《書籍介紹》，提及《莎菲的日記》中有細膩的心理描寫，強烈的個性，頹廢美麗的生活，都寫得極好。而穆時英的《南北極》更是張愛玲讀書時閱讀的口味之一[6]，這自然對她日後在寫作時通感手法的運用以及精緻的藝術感的掌握上起了極大的示範作用[7]。由此，我們想像四〇年代崛起於上海文壇的張愛玲，她的養成教育中對佛

3　舉如：1914年，《東方雜誌》10卷11號錢智修〈夢之研究〉，18卷14號朱光潛〈福魯得的隱意識說與心理分析〉；《民鐸》2卷5號張東蓀《論精神分析》；《心理》1卷12號余天休〈分析心理學〉……等。

4　滕守堯主編、（美）斯佩克特著、高建平譯，《佛洛伊德的美學──藝術研究中的精神分析法》，成都：四川人民出版社，2006年6月，頁21-24。

5　丁玲除了〈莎菲女士的日記〉之外，還有〈一個女人和一個男人〉、〈他走後〉等都是早期發表的心理分析小說。

6　張愛玲，〈童言無忌〉《流言》，台北：皇冠文化出版公司，1991年9月，頁16。

7　嚴家炎說：「讀過穆時英小說的人，大概都會感到張愛玲的寫法很有穆時英的味道。」參見氏著，〈張愛玲和新感覺派小說〉《中國現代文學研究》1989年第3卷32期，頁138。

洛伊德應不陌生。

在自己的文章裡，張愛玲也屢屢提及佛洛伊德。比如她以為「小家庭也不是完全沒有缺點的」，接著舉例「佛洛伊德式的家庭就是原子家庭」[8]。此外，她以為「只要有榮（Jung）所謂的民族回憶這個東西，五四這樣的經驗是令人忘不了的，連帶地聯想到佛洛伊德研究出摩西是被以色列人殺死的，這說法人們先是諱言，後來又信奉他。」[9]而一旦「用佛洛伊德詳夢的態度來觀看人生，到處都是陰陽，就像法文的文法，手杖茶杯都有男女之別。」[10]。後來（1995 年）張愛玲由港赴美，海關人員把當時瘦高的她記錄成六呎六吋半（原應五呎六吋半）的身高，如此的印象誤置張愛玲回憶起來是歸諸為一種「佛洛伊德式的錯誤」。[11]至於對精神分析學理論的涉獵，她在〈談看書〉中曾引用佛洛伊德與榮（Jung）的「通信集」談心理分析：「凡能正式分析的病例都有一種美，審美學上的美感。」並說明因為他最深知精神病人的歷史，這不是病態美，只有最好的藝術品能比。[12]此外，張愛玲自言對「心理描寫」意識流的難以掌握，她這樣評論：「在過去較天真的時代，只是三底門達爾的表白，此後大都從作者的觀點交代動機或思想背景，有時流為演講或發議論，因為經過整理，成為對外的，說服別人的，已經不是內心的本來面目。

---

8 張愛玲，〈談看書〉《張看》，台北：皇冠文化出版公司，1991 年 7 月，頁 172。
9 張愛玲，〈憶胡適之〉《張看》，頁 148。
10 張愛玲，〈天地人〉《重訪邊城》，台北：皇冠文化出版公司，2008 年 9 月，頁 125。
11 佛洛伊德說：世上沒有筆誤或是偶爾說錯一個字的事，都是本來這樣想，無意中透露的。參見張愛玲，《對照記》，台北：皇冠文化出版公司，1991 年 7 月，頁 81。
12 張愛玲，〈談看書後記〉《張看》，頁 229。

『意識流』正針對這種傾向,但是內心生活影沉沉的,是一動念,在腦子裡一閃的時候最清楚,要找它的來龍去脈,就連一個短短的思想過程都難。記下來的不是大綱就是已經重新組織過。一連串半形成的思想是最飄忽的東西。跟不上,抓不住,要想模仿喬埃斯的神來之筆,往往套用些心理分析的皮毛。」[13]由這些想法陳述,自可追索佛洛伊德理論對張愛玲日常生活及思維行止的有形、無形的滲透與影響。

於創作的實踐上,佛洛伊德思想的烙印更是明顯可見。嚴家炎曾說張愛玲的小說成就首在於其表現都市中的兩性心理的刻劃上具有前所未見的深刻性,並推崇她的出現,使得心理分析小說達到一個小小的高峰。[14]張愛玲自己也承認「初學寫文章的時候,我自以為歷史小說也會寫,普羅文學、新感覺派,以至於比較通俗的『家庭倫理』、社會武俠……要怎樣就怎樣。」[15]當讀者走入張愛玲的小說世界,可以發現除在主題上著意描寫人間情愛的殘缺與畸形,其筆下人物無論是受虐或施虐的角色,無不緊靠其內心活動做赤裸裸的呈現,她透過非理性情欲、變態、歧出的心理描寫來刻畫人性幾乎是全力以赴的。比如〈金鎖記〉中曹七巧的瘋狂;〈沉香屑──第二爐香〉裡性欲壓抑者蜜秋兒家族的歇斯底里症;〈紅玫瑰與白玫瑰〉中佟振保的自戀戀物以及自我建構(「自己的主人」)的挫敗;〈封鎖〉時電車男女的都市狂想曲;〈茉莉香片〉的母與子、〈心經〉的父與女的戀母或戀父情意結;〈浮花浪蕊〉、〈同學少年多不賤〉裡同性戀情的繪影描圖;〈年輕時候〉愛畫小人的潘汝良的異想世界;

---

13 張愛玲,〈談看書〉《張看》,頁195。
14 嚴家炎,〈張愛玲和新感覺派小說〉《中國現代文學研究》,頁132-134。
15 張愛玲,〈寫什麼〉《流言》,頁134。

乃至〈色戒〉裡王佳芝的潛意識遊走於現實與幻夢、現在與未來;〈多少恨〉虞家茵內心中天使與惡魔的分裂聲音;《半生緣》中變調的姐妹親情;無一不可視為佛洛伊德精神分析學說的典型案例,無怪乎毛姆說:精神分析學對小說家具有廣闊的前途[16]。其中〈茉莉香片〉壓縮著自家生命經驗,實為痛苦成長的寓言,以下即運用精神(心理)分析法治小說,一探「作家主體心靈的自白」[17]。

三、張愛玲與〈茉莉香片〉[18]

　　傳統的精神分析學進入文學批評是將作品與作者並同參看:一方面探索創作活動;一方面研究作者心理;其目的是在揭示作者與其作品的關係[19]。根據佛洛伊德在〈作家與白日夢〉中指出:人類自身有一種能動性與文學創作相類似,而童年時代即是富於想像力的能動性的第一道軌跡。兒童以遊戲的心態來創造自己的世界,而作家活動亦如兒童遊戲般,依幻想替代遊戲,來創造合意的小說世界。其幻想的動力正是尚未滿足的願望,而每一個幻想都是一個願望的滿足,是對令人不滿足的現實的補償。[20]如此作家是將匱乏的願望編

16　毛姆,〈論小說寫作〉《世界散文隨筆精品文庫‧玫瑰樹》,北京:中國社會科學出版社,1993 年 6 月,頁 235。

17　宋家宏,〈主體心靈的自白 人倫關係的審視〉《玉溪師專學報〈社科版〉》1994 年第 6 期,頁 41。

18　張愛玲,〈茉莉香片〉《第一爐香》,台北:皇冠文化出版公司,1994 年 6 月,頁 6-29。以下引文直錄頁碼,不復作註。

19　朱立元主編,《當代西方文藝理論》第三版,上海:華東師範大學出版社,2014 年 8 月,頁 42-56。

20　〔奧〕西格蒙德‧佛洛伊德(Sigmund Freud,1856-1939)原著、車文博主編,〈作家與白日夢〉《佛洛伊德文集》,吉林:長春出版社,2004 年 5 月,第四卷,頁 426-430。

織成幻想，將人與事依照喜歡原則重新安排，又將文化因素及個人經驗溶入以進行佈局敘事。其中多隱含有情欲的衝突、兒童情結的陰影以及有關自己的身世故事，經過心理移轉、或再造而產生，形成一種異音。同時作家憑藉著自我觀察，將「自我」分裂成許多「部份自我」（part ego），結果是作家把自己心理生活中相衝突的幾個傾向在小說中幾個主角的身上體現出來，呈現「各有所本」。這意味著在作家與作品、創作與賞讀之間，不自覺地、不經意間產生著文本性與主體性的互動、對立與消解。於是，家庭傳奇成形，文學作品與心理分析由是展開不解之緣。

（一）〈茉莉香片〉與「各有所本」

1971 年張愛玲接受水晶的訪問，曾經談到《傳奇》裡的各篇人物和故事，大多『各有所本』[21]。張子靜更直言：「我姊姊的小說是她宣洩苦悶的一種方式。……她的小說人物俯拾即來，和現實人物只有半步之遙。」[22] 根據張愛玲自己先後提及其小說取材與現實人物相關的有〈紅玫瑰與白玫瑰〉、〈連環套〉、〈殷寶灧送花樓會〉、〈秧歌〉等，張子靜則在《我的姐姐張愛玲》裡為〈金鎖記〉和〈花凋〉提供了現實背景和人物出處。此外，觀察其小說人物情節境遇如〈第一爐香〉葛薇龍的香港生活與《半生緣》曼楨的囚禁經驗，

---

21 所謂「各有所本」，包括張愛玲的自述、所見、所聞與她親屬所講的話，還應有另種含義，即是包括張愛玲本人的經歷，她將自己的故事也融入到她的小說中去了。參見馮祖貽，《百年家族──張愛玲》，台北：立緒文化事業有限公司，1999 年 5 月，頁 282。

22 張子靜、季季著，《我的姊姊張愛玲》，上海：文匯出版社，2003 年，頁 102。

乃至新近出版的《小團圓》[23] 新秀女作家九莉與有婦之夫漢奸的情戀
都可以看見作品情節與作家的個人生命經驗的疊合。其中，〈茉莉
香片〉的情節描述與人物塑型與張愛玲個人乃至家族的生命經歷極
為相關[24]；幾疑是張愛玲家庭陰影的記憶[25]。尤其主人翁聶傳慶──
此一四〇年代上海「陰鬱少年」的典型，有謂隱射張子靜者[26]；有謂
窺見作家張愛玲自身的側影者[27]。綜合而言，張愛玲是把弟弟的外貌
特徵給了小說人物聶傳慶；而故事中的種種遭遇，牽連著環境的孤
獨無助、承受命運的無奈與悲哀以及種種矛盾不安，俱見張愛玲姊
弟倆共同生命經驗的文字翻拍[28]。

（二）棄兒的家庭傳奇

　　根據佛氏弟子阮克（Otto Rank，1884-1939）的研究：幼兒並無
法決定自己的出生時地乃至自己的父母，其甫一出生，家庭自為其
初始的環境。而父母遂成為其唯一信賴與權威的對象──幼兒想和

23　張愛玲，《小團圓》，台北：皇冠文化出版公司，2009 年 2 月，頁 1-328。
24　唐文標，《張愛玲研究》，台北：聯經出版事業公司，1983 年 12 月，頁 32-
　　33。
25　任茹文、王豔，《沉香屑裡的舊事──張愛玲傳》，北京：團結出版社，
　　2008 年 3 月，頁 142。
26　夏志清，《中國現代小說史》，頁 413。夏志清說〈茉莉香片〉裡面的人物
　　可能隱涉作者柔弱的弟弟。
27　宋家宏，〈主體心靈的自白‧人倫關係的審視〉《玉溪師專學報〈社科版〉》，
　　頁 41。
28　張子靜、季季著，《我的姊姊張愛玲》，頁 47。舉如沒落貴族的後代，父
　　母婚姻的糾葛，乃至張氏姊弟二人的晚年俱是孤獨的：張氏姐弟均無子嗣，
　　1995 年，張愛玲隻身於太平洋彼岸一隅孤單的離世；其弟張子靜一生未婚，
　　晚年在上海市區的一間小屋裡終老，1997 年辭世。張子靜自言其生命基調和
　　方向無非如姊姊描繪的回憶那般，是虛弱無奈地活了大半輩子。

父母一樣偉大。而自己正是父母唯一的生活中心，於是種下自戀情結的種子。然後成長的過程中，兒童或因為父母的忙碌被疏忽，或發現自己的父母較諸別人的父母平庸，……於是，幼兒在認知中產生焦慮、欺騙、背叛的情緒，因此認定自己是棄兒，意圖／假想建立一理想的樂園。乃編織故事，以緩和內心的惶恐不安。[29]此一時期，幼兒所編織的雖是對父母否定，但並非棄絕眼前的父母。研究者觀察其編撰的故事中發現：其所描述父母相貌習慣皆與生身父母相同，證明其所追求的是破滅的往昔樂園，是將父母提高到完美的偶像境地以符合自己的心靈偶像。因此，這個時期的「家庭傳奇」是人類藉想像力來抒解脫離父母、獨立生存過程中所遭遇到的困境。小說創作一如兒童做白日夢般，是夢想與現實的溶合體。由於兒童的夢想自幼深植人心，幾疑存在於每個人的潛意識中，超越時間，不斷地浮向意識層面。是以，家庭傳奇可說是一切小說靈感的泉源。許多作家的首部小說大多指向自敘傳或是家庭傳奇的書寫──他們是綜合著兒時自身的幻想（即相信自己編撰的故事），又將自身的經驗與觀察的結果溶入其中。這也就是說，當兒時的家庭經驗在作者內心中埋下了挫折與欲望，在成人後、在寫作時，往往在有意識與無意識兩個自我雙方的互動下營造出一個參雜著虛構與紀實、夢想與體驗互相滲透的小說世界。由於家族書寫或者涉及一個以上的家族關係的描述，其中主人公未必是單一的「我」或敘述者，作者呈現著個人與家族的互動，或者展敘著更多的家族中人物的精神面貌。以〈茉莉香片〉為例，可由其（1）病態的家、（2）棄兒情結兩個

---

29 阮克（Otto Rank，1884-1939）：〈精神病患者的家庭傳奇〉轉引自逄塵瑩：〈從心理分析論小說創作〉《中外文學》22卷第2期，總254，1993年7月，頁102-115。

層面並同參看。

1.病態的家

〈茉莉香片〉裡的聶家從外層的描繪上來看，勾勒出的是一個沒落貴族的家；而從裡層剝開來看，呈現出的則是一個病態的家。而無論內外，此一描圖俱指向張愛玲姊弟生長的家。如果逐行比對二者的場景氛圍——先看聶家的宅院，那是「一座陰冷灰暗的大洋房外加一個天暖的時候在那裏煮鴉片煙的網球場」（9）的組合：

> 他家是一座大宅。他們初從上海搬來的時候，滿院子的花木，沒兩三年的功夫，枯的枯、死的死、砍掉的砍掉，太陽光晒著，滿眼的荒涼。一個打雜的，在草地上拖翻了一張藤椅子，把一壺滾水澆了上去，殺臭蟲。屋子裡面，黑沉沉的穿堂，只看見那朱漆樓梯的扶手上，一線流光，迴環曲折，遠遠的上去了。（10）

> 滿屋子霧騰騰的，是隔壁飄過來的鴉片煙香，他生在這空氣裡，長在這空氣裡，可是今天不知道為什麼，聞了這氣味就一陣陣的發暈，只想嘔。……客室裏有著淡淡的太陽與灰塵。霽紅花瓶裏插著雞毛帚子。…頭垂著，頸骨彷彿折斷了似的。藍夾袍的領子豎著，太陽光暖烘烘的從領圈裏一直晒進去，晒到頸窩裏，可是他有一種奇異的感覺，好像天快黑了——已經黑了。他一人守在窗跟前，他心裡的天地跟著黑下去。說不出來的昏暗的哀愁。……（12-14）

對照張家：

（父親與後母）結了婚不久我們搬家搬到一所民初式樣的老
洋房裡去，本是自己的產業。我就是在那房子裡生的。房屋
裡有我們家的太多的回憶，像重重疊疊複印的照片，整個的
空氣有點模糊。有太陽的地方使人瞌睡，陰暗的地方有古墓
的清涼。房屋的青黑的心子裏是清醒的，有它自己的一個怪
異的世界。而在陰陽交界的邊緣，看得見陽光，聽得見電車
的鈴與大減價的布店裡一遍又一遍吹打著『蘇三不要哭』，
在那陽光裏只有昏睡。

都是一個瀰漫著鴉片的雲霧，霧一樣的陽光，……在那裡坐
久了便覺得沉下去，沉下去的一個怪異的世界。[30]

小說中的主人翁聶傳慶是這個病態的家中的病態人物——一個
病崽的陰沉的白癡似的孩子。他有「窄窄的肩膀和細長的脖子，……
穿了一件藍綢夾袍……蒙古型的鵝蛋臉，淡眉毛、吊梢眼……很有幾
分女性美。」（6）這與張子靜的模樣：「成天穿一件不甚乾淨的藍
布罩衫。……生得極美，那樣的小嘴、大眼睛與長睫毛，生在男孩
子臉上，簡直是白糟蹋了」[31]十分相似；而且二者在性格上都一般的
軟弱愛哭，就是與習慣被父親打的「這一類事」亦無不同。[32]若論其

30　張愛玲，〈私語〉《流言》，頁 162、163。
31　張愛玲，〈童言無忌—弟弟〉《流言》，頁 15-16。
32　聶介臣對傳慶的暴虐行為與張志沂打張愛玲和弟弟的行為一致。據張愛玲的
　　記述，張子靜小時候就只會因為要不到糖而哭，長大後為了一點小事，當眾
　　挨父親一個嘴巴子也神色自若。倒是張愛玲大大地一震，眼淚直淌下來，一
　　直銘記在心。（〈童言無忌〉，頁 16）〈茉莉香片〉中，傳慶顯然地也是
　　習慣於「那一類的事」的一個受氣包，如「打了他，倒是不哭，就那麼瞪大
　　了眼睛朝人看著……」、「跟著他父親二十年，已耳朵有點聾，……是給

行事態度上的沉默寡言、懶惰萎靡，則與中學時的張愛玲一樣是「沉默、懶惰不交朋友、不活動、精神長期的委靡不振」[33]。另外一號病態人物是傳慶的父親聶介臣：形容邋遢地躺在床上抽鴉片麻痺自己，這與張愛玲記憶中父親打了過度的嗎啡針，離死很近的模樣……俱是令人厭嫌害怕的。由於出生在這樣一個凋敗的家庭，深刻體會著腐化的家族、墮落的生活「沉下去」的恐懼與悲哀，這種情緒積澱著，成為作家揮之不去的夢魘。當她提起筆來，作家個人苦惱的根源：一個沒落貴族的病態的家、毫無生氣的生活方式、苛毒的父親，遂結出了一枚苦澀的果實──轉化出難堪人物的不堪情節。而其間人物的性格、心理變態，都由這個家一手造成。

夏志清曾說：張愛玲對於七情六慾，一開頭就有早熟的興趣，即使在她最痛苦的時候，她都在注意研究它們的動態。[34]〈茉莉香片〉是她選擇了自己所曾經的這個病態的家連帶著「既不能令，又不受命」的弟弟，作為「研究」的「動態」，為作家尋得了出口。

2.棄兒情結

棄兒情結的特色是失去唯我獨尊的往日樂園後，對真實世界認識不足，又無法改變現實，更因為自戀情結已深，是以或者逃避現實自我陶醉；或者在自我欲望的掙扎下，意圖改變卻不幸受挫，因而出現憤恨報復的行為。檢視張愛玲姐弟的童年，從最初的家沒有

父親打壞的，已經給製造成了一個精神上的殘廢」「被作踐得不像人」（頁12）。另在〈私語〉（頁163-164）張愛玲曾提及自己也有因外宿問題與後母發生衝突被父親張志沂踢打，連耳朵也震聾的經驗。

[33] 汪宏聲，〈記張愛玲〉收入金宏達編，《回望張愛玲‧昨夜月色》，北京：文化藝術出版社，2003年1月，頁27。

[34] 夏志清，《中國現代小說史》，頁400。

母親也不感到任何缺陷，到我是赤裸裸的站在天底下了。一個形同棄兒的塑像廓出：她的父親是個遺少型人物，嗜毒成癮，對小孩十分嚴苛。四歲時母親與父親不合，出走留學，在她的童年中缺席。而後母也吸鴉片，性情刻薄，虐待前妻留下的小孩。張愛玲曾經這樣自剖：她把世界強行分成兩半：光明與黑暗，善與惡，神與魔。其中包括母親／姑姑的家裡有輕柔的空氣與最好的一切的停留，而屬於父親這一邊必定是不好的，是一個她所看不起的家。對前者，作家充滿嚮往；對後者，則是「咬著牙發誓我要報仇」，腦海中滿是靜靜的殺機。[35] 像這樣張愛玲成長期間所存有理想父親的塑造[36]，到後來主體建構失敗的恨父心態，乃至於與母親也因為受挫於現實經濟問題的嚴格試驗而感到絕望，導致家庭愛的幻滅。除此之外，還有難以忘懷的被囚禁踢打的經驗以及孤獨情境的所烙下的創傷的童年記憶……等諸多心理歷程，對比〈茉莉香片〉中的人物模型與情節珠璣，若合符節。自可還原其家庭傳奇的真實脈絡：舉如男主人公聶傳慶同樣有著暴虐的父親與尖酸刻薄的後母，四歲時沒有了母親，主角對自己親生的嚴厲的父親極端憎恨，意圖取而代之（12）；同時他私慕著母親的舊日情人、留學歸來的言子夜教授的家[37]。他的行為認知出現了自我分裂，一如同作者──將父母分為好的（馮碧落與言子夜）與壞的（聶介臣與後母）；他一方面希求著言子夜的

35　張愛玲，〈私語〉《流言》，頁 162-165。

36　〈私語〉（頁 162-163）中，張愛玲曾提及父親寂寞的時候是喜歡這個有才情的女兒的。另根據張子靜《我的姊姊張愛玲》（頁 92）的記寫：父親是張愛玲研讀紅樓夢的啟蒙老師，二人曾共擬摩登紅樓夢的回目……，由此可知張愛玲對父親的情感是愛恨交織、錯綜複雜的。

37　馮祖貽，《百年家族─張愛玲》，頁 282。馮祖貽認為聶傳慶對母親舊戀人、留學歸來的言子夜教授的嚮往與張愛玲對母親與姑姑的嚮往有共同之點。

女兒言丹朱的愛，一方面卻又因不能控制自己的情緒失控，暴怒之下，恐怖攻擊了丹朱。……小說中呈現著幾乎都是棄兒的聲音：矛盾、偏激、固執、陰疑、乃至整天做著『白日夢』。佛洛伊德曾說「兒童白日夢中所夢見的事絕非偶然，那麼作家的創作亦必事出有因。」[38] 由此看來，作家由於不滿意現實，企圖營造一個精神樂園自解——在故事裡，他們背棄平凡父母、否定現實，他們自我憐惜、熱烈求愛，同時又充滿自戀自卑。作家除了強化想像的極度，並採用著人物重現、虛構人物與真實人物相同、虛構情節穿插於真實事件之中等書寫技巧，將心靈的破碎殘跡加以整合。〈茉莉香片〉宛如張愛玲自身破落的家庭傳奇的翻版：小說人物尋找父親／愛的主題一如其自身的童年生活的「逃離——尋找——破滅」的父輩關係建構過程[39]，而男主人公聶傳慶是取代自我與弟弟的混合寄生，情節仿擬，往返於文本與作者之間，當過去的回憶與當下的虛構的人生交手，正見主角人物乃至作家兒時失樂園後的叛逆感的移轉與再造。

（三）陷在心獄裡的畫像

根據精神分析，兒子與父親關係往往具有對抗性。兒子反叛父親是最原始的文學主題之一。父親在兒子心目中往往以三種形式出現，一、幻想式的父親：對父親有一種若有若無、若即若離的印象（image）。二、是一種真正有血有肉的父親，屬於真實（real）的父親，

38　〔奧〕西格蒙德・佛洛伊德（Sigmund Freud，1856-1939）原著、車文博主編，〈作家與白日夢〉《佛洛伊德文集》第四卷，頁 426-430。

39　宋家宏，〈主體心靈的自白 人倫關係的審視〉，頁 43。宋文認為張愛玲與聶傳慶所經歷的是一個「逃離——尋找——失望」的過程。

其雖為客觀世界的一部分，卻無法掌握。三、乃所謂父之名，完全屬於一個語言的範疇。兒子進入語言世界中，利用自己的力量造出一個父親的名，這時幻想的父親已經不存在，而真正的父親又渺不可及，因此需要憑空創造一個語言的父親，並參予社會活動。〈茉莉香片〉中，張愛玲正是以聶傳慶的觀點──透過他的回憶以及種種心靈意識活動敘述了在頹廢破敗的傳統家庭中，父子對抗的主題。荷馬說：「認識父親的人才是聰明的子女。」聶傳慶顯然是一個失敗者。小說中的人物各有各人生命中的恐懼與憐憫。耿德華以為：他們都有著不正常的心理，……他們對時間、環境、常規的抗拒，正宣洩了所有人共同的欲望。[40] 而這群男男女女的不正常心理包括：外表嚴厲殘暴的父親內心深懷被「篡逆」的恐懼、善女人言丹朱的虛榮任性、陰損調唆的後母心態以及聶傳慶的自我疏離的特質[41]。其中強調以聶傳慶的欲望形成、實踐及破滅，展示了陷入心獄的過程，正是小說組構、批評解構的聚焦所在。

1. 欲望的形成

欲望（desire）是拉岡理論體系的一個重要議題，亦是其對佛洛伊德本能論的修正和發展。根據他的觀察：兒童初期發展莫不出於自然需要（need 即生物性需求），當兒童開始使用語言來表達其滿足性的渴求以及其被認識為一個需要的主體時，需要則轉變為需求，欲望亦由是誕生。[42] 倘若以個體發展的實證解釋：嬰兒的哭聲最初只是獲得需

40　耿德華著、王宏志譯，〈抗戰時期的張愛玲小說〉，鄭樹森編選，《張愛玲的世界》，台北：允晨文化出版公司，1994 年 11 月，頁 79。

41　李焯雄，〈臨水自照的水仙〉《張愛玲的世界》，頁 103-127。

42　王國芳、郭本禹著，《拉岡》（Lacan），台北：生智文化事業有公司，1997年 8 月，頁 186-189。拉岡的理論是以需要、欲望和需求的三元論取代了佛

要滿足的訊號，後來嬰兒發現哭聲不僅可以滿足需要，而且可以獲得母親的愛撫和關注。於是哭聲的內涵豐富化，接著被語言所替代而變成一種需求。就在需要轉為需求的過程中，哪部分被遺漏、不表達為需求的需要，就被人們體驗為欲望，由是欲望即在此空白斷裂處誕生。因為這一欲望是來源於分裂與匱乏，其中即以兒童與其統一體——母親分離以及與其影像（image）分離的創傷過程為一個由分離體驗到匱乏的範例。且由於在兒童主體與父、母主體的關係中，嬰兒與母親處於直接的情感關係，使兒童誤認為他自己的欲望對象也就是母親的欲望對象，甚至把自己看成就是母親的欲望對象。[43] 因之，欲望總是指向一個被壓抑的原始本文：從母親那裡獲得完整性，或與母親結合。[44]

由此，我們要了解聶傳慶從原始欲望（成為母親的一切）到想知道（區分）、想佔有的欲望的過程，當首從〈茉莉香片〉中聶傳慶與馮碧落的母子關係檢視起：聶傳慶對母親所知極少，多是由二手資料中拼湊母親的圖像（比如相片、雜誌上的簽名以及劉媽的辯白）。而母親在孩童四歲時的永遠消失造成男主人公欲望對象的二次匱乏（第一次是嬰兒自身與母體分離），這樣的匱乏在小說中替

洛伊德的生的本能和死的本能的二元論。他指出人是從需要向欲望與需求轉化，需要是一種被節奏化了的生理功能，是伴隨著主體形成和語言的掌握這一過程進行的。

[43] 王國芳、郭本禹著，《拉岡》（Lacan），頁196-199。拉岡借用柏拉圖《宴饗篇》阿里斯多芬（Aristophanes）所講的神話故事：人本是雌雄同體的四條腿的生物，後被憤怒的宙斯分成兩半，所以人總是欲求他所喪失的另一半。他藉此說明人的欲望是來源於分裂與匱乏（喪失的另一半）。以嬰兒為例：最早嬰兒誕生的過程就是一個與其統一體——母親分離的創傷過程。而在後來的生活中，嬰兒的斷乳、與母親的短暫分離、兒童與其影像（image）分離。此即是兒童試圖在他者尋找自己的欲望——是拉岡所主張的「欲望即是他者的欲望」。

[44] 王國芳、郭本禹著，《拉岡》（Lacan），頁 190-191。

換以男主角對母親神祕的認同以及強烈的依戀的描寫中展現：比如
「聶傳慶守在窗子跟前，他心裡的天也跟著黑下去。說不出來的昏
暗的哀愁，……，像夢裡似的，那守在窗子前面的人，先是他自己，
一剎那間，他看清楚了，那是他母親。」聶傳慶只有從僅存的母親
婚前唯一的照片上，在攝影機的鏡子裡，隱隱地瞥見了他的母親，
擁抱著母親的幻像，如夢一般，在痛苦中，「他不知道那究竟是他
母親還是他自己」（14）。對於母親，後來聶傳慶了解：是從沒有
愛過自己的父親的。然後等到他發現母親曾經愛過別人——曾有嫁
給言子夜的可能性的時候，聶傳慶自然產生了「如果」的幻想——
如果母親採取斷然的行動；如果他的母親顧到未來，替未來的子女
設想過；如果自己是言子夜、馮碧落的孩子，一個有愛情的家庭裡
面的孩子，將是積極、自信、勇敢的……。（19）然而母親畢竟是
不在了。在此，男主人公自我等同於母親，母親的欲望遂轉化成聶
傳慶自身的欲望，於是從前的女人輾轉、輾轉、輾轉放在心上的一
點點小事——「那絕望的愛的等待」正是他母親心裡的一把刀，如
今「又在他（聶傳慶）心裡絞動了。」（14）正由於這幼兒與母親
的雙重合一與全然共生的渴望一直存在，也正由於這原始匱乏的無
可挽回更造成了欲望的永恆性，且不斷地由一個需求能指轉向另一
個需求能指。觀察在〈茉莉香片〉中的聶傳慶正是如此：他一方面
迷戀著母親；一方面又不得不恨著他的母親[45]。前者將母親凝固成一
張照片，僅能從美學的距離與之親近；後者與母親一齊化入圖像，
成為死在屏風上的鳥。前者畢竟是做了清醒的犧牲；後者則是一點
選擇權利也沒有。此外，聶傳慶對於穿著中國長袍流露出一種特殊

45　〈茉莉香片〉中：她（母親）死了，她完了，可是還有傳慶呢？憑什麼傳慶
　　要受這個罪？（頁16）。

蕭條的美的言子夜所滋生的畸形的傾慕[46]與對妨礙他欲望實現的言丹朱所形成的憎惡是同樣的與日俱增。……而比諸身為一個女性作家並不標榜母愛[47]的張愛玲，我們理解到：其筆下的聶傳慶只有藉著對母親的欲望對象的認同進行著對母親的認同，乃屬於一種想像的佔有。而這些欲望卻被虛幻影像所迷困，在現實中註定難以實現，其被積累壓抑的結果，惟存痛苦。於是悲劇乃成必然[48]。

2. 自我建構的過程

拉岡說：主體性和欲望是社會的產物，而非自然或發展的結果。而主體性的發展歷程係起始於鏡像階段（6-18 個月），終止於伊底帕斯情結（3-6 歲之間）。[49]在「鏡像階段」時期，兒童受快樂原則支配，不尊重性別差異，無法將自己的身體視為完整的客體，為無政府狀態，是具虐待狂且是亂倫的。這亦是嬰兒對自己的一個想像的認識的過程（亦即自我誤認的時刻），此一想像界是屬於前語言的、前伊底帕斯期的領域。[50]大約就在鏡像階段結束後，嬰兒開始掌

---

[46] 如：言子夜進來了，走上了講台……那寬大的灰色綢袍，那鬆垂的衣褶，在言子夜身上，更加顯出了身材的秀拔。傳慶不由地幻想著：如果他是言子夜的孩子，他長得像言子夜麼？十有八九是像的，因為他是男孩子，和丹朱不同。（頁 17-18）又如，言子夜點名時，點到聶傳慶。傳慶答應了一聲，自己疑心自己的聲音有些異樣，先把臉急紅了。……傳慶想著，在他的血管中，或許會流著這個人的血。（〈茉莉香片〉頁 18）

[47] 胡錦媛，〈母親，妳在何方？——被虐狂、女性主體與閱讀〉收入楊澤編，《閱讀張愛玲》，台北：麥田出版有限公司，1999 年 10 月，頁 235。

[48] 唐文標，《張愛玲研究》，頁 32-33。唐文標推測聶慶可能患上了精神分裂症。

[49] 王國芳、郭本禹著，《拉岡》（Lacan），頁 150-156。對拉岡而言，鏡像階段論與伊底帕斯情結論是其研究人的主體理論的核心基礎。

[50] 兒童對著鏡子觀察自身，儘管主客仍然模糊不清（即鏡中影是自身、又非自身），但建構自我中心的過程已經開始——即尋找認同支撐自我，其中或出現有異化、誤認等過程。

握語言中「我」的主體位置，進入象徵界，而其入口便是「父親的名字／父親的隱喻」。此一時期幼兒透過意識到自我與他者，本體和外界的區別，而逐漸獲得「主體性」。此即所謂「伊底帕斯情結期」[51]。其可分為以下三個階段：[52]一為母親與嬰兒二元結構：在這段期間，嬰兒處於早期發展期中主客不分的存有狀態（「想像態」），兒童認同著母親的欲望。其與母親的身體處於共生關係，互為補充但也有撕裂的幻想。二為父、母、兒童三邊結構：當父親介入母子的二元關係，是以阻撓者的身分出現，兒童開始接觸到「父親的法規」，伊底帕斯情結進入第二階段。其以母親為中介，進而對兒童的欲望產生抑制作用。而說服男孩放棄對母親亂倫欲望的是父親閹割的威脅，此時期兒童適應現實原則，向父親屈服，疏離母親。同時將此欲望壓抑到無意識的場域。三為認同父親與父親死亡階段：這一階段是伊迪帕斯情結正式衰退時期。兒童習得了父親的法規，承認父親的象徵地位，接受只有父親／雄性才具有陽具、才是母親欲望對象這一事實，從此父親不再是他競爭的對手，而是兒童學習、模仿的對象。兒童由此「二次同化」（second assimilation）獲得主體性，克服伊迪帕斯情結，得以從社會的自然狀態進入到文化的象徵秩序。此時，兒童掌握了父親的名字，這也就是一個宣佈父親「死亡」的過程。如果失敗，男孩可能在性方面無法充當雄性角色扮演，造成性沮喪，或視母親形象高於其他女人，導致同性戀。

關於聶傳慶這個角色的生成應來自舊家庭的束縛使他掙脫不

51　王國芳、郭本禹著，《拉岡》（Lacan），頁 55-56、152。拉岡認為兒童在伊底帕斯情結中從欲望成為陽具到欲望佔有陽具。沙特則認為一個人是受著欲望所是（desire to be），以及欲望佔有（desire to have）的撕扯。二者如出一轍。

52　王國芳、郭本禹著，《拉岡》（Lacan），頁 154-161。

開,轉成憂鬱,有極大的不安全感。[53] 這些壓抑的因子包括著聶傳慶父母失和、母親的早逝、父親的暴行易怒等等。而其主體建構的過程:無論是來自法律／名義上的真實父親或是精神中理想的父親,聶傳慶都遭遇到一致嚴厲的對待,造成無情的挫敗感。父親的位置被挖空,是而在幼兒心靈留下陰影,使他無法自立成長,——正如小說中所言「已經給製造成了一個精神上的殘廢」(16),遑論我父之名。

不僅於精神上的殘廢,在形體上,小說中的陽性角色聶傳慶的描形是一再出現「女性他」(animus)的特質,這種「去勢書寫」[54],或從形體殘障、或從精神殘障兩個部分可見端倪。前者多為身體生理上的殘缺。後者則屬內在精神層面閹割其傳統宗法父權中認定的陽性權威。觀察〈茉莉香片〉中聶氏父子俱屬頹廢異化一族。舉如遺少型人物聶介臣,是一個沉迷於鴉片煙、狂嫖濫賭、不務正業的父親,其昏庸猥瑣·陰鷙殘酷·色厲內在正是一種外強中乾、虛張聲勢所拼貼的變形去勢。由於他的得不到妻子的愛與移轉的恨的矛盾交織,所以刻毒待子;另一方面位居父權中心的他身懷宗法恐懼:敗家絕後的焦慮、子孫不肖以及棄養的疑懼,故而實施高壓威權統治,家庭封建保守、刻板教條化,是一個無關愛、無生氣的環境。而聶傳慶角色外表形象的女性化設計[55],伴隨著陰性氣質(如害羞

---

53 唐文標,《張愛玲研究》,頁 32-33。

54 林信謙,《張愛玲論述——女性主體與去勢模擬書寫》,台北:洪葉文化事業有限公司,2000 年 1 月,頁 195-197。聶傳慶未能成功克服伊底帕斯情結,雄性建構失敗,遂出現女性化、愛哭、懦弱、陰沉、白痴……等形象,此為「去勢書寫」。

55 「陰柔懦弱」舉如:「纖柔的臉龐……嘴裡銜著一張桃紅色的車票。」父親說他「賊頭鬼腦的,一點一點丈夫氣也沒有。」「很有幾分女性美」連言丹朱都挑明了說:「我把你當作一個女孩子看待。」(〈茉莉香片〉頁 6、

囁嚅、愛哭）[56]，再加上孩童化的行止動作[57]。導致一再被視為女人（包括生父、後母、理想的父親言子夜以及陽光少女言丹朱），卻不是一個有擔當的成年人。對這樣的認定，當然他是極端痛恨與害怕的：他總是咬牙切齒恨道：「你拿我當一個女孩子，你──你──你簡直不拿我當人！」（27）如此「雌雄同體」的寫照，不啻暗中顛覆了傳慶的陽性自我。而其孩童化的特徵，除了直陳其水仙子特質（自卑自憐、自戀）[58]，進而明白指出聶傳慶主體建構為『人』的失敗。另外鮑昌寶、吳丹鳳認為：張愛玲以女性作家的身分書寫而以男性角色聶傳慶的視點去描述、感覺外在世界，其間所形成的悖論，造成疏離與豔異感；而此一男性主人翁，本身恰恰又出現相當女性化的刻劃，於是父權體制中的男性尊嚴即在一再的性別變裝中被消解。[59]

聶傳慶始終是處於一種原初的自戀階段：包括他把臉貼在玻璃窗上摩擦著（8），伏在大理石桌面上的自惜自愛（10），還有由於傳慶的耳朵給父親打壞了，有點耳聾，使他聽不到想聽的東西，這

12）

56 「害羞」如：傳慶答應了一聲，自己疑心自己的聲音有些異樣，先把臉急紅了。後在言子夜課堂上因為回答不出問題來而挨罵時，禁不住滿眼抹淚乃至放聲而哭。（〈茉莉香片〉，頁 18、21-22）。

57 「童稚化」，舉如：外觀上發育未完全的樣子（頁 6）；又如「他懶得動，就坐在地上，昏昏地把額頭抵在藤箱上，許久許久，額上滿是嶙嶙的凹凹的痕跡」的頹廢無助（〈茉莉香片〉頁 20）。

58 李焯雄，〈臨水自照的水仙〉《張愛玲的世界》，頁 103-127。在心理學上，所謂水仙子式的人物的特徵是指自戀、自我膨脹、自我中心、利己、自私等徵狀。在張愛玲小說中〈心經〉中的小寒是過份的自我膨脹向外的自私型代表；而過份的自戀行為向內的自憐型代表則為〈茉莉香片〉中的聶傳慶。

59 鮑昌寶、吳丹鳳，〈性別的建構與解構〉《楚雄師範學院學報》，廣東肇慶學院，2006 年第 5 期，頁 7。

點出了他的自憐心態；他也不喜歡自己的聲音，更加強了其主體的失落感（7）。而吸吮藤箱壓出手臂上的紅痕這個動作也暗示著他意圖藉此行動重溫置身母親懷抱吸吮母親乳汁的幻想。以上種種，俱指向幼兒的一直無法忘懷與母親水乳交融的互相隸屬感。聶傳慶沉溺於這種「認同母親」的欲望，甚至有著成為「母親欲望」的欲望，折射的結果即是自戀的欲望，而在這裡，自戀亦是一種自我防禦，也有著自誇與自鄙的成分[60]。

另一方面，小說中的主角陷入了不斷編織將（自我）客體病態的理想化的種種幻想／幻象。比如他整天伏在藤箱上做著白日夢，額上滿是嶙嶙的凸凹的痕跡（20），又如「傳慶費了大勁，方始抬起頭來。一切的幻象迅速地消滅了。剛才那一會兒，他彷彿是一個舊式的攝影師，鑽在黑布裏為人拍照片，在攝影機的鏡子裏他瞥見他母親。」（14）在此，張愛玲是使用著視覺幻象試圖打破時間與空間的距離──幻象的重疊與時間的重疊；時間的重疊與處境的類同；處境的類同與結果的類同。如此造成一種錯覺：聶傳慶與馮碧落互相重合，終將俱化為成死在屏風上的鳥。另外值得注意的是聶傳慶的幻覺／幻像中復擬造著多層次的自我分裂：包括將父母分為好的（馮碧落與言子夜這一組）與壞的（聶介臣與後母這一組）形成對照，還有自身形體的分裂的痛苦：如聶傳慶自身是父親的形體和母親的心腸的組合，以及強烈的偏執感所造成了行動的分裂，如：一方面痛恨言丹朱佔據他的位置，而成為自己尋找父性過程中的

---

[60] 聶傳慶曾經問丹朱：「為什麼！為什麼！……為什麼你老是纏著我！女孩子家也不顧個臉面，也不替你父親想想。」姿態是高的；……後來又復顫聲的問：「丹朱，你有點喜歡我嗎？……一點兒？」這時丹朱對於他不只是一個愛人，而是一個創造者，一個父親，一個母親，一個新的環境，新的天地，是過去與未來，是神。（〈茉莉香片〉頁 24-27）。

阻礙；另一方面又意圖通過言丹朱來彌合自己的母親與言子夜那份絕望的愛；但最後卻遭到拒絕。於是如同母親同樣等著愛的聶傳慶在自我疏離的終點受辱羞憤、絕望崩潰，出現了雄性反擊（暴力攻擊），這在心理學上並不意外。因為許多不被認同的案例顯示，這實際上正是該人物透過攻擊其理想的化身而懲罰自己的一種手段。末了終究是跑不了，他還得在學校裡見到她，一如自己逃不了父親，一如母親逃不了父親，……事實上與其說聶傳慶逃不了言丹朱，不如說他逃不了自己欲望的囚籠。

在人物的勾連上，〈茉莉香片〉中明顯出現對父母輩中同性的憎惡以及異性的愛戀（「伊底帕斯情結」）。前者比如聶傳慶之於自己的殘暴的父親的厭恨──甚至痛恨自己與父親的形體相似性與血緣性[61]。後者比如聶傳慶之於自己的母親乃至假想等同母親之於母親情人／理想的父親的傾慕。當父親介入母子二元關係中，父親隱喻性地對兒童的欲望說「不」，兒童接觸了父親或是父親的法規。小說中則是以「在父親作廢的支票上簽上自己的名，意圖掌控金錢，奪取奇異的勝利」（12）被視為弒父過程的操演──其意圖取代宗法的父親，成為母親婚姻中的欲望對象。另如聶介臣亦曾嗤笑自己的兒子「就會糟蹋東西，連個男朋友都沒有，也配交女朋友。又一再強調這個白癡似的孩子讓他難為情。」（20）我們在這樣的父子關係的對待中看不見愉快的相處經驗，導致聶傳慶對欠缺父愛的沮喪與慕羨，於是理想的父親身影一再被幻想製造出來──他迷戀於

---

61 聶傳慶意識上「深惡痛嫉」自己的生父，但從潛意識發展出來的姿態言行，卻在在昭告與父親的相似，如流著相同的血液，以及他發現他有好多地方酷肖他父親，不但是面部輪廓與五官四肢，連步行的姿態與種種小動作都像。（〈茉莉香片〉頁20）。

自己出世之前的過去，逃避面對現實，並自行製造幻想母親的情人言教授有可能成為他的父親，相對於對聶介臣這三個字的不被看得起，言子夜這個名字卻是理想父親的化身，在其眼中尊貴無比；但矛盾的是他又是下意識中的情敵，不許自己跨越雷池一步。在〈達文西與他童年的一段記憶〉中曾有這樣一段話：「沒有一個在童年時欲求他母親的人，會不想將自己放在他父親的位置。會不在想像中與他的父親認同，而且後來將超越他視為自己一生的任務。」[62]由於聶傳慶面對父母、同學及一切現實的人都感到自卑、渺小、整日自怨自艾。[63]在極其缺乏自信以及自戀的情況下，遂產生厭惡排拒「多管閒事」的女性及其有關的一切。[64]因之，聶傳慶並未經父子衝突中學得教訓，尋得／接納替代父親來撫平他的巨大的心理創痛。當權威無情的父系語言如出一轍，舉如在家裡，聶介臣告誡聶傳慶：「你再不學好，用不著往下念了！念也是白念，不過是替聶家丟人！」（20）到了學校，言子夜沉下臉，教訓著聶傳慶：「……你若是不愛念書，誰也不逼著你念，趁早別來了，白躭擱了你的同班生的時候，也躭擱了我的時候！」（21）而針對聶傳慶淌眼抹淚的反應，言子夜更認為是無恥之尤，因此遭到這樣的痛罵：「你也不難為情！中國的青年都像了你，中國早該亡了！」（21-22）如此的喝斥怒罵，進一步把他推回他所不願意面對的現實──一個客觀上他無能為力的現實，一個主觀中自卑自怨自憐自戀的囚牢。對此他

62　〔奧〕西格蒙德‧佛洛伊德（Sigmund Freud，1856-1939）原著、車文博主編，〈作家與白日夢〉《佛洛伊德文集》第四卷，頁436-507。
63　宋家宏，〈主體心靈的自白 人倫關係的審視〉，頁41。
64　如聶傳慶不愛看見女孩子，尤其是健全美麗的女孩子，因為她們使他對於自己分外的感到不滿意（8）。同時在家裡他憎惡劉媽，（劉媽是他母親當初陪嫁的女傭），正如他在學校憎厭言丹朱一般（10）。

痛心疾首，死也不能忘記。如是聶傳慶對陽物父親屢次的認同挫敗，轉為內化了的「超我」道德譴責，而呈現出一種「道德自虐」的衝動。另外，聶傳慶潛意識中化成為母親這一世化身的復仇魅影（同樣等著愛的這對母子），在企求滿足的欲望受到箝制以及對任何阻擾欲望的事物憎惡[65] 的情況下，故事中的主角出現反常行動，對他人展開攻擊。這樣以反撲羞辱作為自衛不啻是自戀行為的變體。這說明了當不能接受父親的法規，那麼兒童就會認同母親的匱乏，屈從於母親的欲望之下，他仍將停留在伊底帕斯情結的第一階段之上。這正意味著聶傳慶再次建構主體宣告失敗。

四、虐性文本與作家童年經歷症候

　　觀察〈茉莉香片〉中，主角聶傳慶原希望擁有一個溫暖的家庭以及在學校課堂上表現優越，希望自己成為一個受肯定讚譽的有為的青年，這代表著聶傳慶的人格理想，是他要達到的人生目標，因此也是他的鏡像。但是他的家庭不完整、理想的實踐屢屢受挫，於是相對地，其理想與自我的距離和虛幻關係就暴露了出來。同時它映襯出自我的另一面，即缺失和匱乏所引起的焦慮和仇恨的負面體驗。於是一種極度分裂的人格湧現（比如原來的怯懦柔順竟變得暴力兇狠），這使他嫉妒外表亮麗成功、擁有他所認定的理想父親言子夜的言丹朱，並幻想她們將要迫害他，因而反過來攻擊他的理想的化身──一個代表他的自我理想的演員。這樣的發展極其戲劇化，說明了聶傳慶主體追求的建構乃至破滅，與其理想母親、父親角色

65　差一點，他就是言子夜的孩子，言丹朱的哥哥，也許他就是言丹朱。有了他，就沒有她。（〈茉莉香片〉頁 17）。

的空缺密切相關。是而從精神分析法治小說，初意不再尋求充滿感
人效果的陳述命運、性格與欲望之間的衝突，或釐析其間的責任歸
屬問題，而是聚焦於構成衝突的材料的特殊性質——是流竄於古老
心靈與荒唐現實之間的「鄭重而輕微的騷動，認真而未有明目的鬥
爭」[66]。這騷動與鬥爭——在能指鏈中，症狀是隱喻，指向恨父；而
欲望即換喻，指向戀母——是將最初的性衝動指向母親，最初的仇
恨指向父親，不過是滿足了所有人童年的願望。[67]

　　繼從作品形構的語言觀察：可以發現張氏組織家庭傳奇的書寫
策略是：一方面強化想像的極度，一方面運用著人物重現、虛構人
物與真實人物相同、虛構情節穿插於真實事件之中等途徑，這仍是
應合著參差對照的手法，將心靈的破碎殘跡加以整合。舉如在〈茉
莉香片〉中，母親就是一面鏡子，聶傳慶幻想著自己與母親疊影重
合，又連繫出對母親情人言子夜畸形的傾慕。此外，張氏是以一種
殘缺家庭塑造殘缺男體，並進一步突顯男性邊緣化／去中心的書寫
反撲。同時她並無意為一個大時代所束縛、為傳統所拘牽的悽楚女
子立傳，寫其哀慘節烈的事蹟以供仿效，而是藉由一個畸形的下一
代受害者乃至於變態的施虐者的自剖式的視角進行書寫，是間接表
露、完成了時代女性浮出地表的危機與自覺。無怪乎柳雨生說以短
篇小說多重結構論之，〈年輕的時候〉、〈茉莉香片〉最好。[68]

　　終就讀者的接受而言：張愛玲的書寫的傳奇，篇章之充具虐性，
其中的恐怖與扭曲，正是基於讀者不平衡需求而設計，根據心理分

66　張愛玲，〈童言無忌〉《流言》，頁 20。
67　〔奧〕西格蒙德・佛洛伊德（Sigmund Freud，1856-1939）原著、車文博主編，
　　〈釋夢・第五章：夢的材料與來源〉《弗洛伊德文集》第二卷，頁 176。
68　唐文標主編，〈「傳奇」集評茶會記〉《張愛玲資料大全集》，頁 251。

析研究，讀者的精神的紓解常可經由肉體的折磨而達成，此處經由文本的虐性扭曲，造成了讀者們被虐後的快感，個人的焦慮在比較之後獲得了紓解，個人認知的美感於是乃得開發。[69] 是其文本中對時間、環境、常規的抗拒，正宣洩了所有人共同的欲望。[70] 故而倘若以讀者的心理和反思來解讀印證，張愛玲的失愛的童年正是人生之始。而自其作品的主題與細節裡隱然可以覺察作家童年經歷症候；有愛與無愛的對峙，小愛與大愛的召喚，文學價值的尊卑貴賤與藝術生命的短暫與永恆，……一切都臣服於「因為懂得，所以慈悲」。

　　然而，如此一來，主角、作者乃至讀者的人生的困境果而真是無法逃脫？新的選項是否有可能產生？倘若從理與欲是互相成立而不是互相排斥的角度來看（新精神分析理論的主張），如果壓抑與放縱不必然成為此消彼漲的對立項，那麼，壓抑走到盡頭是否將有可能包含扶正與顛倒，如此，在文本中的秩序的崩潰與野蠻的勝利，在實生活中或許可能是在秩序的欲化當中產生了更徹底、更真實的文明與秩序？這些都將成為耐人思考的課題。[71]

69　楊昌年，〈百年僅見一星明（2）──析評張愛玲〈金鎖記〉的藝術〉《書評》第四卷十二期，1993 年 6 月，頁 22。以及〈百年僅見一星明（8）──評析張愛玲的 < 茉莉香片 >〉《書評》第四卷十二，第四十六期，2000 年 6 月，頁 22-30。

70　耿德華著、王宏志譯：〈抗戰時期的張愛玲小說〉《張愛玲的世界》，頁79。

71　本文重新改寫。原文發表於《華文文學》2009 年 8 月第四期，汕頭：中國世界華文文學學會，總第 43 輯，頁 22-30。

張愛玲與〈同學少年都不賤〉

一、張愛玲的生前創作與遺稿發表

　　〈同學少年都不賤〉是張愛玲由港赴美後，於七〇年代敘寫的一部中篇小說。

　　這篇中篇小說在張愛玲生前並未發表，一直到 2004 年 2 月 16 日，臺灣皇冠文化集團 50 周年社慶，宣佈推出張愛玲這篇遺稿〈同學少年都不賤〉與張愛玲的兩篇散文〈四十而不惑〉、〈一九八八至——？〉以及四篇譯作[1]〈無頭騎士〉、〈愛默生的生平與著作〉、〈梭羅的生平與著作〉、〈海明威論〉結集為《同學少年都不賤》出版，以饗讀者。同年 3 月，簡體版由天津人民出版社發行問世。

---

[1]　四篇譯作中，〈愛默森的生平和著作〉（頁 126-149）嚴格說來是張愛玲的譯述與自撰文字的混合。其第「一」、「二」部分（頁 126-129）係張愛玲所譯《愛默森選集》書前自撰〈譯者序〉（頁 3-6）的重組，而第「三」部分（頁 130-149）除了「大神」與「海濱」兩首詩作外，餘為《愛默森選集》〈第三章　詩〉原著的選錄（頁 150-157 以及 183-184）。而〈梭羅的生平與著作〉中也提及「梭羅的格調卻是高的，又像中國古時的忠臣良將，例如岳飛和文天祥，平日就有一種治國平天下的凌雲壯志，……」（頁 156）疑為張愛玲自己的看法。參見張愛玲，《愛默森選集》，台北：皇冠文化出版有限公司，1992 年 5 月以及《同學少年都不賤》，台北：皇冠文化出版有限公司，2004 年 2 月。

　　這部小說的出現，使讀者們倍感驚喜，從張迷的角度來看，她流浪在外的孤兒當然都要好好收養。即使是一鱗半爪，也是考據張愛玲的珍貴資料。[2]另一方面由於這部書的出版距離 1995 年張愛玲去世已有一段不短的時間，也引發了一些存疑[3]：有認為這是篇兩萬字未完成的小說；是謎一樣的作品；有認為此篇完成約於七〇年代，算不上是張愛玲最後一部遺作；還有批評此作顯現張愛玲晚年創作力衰退，是張氏的「強弩之末」[4]；珍賞與批評的聲音互見。關於這篇作品的真偽，首先要從此稿的來龍去脈談起。根據張愛玲在 1978 年 8 月 20 日寫給夏志清的信中曾經提及：「〈同學少年都不賤〉這篇小說除了外界的阻力，我一寄出也就發現它本身毛病很大，已經擱開了。」由於張愛玲信中復自言其寫小說「是愛看人生，而對文藝往往過苛」，可見得作家在創作〈同學少年都不賤〉這篇作品後，似乎並不滿意，所以將之擱置。[5]這與她一貫的創作態度符合：「譬

2　參見陳建志：〈何處飛來不死鳥──談最新發現的張愛玲小說《同學少年都不賤》〉《復刊》303 期書評。網頁：破報新聞，上網日期：2004 年 4 月 1 日。取自：http://publish.pots.com.tw /Chinese/BookReview/2004/04/01/303_37bookr1。

3　參見《新京報》記者趙晨鈺撰述〈張愛玲遺作的四點質疑〉中引用田志凌：〈張愛玲遺作曝光之四大疑點〉（2004 年 2 月 24 日《中國：南方都市報》）文字，上網日期：2004 年 2 月 27 日。取自 http://big5.xinhuanet.com/gate/big5/news.xinhuanet.com/book/2004-02/26/content _1333079.htm-28。

4　類似的看法參見文喬、劉麗朵：〈張愛玲遺作：巔峰還是敗筆？〉《新京報》，上網日期 2004 年 3 月 16 日，取自中華讀書網 http://www.booktide.com/news/20040316/200403160013.html。以及「暮色餘味」轉載新浪讀書書評〈張愛玲別姬─評《同學少年都不賤》〉。上網日期：2004 年 4 月 8 日。取自 http://www.frostar.com/ziliao.htm。

5　此為張愛玲給夏志清信中語。此信原收錄在《聯合文學》第十四卷第九期〈張愛玲給我的信（十）〉。由於作家本人或由於某好心切、務求完美，所以將之擱下沒有發表。參見〈編者的話〉，收入張愛玲，《同學少年都不賤》，台北：皇冠文化出版有限公司，2004 年 2 月，頁 4。以下引文，直標頁碼，

如寫文章上頭，我可是極負責任的。」[6] 而針對「寄出」一事，著名張愛玲研究專家陳子善推測：張愛玲應是寄給好友宋淇以聽取他的意見。或許宋淇對這部中篇有不同的意見，認為其「毛病很大」，所以一直未曾提及這篇稿子的存在。[7] 而根據 1978 年 7 月 19 日宋淇寫給張愛玲一信確實提及此作雖 innocent，但不建議此作發表，原因是恐怕遭受如同余光中作品被侮辱為色情文學等無謂的攻擊。同時張愛玲擔心已發表的給人 anthologize 了去，是以打消出單行本之意，或許此亦為所謂「外界阻力」之一。因而此作未公諸於世，後來一直到宋淇過世後，宋淇夫人宋鄺文美女士整理遺物時才發現這篇遺稿，而後交付皇冠雜誌，編輯部門幾經討論，認為是十分重要的史料，於是決定將之出版。（3-5）

　　除了張愛玲生前與夏志清教授的書信曾提及〈同學少年都不賤〉這篇小說的存在；另外，陳子善亦曾親閱這篇稿子。2001 年 7 月，陳子善到洛杉磯南加州大學，在東方圖書館浦麗琳女士特別安排下，親閱尚未開放的「張愛玲資料特藏」[8]，當看到這篇遺稿時，陳子善

不復作註。

6　胡蘭成，〈論張愛玲〉《中國文學史話》，台北：遠流出版事業股份有限公司，1991 年，頁 213。

7　李瑛，〈塵封二十六載 26 載『出土』的張愛玲遺作〉《北京娛樂信報》，上網日期 2004 年 3 月 16 日，取自中華讀書網 http://www.booktide.com/news/20040316/200403160010.html。其中包括陳子善（華東師範大學教授，著名張愛玲研究專家），「遺作『出土』來龍去脈」、吳福輝（現代文學館副館長），〈自傳性質非常強〉以及止庵（知名作家），〈乍一看很不像張愛玲〉等專論。

8　1997 年 10 月，為紀念張愛玲逝世兩周年，東方圖書館舉辦「張愛玲遺作手稿特展」。臺灣皇冠出版社為此提供了不少張愛玲作品手稿影本，包括英譯《海上花列傳》手稿、英文《少帥傳奇》手稿（均為打字稿）、《對照記》和散文《亂世紀二三事》（即《惘然記》）、《笑紋》、《四十而不惑》等手稿。「特展」結束後，這批手稿影本由南加大東方圖書館保存。

自言「我簡直不敢相信自己的眼睛。」他描述〈同學少年都不賤〉寫在由皇冠出版社為張愛玲特製的 500 格長形稿紙上，共 42 頁，鋼筆豎寫，字跡娟秀清晰，僅少數幾處有刪改。而這個故事是在鋪陳上海某所教會女中年輕女學生們的生活經歷和心理成長，以此揭示人生無常的滄桑悲涼，可謂意味深長。因之，他認為無論從張愛玲的筆跡或是張愛玲的文風上觀察，都完全是張愛玲式的，沒有假冒的可能。[9]

至於張愛玲創作〈同學少年都不賤〉的時間，一般多以小說材料中提及「美國總統甘迺迪遇刺、猶太人入閣、季辛吉任國務卿」等新聞大事進行時間點的追索：考察 1963 年甘迺迪遇刺、1973 年季辛吉出任國務卿，復參覈上文所敘 1978 年張氏與夏志清的書信往來論及〈同學少年都不賤〉，推斷此作應在 1973 年後至 1978 年前之間完成，是屬於張愛玲赴美之後的創作。由於張愛玲一向是個人主義自居，馬克思主義與資本主義的浪潮儘管成了時代的鈐記，但對張愛玲而言也只是瞧著熱鬧。是以她先後自上海、香港出走，意圖在美國覓得自由的棲地，繼續「尋求」與「創作」，未料張愛玲的英文寫作"Pink Tears"在亞美利堅閱讀市場失利，經濟困境和巨大的生活壓力使得張愛玲的後半生際遇落入顛沛流離與飄泊孤獨。[10] 其書

9　陳子善在〈遺作『出土』來龍去脈〉中認為此非他人模仿其字跡之作。他表示，即使字跡可以模仿，模仿者也不可能有水平寫出這樣的作品。因為這件作品具有鮮明的張愛玲的文風，甚至在用詞、句式的習慣等細節方面，都完全是張愛玲式的。

10　張愛玲於抗戰勝利後被攻擊為「文化漢奸」因而沉寂一時，1947 年以小說〈華麗緣〉復出，陸續發表的小說有〈多少恨〉、《十八春》和〈小艾〉，1952年由滬抵港，此為張愛玲人生中第一度逃離。香港時期的創作為《秧歌》和《赤地之戀》兩部，1955 年赴美，此為第二度逃離。以考究《紅樓夢》和翻譯《海上花列傳》為生活重心，1956-1957 完稿的英文長篇小說"Pink Tears"（粉

寫風格明顯由華麗精美趨於平淡自然，字裡行間瀰漫著一種無謂無何無奈的情緒，而對人生的感悟則出現放空一切的淡然。倘若比對於約莫同一時期（1978 到 1979 年）發表的〈浮花浪蕊〉、〈相見歡〉乃至〈同學少年都不賤〉，這些使用準自傳式結構的小說其調性十分相近。同時就小說敘事模式而言，不但包括了文學書寫的嬗變，而且是社會變遷在文學領域的曲折表現[11]。這部小說涉及面廣，包括作家生活形態，心理背景和文化背景，與張氏早期作品相較，別有特色。而止庵更認為〈同學少年都不賤〉的寫作不但在題材上把張愛玲筆下的人物序列的時代背景往後推了將近 20 年（以前瞭解的張愛玲的寫作題材最晚到去國這一段，此作寫到了 70 年代）；而就張愛玲的小說寫作的年代而言，也整整往後推了 10 年[12]，說明張愛玲晚年並非沒有創作。這些都為張愛玲的研究提供了新的課題。

二、借用杜甫的聲音：同學少年「都」不賤

〈同學少年都不賤〉寫的是年少時期一群在上海教會女中一起讀書一起作息的四個女學生的友誼和人生際遇；尤其主要鎖定兩位

涙）出版不利，後更名為"The Rouge of the North"（北地胭脂），1967 年由英國倫敦 Cassell 書局出版，其中文本即是《怨女》則於 1966 年由台北皇冠出版。此外，小說創作與改寫包括 1967-1968 年《十八春》改寫為《半生緣》，而七〇年代後期，除了發表其自言改寫於 1950 年間所寫的〈浮花浪蕊〉〈相見歡〉和〈色，戒〉三篇小說外，即為張愛玲『出土』之作〈同學少年都不賤〉以及 1975 年五月裡經營的《小團圓》的故事。

11 陳平原，《中國小說敘事模式的轉變》，北京：北京大學出版社，2003 年，頁 2-3。

12 止庵，〈乍一看很不像張愛玲〉，收入李瑛：〈塵封二十六載 26 載『出土』的張愛玲遺作〉《北京娛樂信報》。

女主角──趙玨與恩娟之間的交往滄桑。小說從《時代週刊》的特
寫報導開始：主角趙玨看到這篇報導的主角正是她昔日同學恩娟與
其夫婿──一個流浪到上海的猶太人汴傑民·李外。當時這對由她
一句話撮合了的恩娟夫婦移民美國華盛頓，如今猶太人入閣，已是
飛黃騰達。而趙玨境遇大不如恩娟：先是逃婚離開家，後來北上跑
單幫認識了個高麗浪人崔相逸，幾十年後，趙玨到了美國求生活，
寫信拜託恩娟幫忙找個小工作，於是又有了聯絡，所以成就了這場
「姊妹會」。而自己的愛情先是與高麗浪人崔相逸的浪漫之愛沒
有結果，後來的婚姻也因為丈夫萱望有了外遇、私生活糜爛分手，
現下在華盛頓做臨時傳譯員混飯吃。故事中寫到二人多年後重逢，
回想起昔日校園生活年少輕狂，當年的同窗好友各走上不同的道
路──赫素容左傾、芷琪遇人不淑、儀貞夫婦在教書、汪嬙到了紐
約還是很闊、眼前恩娟是最有成就的……。小說末尾復以時代週刊
的報導收束──趙玨認出了在總統遊艇上的恩娟照片；「前後」「人
我」兩相對照，那雲泥之別的差異感還真是當頭一棒，夠人受的。
如此，故事主題在「同學」與「今昔」之間往復移動。前者點名人
物的關係──是同學更是室友，關係自然不同。後者則標記時空，
由二十世紀三〇年代一直到七〇年代，從中國大陸（上海、北京等）
輾轉美國大陸（東北部的小大學城、華府等），其中包括如中日戰
爭、國共內戰上海解放；越戰與反戰浪潮、甘迺迪遇刺等事件新聞
都進入了背景，小說人物的中國經驗與美國經驗正見證了一連串環
境的巨大變動。花有重開日，人無再少年。一旦邁入急管繁弦而哀
而淡的後中年時期，由人我境遇懸殊，審視前後光景貴賤榮枯，因
而引發種種心情的變化。

　　此情此景對應西元八世紀旅居夔州府的杜甫，經歷安史亂後，
唐朝盛世風光已遠，杜甫身在劍南心懷渭北，既傷日月如流，更歡

漂泊不遇：往昔「彩筆昔曾干氣象」，如今「白頭吟望苦低垂」；對照「長安卿相多少年」「五陵衣馬自輕肥」，[13] 而己身「萬里悲秋常作客」「艱難苦恨繁霜鬢」[14]；自思比擬前賢「匡衡抗疏，劉向傳經」，而「功名薄、心事違」卻是詩人切身窘境的寫照，是以落筆愴然。而時空迢遞進入二十世紀，民國世界的臨水照花人亦面臨了進退維谷的現實人生困境……。於是，這些自身遭遇與社會現實的壓抑與挫折，激發著作家們將無力的痛感化為文字，展現了話語的權力[15]：前者是傳達著男性文人對統治者的無能為力而仍忠貞以待，後者則是取模自女性對自身存在的難堪不滿而仍屈從以生，作家們對亂離不遇同有著深刻沉重的感懷，文人與才女雙方的「聲音」流動交通。因而借擇《秋興》名句而稍作更動：同學少年「都」不賤，因而落題。[16]

三、〈同學少年都不賤〉的「自傳性」

陳子善曾經這樣評述〈同學少年都不賤〉：這部作品敘述角度

---

13 原出杜甫〈秋興八首〉第三首：「千家山郭靜朝暉，一日江樓坐翠微。信宿漁人還泛泛，清秋燕子故飛飛。匡衡抗疏功名薄，劉向傳經心事違。同學少年多不賤，五陵衣馬自輕肥。」清聖祖御定《全唐詩》第四冊，台北：文史哲出版社，1978 年 12 月，頁 2509-2510。

14 杜甫，〈登高〉，《全唐詩》第四冊，頁 2467-2468。

15 此處借用傅柯的「壓迫權能說」（repressive power）的概念論述。參見孫康宜，《文學的聲音》，台北：三民書局；2001 年 10 月，頁 62-63。

16 張愛玲，《同學少年都不賤》，頁 7-60。此篇小說張愛玲借杜詩原句「同學少年多不賤」而改「多」一字為「都」。或以張愛玲為小說中如今在社會地位、經濟條件上皆不如昔日學生時代的好友的女主角趙玨找一些心理安慰：「都不賤」就是其實誰也不比誰差。

比較特別，帶有張愛玲自傳的色彩；[17]而吳福輝亦肯定此篇自傳性質非常強，是張愛玲非常重要的一篇小說。周芬伶則從張愛玲的小說皆有所本的角度觀察推測：將其中兩位女主角視為有「張愛玲與炎櫻」的影子，而高麗浪人是胡蘭成。[18]事實上張愛玲個人生活中，與她情誼深厚年齡相當的同性友人除了炎櫻，還包括蘇青與鄺文美，都曾給予她撫慰與支持。陳建志則舉〈浮花浪蕊〉與〈同學少年都不賤〉並陳，也認為「裡面有好些自傳性材料」，兩篇小說像是親密的兩姊妹。並以〈同學少年都不賤〉接續了〈浮花浪蕊〉在赴日輪船上打住的去國故事，進一步透露張愛玲離開日本後到了美國生活的景況，直是流離海外的張愛玲的私密小說加上離散敘述。[19]

由於女作家創作史中，以婦女為中心的小說已非一種新現象，且其作品往往被推向女作家「自身的畫像」的連結，在閱讀時，往往產生自爆內幕的闡釋與窺人隱私的想像。這篇小說將女主角（趙玨與恩娟）的體驗置於中心位置，包括她們的友情、愛情（同性的與異性的）、婚姻、工作與生活。從人物情節與事實上的對應：其中所透露出來女主角的性格、心境與行為的訊息，以及其中最終表現的女性命運──無奈、無望、無結果乃至情不情，許多層面似乎都源出於作家將自身經歷抑或是所熟悉的理解、經驗與感情作自覺的表達，因而幫助讀者更加認識了作者。

在人物情節與事實上的對應來說，小說中以女主角趙玨為主的

17　陳子善，〈從《小團圓》到《同學少年都不賤》〉《說不盡的張愛玲》，上海：上海三聯書店。2004 年，頁 177-181。

18　周芬伶，《芳香的秘教──性別、愛欲、自傳書寫論述》，台北：麥田出版社，2006 年 1 月，頁 278-279。

19　陳建志，〈何處飛來不死鳥──談最新發現的張愛玲小說《同學少年都不賤》〉《復刊》303 期書評。

情節發展為主線：從年少時在教會女中的住校生活起展開——畢業後拒絕家中安排婚姻而遭禁閉——逃婚離家——為生活在北京上海跑單幫；結識結過婚的高麗浪人崔相逸，戰後並遭謠傳下海伴舞——共產黨解放大陸後赴美——與來自台灣的萱望結婚，萱望輾轉於美國東北部等幾個小大學城之間教書——復因萱望生活糜爛與之離婚——獨身到華府作傳譯員；與昔日同學室友恩娟重逢——因缺乏相互信任自覺受辱，與昔日好友漸行漸遠——到「女主角最後孤獨的活著是最原始的安慰」收束。對照作家的個人生命經歷：張愛玲初自上海聖瑪麗亞女中度過六年教會女校生活——因外宿問題與繼母爭執而遭禁閉——逃離家庭——與浪跡南京、上海、武漢的胡蘭成相識相戀，被攻擊為「吉普女郎」[20]——上海解放後赴美，與大學好友炎櫻重逢——與美籍作家賴雅結婚、自己奔波於諸大學之間（俄亥俄邁阿密大學、麻州康橋賴德克利夫大學、加州柏克萊大學等）從事翻譯研究工作——後賴雅中風去世——獨自幽居洛杉磯以終。其中，有自說自話，也有虛擬託喻。但幾個主要的段落，乃至一些較小的時間細節都見重合。而特別是有兩大段生活描述讓人注意：一是女校生活成長階段，另一則是赴美之後流離漂泊的中晚年，正為我們原已觀知的小說《金鎖記》、《花凋》以描圖張愛玲家族；《傾城之戀》、《多少恨》、《半生緣》中的隱涉張胡之戀之外，對作家年輕時校園生活與中年以後的獨居歲月，可以得到更多、較深的瞭解。

---

[20] 中日戰後，張愛玲因與胡蘭成婚姻故被上海大時代書社出版的《女漢奸醜史》列為漢奸。1946 年 3 月 30 日上海《海派》週刊對張愛玲人身攻擊，刊出〈張愛玲做吉普女郎〉的新聞。所謂「吉普女郎」是指當時上海女子迫於生活，跟美國兵在一起，坐了美國人的吉普車招搖過市者之謂。

　　次論及女主角趙玨的性格、心境與行為；小說中趙玨家闊、性格聰明敏感，自尊心強，對昔日學生時代的好友恩娟如今在社會地位、經濟條件上有了差距，二人雖是敘舊但順帶幫忙，難免自慚形穢；卻一方面又心高氣傲不願服輸。故事中寫她與恩娟相處：明明是覺得恩娟「這股子少年得意的勁受不了」，又怕被認為是「妒富愧貧」；二人的書信交談由刺目到刺心，其中提到三次她懷疑「恩娟不信她的話」，言下頗為受辱，講到不堪處是「人窮了就隨便說句話都要找鋪保」而漸行漸遠，從此斷了音訊（38，47-48，55-56）。另外，她與赫素容、司徒華等的交往情況亦頗類似，前者是發覺赫素容為了錢與她接近，自覺受了利用；後者是對結了婚的司徒華的試探覺得反感；因此都相交日疏。對照張愛玲本人脾性也是相像的：如出身遺老家族顯赫，亦不會待人接物；她的個性是靈敏纖細、倔強認真；她的人生觀是不予不欠[21]、不佔人便宜、更不刻意討好人。在美國張愛玲有好一陣子是住旅館流浪，與外界不來往，就是牽涉到缺乏人與人信任的問題。[22]此外，她高度敏感，最受不了的就是侮辱性的行為，更別說自取其辱。她說：人們因為自卑的心理，往往都是一棵棵多心菜。[23]這樣多心疑慮的處世態度，成了習性，自然也改變了自己的命運。

　　女主角與張愛玲一樣喜歡看電影，小說中自不乏對看電影熱烈期待的描寫：「音樂的洪流漲潮了，紫紅絨幕上的蘭花剖成兩半徐徐拉開，帶來無比的的興奮感。」（29）另外，女主角在上海幫忙

21　林式同，〈有緣識得張愛玲〉，收入金宏達主編，《昨夜月色》，北京：文化藝術出版社，2003 年 1 月，頁 306-307。

22　張愛玲，〈致司馬新信〉，收入金宏達主編，《昨夜月色》，頁 299。

23　張愛玲，〈浮花浪蕊〉《惘然記》，台北：皇冠文化出版有限公司，1983 年 6 月，頁 65。

照顧好友的小孩：以模仿鳥籠上罩塊黑布讓鳥安靜下來的法子，趙
玨攤開報紙罩在爬來爬去的孩子背上，弄得孩子大哭。於是女主角
「自己覺得像白雪公主的後母」的一段（32），印證了我們對張愛
玲的了解是「她是一向不喜小孩」[24]。此外小說中以「醜小鴨時代」
（50）描述女主角趙玨年輕時期，這對讀者也不陌生：在《對照記》
裡，張愛玲就曾自言有過一個醜小鴨變成醜小鷺鷥的尷尬的年齡[25]。
還有一段情節提到女主角在華府當國務院口譯打零工，要穿禮服。
於是趙玨以普羅式的自行設計、裁製服裝（49），這樣的行為舉措
不但可以連結到與張愛玲的「嗜衣狂」的癖性[26]，推測應與其在聖馬
利亞女校所接受的家政教育相關。

末尾，有一段心情喻況，幾疑是張愛玲晚年的經驗書寫：當女
主角從無線電裏聽到甘迺迪遇刺身亡的消息，她正臨著水槽洗盤碗，
腦子裏聽見自己的聲音在說：「甘迺迪死了。我還活著，即使不過
在洗碗。」這段提及「一隻粗糙的手的撫慰是最原始的安慰，真正
到了心裏去，因為是真話。」（59-60）不僅典型如張愛玲一向的文
學表述，而真實情形一如作家自身當下流離生活的境況。事實上，
這部小說從對於人世命運浮沉不定到空無的愛情婚姻觀；由對人類
善惡本性的深刻洞悉以及個人的自我面對生存世界的無力抗衡，既
有流離經驗，也有希望中的生死掙扎。字裡行間漫掩著難論的有情
無緒，直可視為作家複雜而隱密的自我告白，其間包含著作家在情

24　胡蘭成，〈民國女子〉《今生今世》，台北：遠流出版事業股份有限公司，
　　1990年9月，頁283。
25　張愛玲，《對照記》，台北：皇冠文化出版有限公司，1994年，頁54。
26　張愛玲，〈更衣記〉《流言》，台北：皇冠文化出版有限公司，1968年7月，
　　頁76以及《對照記》，頁32、59、65、67。

路波折後的徹悟：「人生實難，死如之何，嗚呼哀哉。」[27]

　　關於小說的自傳色彩，有一封張愛玲於 1977 年 7 月 12 日給夏志清的信函頗堪玩味，可供旁參。這封信中談到她喜歡亨利·詹姆斯（Henry James, 1843-1916）晚年的一篇 "The Beast in the Jungle"《叢林野獸》，因為此篇「造意極佳——也許有點自傳性——作家一直有預感會遇到極大的不幸，但是什麼事都沒發生，最後才悟到這不幸的事已經發生了。」根據夏志清在信後的按語補充說明：「這篇小說寫成於 1902 年，實有所本，主要靈感即來自作者同烏爾森女士的一段友情[28]。由於詹姆斯一生致力於寫作，冷眼旁觀人生而自己反不能熱情地投入生活中。進入晚年後，自感生活空虛，才會寫出《叢林野獸》這樣的小說。」[29]如此讓人不禁聯想：張愛玲是否與詹姆斯同有所戚所感，所以在其抵美之後也類仿創作了這麼一篇帶有自傳性的小說〈同學少年都不賤〉的書寫？那麼，張愛玲這篇「同學少年」所鋪陳對照的便不僅是小說當下人物的離散聚合與人生際運；或亦可視為作家自身穿越四十多年時空，召喚回憶想像，為已逝的青春年少重新做了傳記演繹。

27　王國瓔，〈樂天委分，以至百年——陶淵明「自祭文」之自畫像〉載於《中國語文學》第 34 輯，1999 年 12 月，頁 323-340。

28　1880 年，詹姆斯遇到了女作家康斯登絲·烏爾森（Constance Fenimore Woolson）。在兩人之後 14 年的交往中，他們不僅激發了彼此創作小說人物的靈感，而且烏爾森也讓詹姆斯開始隱喻性的在作品中寫到了自己作為藝術家的生活。但是，兩人最終還是不歡而散。

29　夏志清，〈張愛玲給我的信（10 則）〉第九封，收入金宏達主編，《回望張愛玲——昨夜月色》，頁 422-425。

四、聖瑪利亞女校情結

(一) 張愛玲與聖瑪利亞女中

1. 聖瑪利亞女中源起

近代中國與西方的迎面相遇，無論從西方中心主義或中國中心觀的角度立論，在廣義上是內外因各層面的衝突與轉變的發展。其中文化、教育體系的改變亦然，外來教育衝擊了傳統教育，其中以教會學校帶來許多新的東西，如新式教育制度、課程、觀念，以及女子學校等等，促進了新教育的成長。觀諸中國傳統的觀念是「女子無才便是德」，明朝思想家李贄曾招收女弟子教學，此舉卻橫遭非議。到了清末民初，為使婦女有機會接受科學文明與進步思想，乃有女校開張之舉。尤其自梁啟超、秋瑾等人在上海發表文章痛陳女子無文化之害，以及鼓吹女子教育對爭取女權和強國強民的重要性以來，女子教育乃見推廣發展。[30] 當時外國教會辦的女校如「中西」、「晏摩氏」、「聖瑪利亞」最有名氣；其餘女校還有清心女中、惠中女校、文紀女塾、徐匯女中、啟明女中等 18 所，大多創建於民國元年（1912 年）以前。其中聖瑪利亞女中成立於 1881 年，原係文紀和俾文兩個女校合併。此後有了較大發展，正式成立英文部、中文部和音樂部，學制定為 8 年。並於 1900 年起，舉行正式的畢業典禮。[31] 後與中西女中（中西女塾）合併，改名為上海第三女子

30　馬鏞，〈教會教育衝擊及其效應〉《外力衝擊與上海教育》，武漢：湖北教育出版社，2003 年 1 月，頁 38-84、111。

31　馬鏞，〈教會教育衝擊及其效應〉《外力衝擊與上海教育》，頁 193-194。

中學。[32]

　　教會學校最初以「慈善事業」宗旨辦學，後來的生源卻逐漸由貧民子弟轉向上層子弟，於是收費漸高，有的成為貴族化的女子中學，聖瑪利亞女中即是其一。原因即是由於外國教會所辦女校，其目的主要是在婦女中傳播宗教信仰，傳授西方科學文化知識，培養西式的「淑女」。所以學校推行西化教育，外語教學自成教會學校的特色。除了必修課程外，還有宗教活動，並針對女性開設特色課程，舉如家政教育和音樂、舞蹈表演等才藝訓練，更傳授西方上層社會的禮儀、社交知識，是從天文物理到烹飪剪裁，以提高女學生審美能力與文化素質。[33] 如此的學校環境培植出來的往往是具備文明時尚風的社交名媛，被視為女性典範。因此，許多上海有錢的洋派家庭都喜歡把女兒送進去讀書，而一些富家弟子則以婚娶此間畢業的西方式「淑女」為榮。不僅如此，聖瑪利亞女校的規章法紀尤其嚴密，除了遵循中國規矩裡的「笑不露齒，裙必過膝」，必須早晚行祈禱禮，學生請假外出必須由家屬或保證人報告校長，且有往來信件校長有檢查權的規定。對不遵守規則者記「過失圈」，嚴重者

32　「中西女塾」是 1892 年美國基督教衛理公會創建，宋慶齡三姐妹曾就讀該校。1916 年教會在滬西憶定盤路（今江蘇路 155 號）購地另造分校，1930 年改為中西女中。另外美國基督教聖公會瓊斯女士於 1851 年在上海虹口禮拜堂後設立一座女校，命名為文紀，1861 年聖公會格蘭德女士為紀念故世的丈夫偉文先生，在上海又設立一座偉文女校。1881 年，美國聖公會施主教將文紀、偉文兩校合併，成立「聖瑪利亞女校」，新校舍建在梵王渡聖約翰書院後面（白利南路，今長寧路）。1952 年，中西女校與聖瑪利亞女校合併為今上海第三女子中學。李天綱說：中西女塾……是由傳教會免費或半收費提供的，其初衷確有誘使中國人接受基督教文化的目的。參見李天綱，《人文上海──市民的空間》，上海：上海教育出版社，2004 年 6 月，頁 215。

33　參見馬鏞，〈教會教育衝擊及其效應〉《外力衝擊與上海教育》，頁 196-198。

退學。[34] 如此的教學管理使學生在精神面貌、智能結構、活動方式以及與社會的聯繫諸方面自與一般學校有明顯的不同，而日益加劇的民族和社會矛盾也激發了學生的愛國熱情和社會責任感，因此學生中亦不乏熱心參與政治活動者，投身於時代進步的潮流。於是，聖瑪利亞女中與聖約翰大學、男校附中皆屬於聖公會系統的教會學校，培植了許多秀外慧中的女性，成為「培養女子人才的搖籃」。

2. 張愛玲聖瑪利亞女中六年

　　張愛玲的中學時代（1931—1937）即是在這個紀律頗嚴的聖瑪利亞女校中度過，張愛玲曾在那些穿著入時的同學中間羞慚於自己所穿的寒愴的舊袍子，但她的表現特出[35]，1932 年 12 歲的張愛玲已經開始在聖馬利亞女校的文學刊物上投稿並獲刊出[36]。這段在教會女校的六年學習，張愛玲由傳統步入現代，由此踏出文學道路的第一步，對張愛玲來說是很重要的成長過程，而在她日後的創作中屢屢

34　馬鏞，〈教會教育衝擊及其效應〉《外力衝擊與上海教育》，頁 55、195、198。

35　汪宏聲是張愛玲中學時代最喜歡的一位先生，雖然當時教會學校注重英文、輕視國文，但汪宏聲將課程大加改訂，聖校產生了濃厚的文藝空氣，當時張愛玲在校刊投稿，已展露才華。參見汪宏聲，〈記張愛玲〉，收入金宏達主編，《回望張愛玲——昨夜月色》，頁 25-30。

36　《鳳藻》、《國光月刊》是上海聖瑪利亞女校的校刊。總計張愛玲在校刊《鳳藻》上刊登的作品有：短篇小說〈不幸的她〉（1932）、散文〈遲暮〉（1933）、〈秋雨〉（1936）、評論文字〈論卡通畫之前途〉（1937）以及兩篇英文小品〈牧羊者素描〉（Sketches of Some Shepherds）和〈心願〉（My Great Expectations）（1937）；在《國光月刊》上有：〈牛〉以及署名為『玲』的三篇讀書雜記（創刊號 1936 年 10 月 20 日）、漫畫「某同學之甜夢」（第四期 1936 年 12 月 5 日）、《〈若馨〉評》第六期（1937 年 3 月 25 日）、〈霸王別姬〉第九期（1937 年 5 月 10 日），其中〈霸王別姬〉這篇力作，顯示出少女張愛玲出色的文學才華，是該期《國光》的壓卷文字。

可以發現她對這段女校生活的回憶與素材引用。比如她在《流言》
裡回憶了學校裡的琴先生教琴的嚴厲，使她對於鋼琴完全失去了興
趣。而這正是聖瑪利亞女中特別重視開設的課程──學校裡固定有
練琴的時間，做禮拜時間等，學生們各自習藝、展現才能。而在〈同
學少年都不賤〉裡，女學生們恩娟的歌唱表演、儀貞教跳社交舞以
及趙珏的設計、裁製禮服的本領……等等，故事情節皆呼應著張愛
玲聖馬利亞女校的校園生活經驗。（14、16）另在張愛玲 1937 年的
英文小品 "My Great Expectations"〈心願〉[37] 中描寫女學生們在古老的
鐘樓旁的教堂裡虔誠的祈禱，漫步綠色梅樹的小徑等美好的學校生
活；以及 1944 年〈殷寶灩送花樓會〉中敘述及女主人公的「學校裡
浴室用污暗的紅漆木板隔開一間一間，……自來水龍頭底下安著深
綠荷花缸，暗洞洞地也看見缸中膩著一圈白髒的不愉快的印象。」[38]
對照〈同學少年都不賤〉裡，有相似的校園生活經驗再度出現（18-
20）。

　　此外，〈同學少年都不賤〉還記寫了學校校規森嚴──宿舍裡
別房間的人不能進來，卻禁不住活潑少女們熄燈就寢前的熱鬧作怪；
還有教會學校每天早晚做禮拜，在裡面待久了對傳教卻產生了抵抗
力，倒是培養了逃婚離家的勇氣。而年輕時期的少女在物質主義的
環境中，其認同欲望中往往結合著明星制度與偶像崇拜。前者比如
小說中提及學生對影星胡蝶與學樣小星姿勢的模仿；後者如對赫素
容帶有男性陽剛氣息的依戀；其後女主角自身亦曾演示男性扮裝。

37　陳子善發掘張愛玲早期佚文，並做考証，不遺餘力，並將〈牧羊者素描〉
　　（Sketches of Some Shepherds）和〈心願〉（My Great Expectations）譯成中文。
　　參見陳子善，《說不盡的張愛玲》，頁 37-38。
38　張愛玲，〈殷寶灩送花樓會〉《惘然記》，台北：皇冠文化出版有限公司，
　　1983 年 6 月，頁 155。

至於女學生對個人私領域，包括感情問題、性議題、身體禁區的好奇與資訊交換，以及同性情誼的佔有，「拖朋友」[39]習俗的流行……，而於國家社會等公領域，學生們熱心參與社會運動、政治宣傳，表現愛國心，舉如左派學生招兵買馬。在〈同學少年都不賤〉中，張愛玲是更完整、更多地描敘了二十世紀三〇年代這群女校學生的校園生活：包括她們的喜愛，她們的悲傷，她們的爭吵以及她們的宏願：她們祈求上帝幫助自己達到目標，成為作家、音樂家、教育家、或理想的妻子。[40]

（二）教會女校少女的迷情

佛洛依德以為：性的發展歷程初是由有亂倫的衝動、到自我戀而後發展同性戀、異性戀。「異性相吸」為人類自具的本能，但潛意識中亦多少存有「同性相親」的傾向。其中又有「境遇性同性戀」的說法——是指在某種特殊環境做出的同性戀選擇，一旦脫離該環境時，就可能轉化為異性戀。在早期教會學校的住校女生、或所謂「穿制服的少女」之間，大多是在特定的環境[41]——男權缺席或抗衡父權的境遇中，朝夕相處，同出同進，相知相熟，相親相愛，自是不難理解出現這種「境遇同性戀」的現象。其實自晚清以來女性結誼的風氣已開，張心泰在《粵遊小誌》中就曾提及廣州女子多有拜

---

39 「拖朋友」的風氣，通常是低年級女生中意高年級學姐，被好事熱心者強力撮合配對。

40 陳子善，〈雛鳳新聲——新發現的張愛玲少作〉《說不盡的張愛玲》，頁38。

41 康正果，《女權主義與文學》 北京：中國社會科學出版社，1994年，頁122。

盟結姊妹會的風氣，尤其「近十餘年，風氣一變，則竟以姊妹花為連理枝矣。」[42]而民初以降小說如喻血輪的《惠芳日記》也記述了就讀女子教會學校的夏、楊兩位姑娘矢志不嫁，願為假鳳虛凰以終身，後終合葬一墓的哀情奇事。[43]至於徐枕亞的《玉梨魂》中的「筠倩為梨娘病中之救星，而為夢霞眼中之勁敵」，更描述著筠倩與梨娘親暱的女女關係。五四以來，新文藝中女子寫女子同性戀愛的有盧隱《麗石日記》，而在〈海濱故人〉中也提及五個年輕的女子同讀一校結為好友，親愛一同，直是對同性的自戀移轉。[44]另如葉紹鈞的《被忘卻的》、章衣萍《情書一束》中一篇、張資平《飛絮》中雲姨與劉秀霞的情誼等等，男性作家的小說裡亦不乏女子同性愛情節的敘寫。

七〇年代張愛玲的〈同學少年都不賤〉裡則是記寫了教會女校少女的迷情。小說前半部的場景主要是在校園，其間親密的女女關係複雜交錯：包括趙玨沒有目的地愛著高兩班的赫素容，赫素容身邊還有一個形影不離的鄭淑菁；以及另一組三角「同性戀」：恩娟對芷琪的一往情深，芷琪又喜歡跟趙玨在一起，交織出「蕾絲邊的迷情」──彼此往來情誼有意無意的被強調、被認定、更被渲染以

42　陳東原，《中國婦女生活史》，台北：台灣商務印書館，1994年12月，頁300。

43　考女女親密關係為人所熟知的如《浮生六記》中的芸娘與憨園之情事，沈復心知肚明。另《惠芳日記》參見廣文書局編譯組主編，《近代小說史料彙編·惠芳日記》，台北：廣文書局，1980年，頁8-10。

44　「她們認為人生的樂趣就是情，她們同級裡有兩個人……最要好，她們好的時候，手挽著手，頭偎著頭。低低地談笑。或商量兩個人做一樣的衣服，用什麼樣花邊，或者做一樣的鞋……」參見盧隱：〈海濱故人〉收入趙家璧主編、茅盾編選，《中國新文學大系──小說一集》，台北：業強出版社，1990年元月，頁57-58。

「天真無知、自以為是的愛戀」。當時校園生活裡，還流行著『拖朋友』的搶親配對，被拖過幾次後，越發出現一種沒來由的固執的癡情與微妙的情誼夾纏不清。於是同學間亦出現了仿異性戀般的故意刺激挑撥吃醋妒忌的行為，尤其是趙珏對有點男孩子氣的赫素容有些驚人之舉：舉如趙珏曾經迷戀的在一張紙上寫滿了赫素容的名字；又以面頰貼著赫素容那件咖啡色綴有纍纍小葡萄花樣的絨線衫依戀著好一會兒；更藉著坐在赫素容坐過的馬桶座版上享受肌膚之親的溫馨；當時是一段又甜又濃擠得趙珏胸中透不過氣來的愛戀。（17-23）之後，時過境遷，各自有了不同的遭遇。接著先是趙珏發現是自己受了利用，起了反感；接著經過了幾次異性戀，相對的也是對赫素容的妒忌不甘的報復心理作祟，於是天真的「浪漫友情」（romantic friendship）這才沖刷的乾乾淨淨。

此外，趙珏一方面發現恩娟「深深的」愛著芷琪，竟是一輩子都沒有談過戀愛（異性），但恩娟亦不是那種不忠於自己丈夫的人，她與丈夫汴究竟只算是一種「理智的激情」。這個發現著實讓趙珏震動異常，也因此趙珏覺得恩娟某一方面多少還是輸了自己，因而有了令人啼笑皆非的安慰。另一方面，趙珏想起芷琪也曾偷偷地跟自己談及性事，提及『磨鏡黨』，談到身體的性徵（乳房）而沒告訴恩娟。這些行為無非是說明：「一個女孩子……為了尋找滿足，她時常轉向她的同性朋友以求幫助與舒適。她與好朋友之間有些純粹是精神上的情誼，有些存在著特殊的友情，甚至肉體關係。而通常對於自己的好朋友的行為是經常彼此分享知識，吐露心事。其中最深情誼的證明即是告知祕密（或閱讀對方日記）以交換忠誠。」[45]

---

[45] 西蒙・波娃著、歐陽子譯，《第二性》，台北：志文出版社，1992 年 9 月，頁 40-41、102-103。

可見三者的關係微妙而曖昧。

　　由於女校校園裡浪漫的同性愛起初常是一股熱情祕密地在心中展開，一旦被看出端倪，有時也難免被當作戲耍玩笑的對象，但漸漸也有公開，不避形跡者。她們大約是基於共同的愛好使她們相交相近、相處相熟，並且由於時空環境，共同分享著生活中的大部分內容。其中「女女關係」或只到達精神戀愛的地步，或可能有性關係。以〈同學少年都不賤〉為例，吳福輝認為小說中提到的同性戀問題是典型的現代文學的創作細節。比張愛玲早的丁玲、郁達夫等的寫作中都曾有涉及，是當時社會的一個現象。[46] 陳子善則以為小說中所描述的是「對純真友情的依戀」[47]，這樣的內容在張的小說裡是少見的，並推測張愛玲多少應該是受到了當時美國的『性解放』思想的影響，所以有這樣的大膽突破。而從「女同書寫」的角度觀察，〈同學少年都不賤〉中的同性戀情或可識別為青春時期的性別模仿劇，或有認為這是一個受到現實體制壓迫的偏離書寫；而陳建志則以為「張愛玲筆下的蕾絲邊關係是沒有性行為的，否則就叫『磨鏡黨』了，但是可長可久，很溫潤。」[48] 是而，張愛玲筆下這群教會女校少女朝夕相處，同出同入，有相知相惜、日久生情者；亦有感情浪漫、歷久彌新者；當時校園中還流行著拉朋友捉對成雙，但畢了業卻也未必再有聯繫。就像小說中的趙玨經歷了與男子的戀愛，戰後在兆豐公園碰見赫素容推著個嬰兒車，感覺竟是「完全漠然」

46　吳福輝，〈自傳性質非常強〉收入李瑛，〈塵封二十六載 26 載『出土』的張愛玲遺作〉《北京娛樂信報》。

47　陳子善，〈從《小團圓》到《同學少年都不賤》〉《說不盡的張愛玲》，頁177-181。

48　陳建志，〈何處飛來不死鳥──談最新發現的張愛玲小說《同學少年都不賤》〉《復刊》303 期書評。

（59）。由此可以推想在教會女校同性間的迷情實應與趙玨到美國之後感到「沒有什麼好駭異的同性戀」有別。而作家臨晚回首，這段女子校園羅曼史是透過永不休止的懷舊來展現的。

五、與前期作品不同的題材與風格

（一）題材特出：女性情誼小說

這篇小說，是由青春校園延伸，一直到流浪異國的一個濃縮版的人生素描。通篇圍繞著描述主角生活的情節展開，以女性情誼為主要題材，關注著同學舊友在不同時空、不同經歷下的際遇以及心理的落差。其中包括青春期和邁入成年初期的體驗與後期困頓的際遇、不如人（意）的生活，而這些時期的體驗又幾乎以情欲發展（「性體驗」）為主要部份。小說裏不避諱地涉及「禁區的書寫」，出現大膽露骨的描述，舉如多次提及女性身體性徵乳房（車袋奶）、私處（雌孵雄）的描述（15-16）；性事、陽具的形容以及同性戀物癖、「拖朋友」搶親的風氣（18）、「磨鏡黨」（25）名詞的使用以及集體野合的性革命等等情事的敘述（44-45），自與過去張愛玲作品常自沒落家族、封建傳統中迤邐而出大相逕庭。這樣選材的趨異，或許即是張愛玲在與夏志清信中所提及的阻力或毛病；或許是七〇年代的張愛玲在女性情欲的題材上另闢蹊徑的嘗試。

由於作品所述與作家人生經驗亦步亦趨，小說中先是從教會學校女學生在一種封閉環境下性意識的萌發，反映了當時知識青年女性的心理狀態，並涉及同性戀的風氣。隨後到了自由開放時髦的美國，面臨時代社會價值的變動如反越戰、性革命以及個人生存現實的沉重壓迫。與張愛玲本人後半生的寫照、晚年的心境極為類似。

因此，在小說後半到結尾，「孤獨感」遂成為一個重要的聲部。

另外，在鋪展情節的手法上，主角人物幾十年的光陰是採用著回憶過去與口白現在穿梭交錯，兼之以人物多是從上海來，感覺中故事的主場仍停留在上海，美國只是漂泊的棲港。而運筆書寫的路數亦不同於羅曼史小說所慣用的情節劇型式，出現了許多心理刻劃，是採用著跳躍省略留白的游離手法，演練著現代人生變化的滄桑、命運的無常。

（二）文字運用：輕淡與荒涼

〈同學少年都不賤〉中仍然有著人與人的機心與爭鬥，但是輕描淡寫的。比如感慨時光飛逝，兩個同窗好友由於貴賤差距由親變疏，以對照見轉折，段落短而速，用句素而省，點到為止，迅疾翻入淡漠。此與張愛玲過去作品作意曲折、注重細節，強調託喻，意象漂亮警省的寫作調性相較，相對平淡許多。如此創作風格改變，想來應當和作家感時應世的際遇相關──有謂是此一時期的創作是張愛玲面對異域文化謀生不順，潛抑在英美語言中心系統受挫的黃色民族語言／符號的反撲。抑或竟如胡蘭成所說：「張愛玲是『赤地之戀』以後的小說，雖看來亦都是好的，但是何處似乎失了銜接，她自己也說給寫壞了，她自己也只是感覺的不滿意，而說不出是何處有著不足。這樣一個聰明才華絕代的人，她今是去祖國漸遠漸久了。」[49] 所以讀來有一種枯寒的感覺。

49　胡蘭成，〈讀張愛玲的「相見歡」〉原發表於 1979 年 4 月《三三集刊》20 輯，後收入氏著，《中國文學史話》，台北：遠流出版事業股份有限公司，1991 年 3 月，頁 271-276。

　　輕描淡寫的格局裡，主角人物俱是些「後天而奉天時」的順型的大眾，譬若海水。（275）然而文中有些喻況仍然可以捕捉到圓潤剔透、引發想像的意趣。舉如：「趙珏立刻快樂非凡……像心頭有隻小銀匙在攪一盅煮化了的蓮子茶，又甜又濃。」（18）又如文中提及恩娟歌喉好，唱〈啊！生命的甜蜜的神祕〉與〈印第安人愛的呼聲〉，趙珏聽得一串寒顫蠕蠕的在脊梁上爬（14）。另如趙珏「自製禮服，弄得朱碧掩映，又似有若無一層金色的霧」（49）的「創意性」；以及在恩娟來訪之前的一段文字——公寓裡「因為八角橡木桌上面有裂痕。趙珏放倒一隻大圓鏡子做桌面，大小正合式。正中鋪一窄條印花細麻布，芥末黃地子上印了隻橙紅的魚。……玻璃碟子，裝了水擱在鏡子上，水面浮著朵黃玫瑰。……讓人想起鏡花水月。」（40）仍然頗具張氏文字的「顛覆性」[50]，正如吳福輝在〈自傳性質非常強〉一文中所說：作品的故事性淡化了，人物的命運有很多都沒有填滿，表現了相對平靜的普通人的生活和命運。好似「無事的悲劇」。字裡行間沒有激盪的悲傷，只有平靜的荒涼。

六、趨近作家的孤獨

　　二十世紀以來，中國受著新文化潮流的激盪，一般青少年覺得舊社會黑暗、舊生活苦悶，而兩性議題成為了討論的焦點，包括婚姻問題、戀愛問題、性欲問題等；性教育也由禁制性而為保護性而為解放性。〈同學少年都不賤〉著眼這樣的時空，觸及了「女性情誼」這個別出的題材——對女性「相知相覺」的面相以及女性「生存窘

50　劉紹銘，《到底是張愛玲》，上海：上海書店出版社，2007 年 3 月，頁 23-24。

境」的挖掘摹寫,並開發了「性」話題的陳述。

綜觀整篇小說,對於人生情境近乎透明的回憶,而特別著重女性情誼純潔浪漫——如母愛、愛情、親情、友誼的深情依戀和傷感痛惜的描述,尤其是基督教女校同性戀情節;作者重繪了那一個充滿「介入」和「反抗」的激情的時代的橫介面。而相對真實生活裡張愛玲得一好友炎櫻[51],港滬生活中的二人友誼不帶功利色彩,親密無間[52];小說中的女主角趙玨本身則情事定位複雜,不但有同性戀情,也談過好幾次異性戀;對於恩娟,作者則是藉由洞悉性別的祕密進行人際關係的拆解(與其夫汴)與重組(與芷琪)。而在觀念上,趙玨明白主張:「感情不應當有目的,也不一定要有結果。」(31)「有目的的愛都不是真愛,那些到了適婚年齡,為自己著想,或是為了家庭傳宗接代,那不是愛情。」(19)完全是將愛情、性、婚姻拆開了來看待的自由;這與受過西方教育的個人主義者[53]張愛玲主張「無有目的的愛才是真的」[54],憧憬「英王愛德華八世」式的愛情[55],所呈現的特立獨行相近不違。而細究小說中,趙玨種種舉止的

---

51 張愛玲提及拍『流言』裡那張大一點的照片,是夏天拍的,獏黛(炎櫻)在旁邊導演。又冒著極熱的下午騎腳踏車取了相片給張愛玲送來,嚷著說:『吻我,快,還不謝謝我⋯⋯哪,你現在可以整夜吻著你自己了。』可見二者的關係親暱異常。參見張愛玲,〈『卷首玉照』及其他〉《餘韻》,台北:皇冠文化出版有限公司,1987 年 5 月,頁 46-47。

52 李君維,〈且說炎櫻〉《人書俱老》,長沙:嶽麓書社,2005 年 3 月,頁61。

53 胡蘭成說:「張愛玲的個人主義是柔和明淨的。」參見氏著,〈論張愛玲〉《中國文學史話》,頁 220。

54 張愛玲,《小團圓》,台北:皇冠文化出版有限公司,2009 年 3 月,頁165。

55 1937 年《鳳藻》的畢業刊上對聖瑪利亞女校畢業生的專題調查中,張愛玲的回答是「最喜歡英王愛德華八世」,當時(1937)溫莎公爵取愛情而棄王位,與離過婚的平民女子辛普森夫人結婚(一說與母親一樣),被喻為二十世紀

闡述是以曖昧渾沌的態度遊走擺盪於同性與異性之間，原本的陰陽對立之感被融合消解，而逕以混雜與不確定取代選擇單一與對立，以目的的多元性與結果的開放性來進行書寫。字裡行間暗示著：人類的欲望交錯複雜而變動不居、極難精確的以異／同性戀二分的性傾向範疇來界定。這無疑是女性作家自吳爾芙提出「自己的房間」、「家中的天使」的思維以進，別以性別渾沌的包容，陰陽同體的流動多變，建立起新型女性譜系的實踐。[56]

其次，作品中所籠罩的生命的內在悲愴感以及人性之赤裸真實面，其震動力仍不可忽視。由於張愛玲認為「事實比虛構的故事有更深沉的戲劇性，向來如此」。是而張愛玲在這篇揭示女性「內傷」的書寫裡，一方面浮顯著個人已發生、正發生、將發生的「生存窘境」。照張愛玲自己的說法是筆下的這些人在現實生活中是被掩埋著，由於現實這樣東西是沒有系統的，像七八個話匣子同時開唱，各唱各的，打成一片混沌。庸俗人們在其中生活著；也在其中鬥爭著；但一個個心裡都有個小火山在，儘管看不見火，只偶爾冒點煙。[57]另一方面則是技巧性地碰觸了「流浪／出走」和「家園」這二個人類精神生活最重要、卻在實踐中屢屢互相衝擊矛盾的兩個題材。作家聚焦於漂泊異國的生命經驗，藉著回憶重回家園夢土，以舊友在新

最轟動的愛情。張愛玲的選項清楚地說明她對忠貞愛情的愛憎。陳子善，《說不盡的張愛玲》，頁 23。

[56] 張愛玲自述：「小時候亦曾親睹自己的母親和一個胖伯母並坐在鋼琴櫈上模仿一齣電影裡的戀愛表演，當時張愛玲坐在地上看著，大笑起來，在狼皮褥子上滾來滾去。」由此可知這些性別錯置的腳色扮演從實生活到戲劇性的模仿均影響著張愛玲的生活與書寫。參見氏著，〈私語〉《流言》，台北：皇冠文化出版有限公司，1968 年 7 月，頁 160。

[57] 張愛玲，〈表姨細姨及其他〉《續集》，台北：皇冠文化出版有限公司，1988 年 2 月，頁 31。

大陸重逢寫起，將一些經過沉澱了的生活材料——女校女孩介於手帕交與同志間的朦朧情愫、關係曖昧難辨的年少時光，熱騰騰的重現了。

如此，作品中一併忠實地透露著現實中生活的堅硬[58]與個人求生的柔軟，體現著一個遠非「道德」「理性」所能束縛和解釋的生命力量——為著不肯示人以弱，不得不變成戰士，而最後又在理解「人與人之間無法真正信任」中淡然自處於必然的孤獨。因此，就在以新寫舊中，描繪出了先是主動尋求、繼而被動支配之下的一個孤獨漫遊者的心境。而且這種精神上的孤獨感，儼然成為作家抗拒現實的外化形式，是一種心靈上的需求。是以從不同角度來看，生活在孤獨寂寞中的作家似乎已得其所。

於是，從這篇自傳性極強的作品，我們看見作家在某種層次上揭示自己，使我們覺察／趨近了她的孤獨；我們也看見致力於寫作的作家處於一種如何的宿命——作家是如何把自己變成一件試驗品，試驗「我」所處的時代與社會；又如何透過書寫記憶，使過去的時間重獲了真實感。在這樣的思維下，她寫出了人的局限。[59]

---

58 比如妒富愧貧，窮人結交富人、男人結交女人的絃外之音與猜忌反感。〈同學少年都不賤〉，頁 36、48、54。

59 本文重新改寫。原文發表於《中國現代文學季刊》第 12 期，台北：中國現代文學會，2007 年 12 月，頁 85-110。

《小團圓》的自我書寫與意義生產

一、描摹的生命圖案

　　《小團圓》是張愛玲在 1975 年五月裡一直忙著寫的一個「熱情的故事」[1]。這個小說的私人性色彩濃厚，極大程度上是以作家的個人經驗（如與母親的關係、與男性的關係等）為基礎，可視為一個具總結性的自傳意義的小說。儘管小說中人物紛雜，人名虛構，圍繞在女主角作家盛九莉的情節極具戲劇性，但皆可比對，幾疑是張愛玲的傳奇，讀者也沒拿它當小說讀。連張愛玲自己也不諱言：「看過《流言》的人，一望而知這（《小團圓》）裡面有〈私語〉〈燼餘錄〉〈港戰〉的內容。」因為這個材料為她所深知，加上醞釀已久，同年九月就已經寫完，1976 年三月稿子寄給了宋淇夫婦[2]。但因

---

[1]　張愛玲在 1976 年 3 月 14 日及 4 月 22 日給宋淇的信上說十八萬字的《小團圓》要算是《大團圓》了。是採用那篇奇長的《易經》（1960 年代張愛玲創作的篇幅長達六十多萬字的英文手稿《Book of Change》一小部分。並提及「這是一個熱情故事」。參見宋以朗，「《小團圓》前言」收入張愛玲，《小團圓》，台北：皇冠文化出版有限公司，2009 年 3 月，頁 3-17。

[2]　宋淇（筆名林以亮）1976 年在「私語張愛玲」中提及：「她新近寫完了一篇短篇小說，其中有些細節與當時上海的實際情形不盡相符，經我指出，她嫌重寫太麻煩，暫擱一旁，先寫《二詳紅樓夢》和一個新的中篇小說《小團圓》。現在〈二詳〉已發表，《小團圓》正在潤飾中。」參見林以亮，〈私語張愛玲〉

宋淇的意見提供和不斷地修改補寫，到 1995 年張愛玲逝世前數度易稿，仍未出版，甚至在 1992 年 3 月 12 日寄遺囑給宋淇時，還在附信中註明《小團圓》小說要銷毀。最後，終於 2009 年由承繼張愛玲遺產管理權的宋以朗在審視張愛玲與其父母（宋淇、鄺文美）的往返書信後，決定將原稿交付皇冠出版，此舉自然倍受矚目，除了出現對這本張愛玲遺作出版的法律上「合法」，情感道義上「盜版」的批評[3]，另外一方面還引起了索隱潮：因為作家是如此地「講到自己也很不客氣」，因此在還原作家生命歷程的過程中：人物的糾纏、心理活動的解密、難堪事件的暴露……，讀者反復出入於話語的真實與虛構，張愛玲的盛名更熾。

　　《小團圓》裡處理的仍是「恩怨爾汝來去」的人生體驗，從女主角盛九莉的家族關係延伸到人事的接觸以及周遭糾纏的情愛傳奇──包括聽聞的、經歷的與揣測的，包括主人公的陰暗心理與異常經驗。其中很大的一部分落在主角的家族背景，求學經過的養成過程，有三位女性：蕊秋（母親、二嬸）、楚娣（姑姑）以及終生好友比比（炎櫻）與其關係密切，其中又以母親為最。夏志清曾建議張愛玲寫「祖父母與母親的事」，張愛玲回應《小團圓》便是（夏）定做的小說。[4] 由於貴族血液的承傳對張愛玲來說是負擔也是支持，如此龐大家族的記憶、繁密的社交關係網脈、成長之路漫漫崎嶇，張愛玲將所深知的資料寫下了大比例的篇幅，作品的情節不止在一條時間線上展開，其中穿插因果、對照交錯，不熟悉或不習慣的閱

　　收入《華麗與蒼涼──張愛玲紀念文集》，台北：皇冠文化出版有限公司，1996 年，頁 124。

3　張小虹，〈「合法盜版」張愛玲從此永不團圓〉《聯合報》E2 版讀書人，2009 年 2 月 27 日。

4　張愛玲 1976 年 4 月 4 日信。宋以朗，「《小團圓》前言」，頁 8。

讀起來便會覺得龐雜凌亂。對於《小團圓》的書寫，張愛玲自己曾說過「全篇沒有礙語」[5]，然而《小團圓》裡有些情節托出，透露玄機，但語焉不詳。寫到後來還是「需要加工，活用事實」[6]

另一部份是主角的情欲實錄。包括主角位於命運的擺佈、環境的牽動以及一己「頑強」（stubborn）的驅使追求下，在婚約上、情感中的「寄託」。主要的角色互動除了與影射胡蘭成的邵之雍的情欲體驗，另外披露了與燕山（桑弧）的情緣、以及荀樺（柯靈）的落難調戲。這部分的書寫也是有來由的——動機是張愛玲以為與其讓作家朱西甯來寫傳記，不如自己寫的念頭。於是，由當事人現身說法，「表達出愛情的萬轉千迴，完全幻滅了之後也還有點什麼東西在的」[7]這段愛情故事很有戲劇性，不乏令人 shock 的描寫，這使得讀者更進一步探觸了張愛玲情愛世界的幽微。

（一）家族秘史——母女關係探索

《小團圓》中寫家事、學校事的部分可與《對照記》、《流言》（〈童言無忌〉〈私語〉〈燼餘錄〉）、〈天才夢〉中的文字記述對照參看。而家族系譜的輝煌顯赫、周遭人物在小說中的影射變形如〈金鎖記〉、〈茉莉香片〉、〈花凋〉、〈創世紀〉，以及轉化進入小說情節如因禁經驗的加附於《半生緣》的曼楨，而學校裡與同學相處的情形也成了〈同學少年多不賤〉校園生活的材料……等，

5　張愛玲 1975 年 7 月 18 日信。宋以朗，「《小團圓》前言」，頁 4。

6　張愛玲 1976 年 7 月 4 日信。參見夏志清，〈張愛玲給我的信件〉《聯合文學》第十四卷第七期，頁 92。

7　張愛玲 1976 年 4 月 22 日信。宋以朗，「《小團圓》前言」，頁 10。

此一部分學者論述已多，《小團圓》中的再次提及不過是加強論證，另小說中母親說起舅舅的血緣之謎[8]，或許起因是為了要縮短母女間的距離，需要查證真假，本文並不納入討論。值得注意的是相較於《對照記》的按圖索「己」，《小團圓》裡是更多的描寫母親，同時呈現了較清晰的母女關係，耐人尋味。可分由三個方面進行觀察，其間牽連著愛恨情仇，貫串了盛九莉一生的時光。

1. 錢與母女關係的糾纏不清

其中幾個特殊的事件令人注意：包括小說中描述九莉在內心一直為自己多年接受供養，同時看出母親是為她犧牲了很多，而且一直在懷疑是否值得做著這些犧牲，……這樣的帶累母親，令張愛玲感到難受。雖然母親也曾對她吐露：這輩子已經完了，自己要找個去處，剩下點錢要留著供給九莉。（275）但另一方面，母親把安竹斯先生送給九莉的助學金八百港幣在牌桌上輸光了。這讓九莉覺得：有件甚麼事結束了。從此不管母親的想法。（32-33）並發誓著將來無論如何一定要把母親曾為她花的錢還給她[9]。所以成為作家後的九莉對稿費斤斤較量，要錢是出了名（184）。與母親的關係似乎成為錢與愛的對價。後來，九莉從之雍處得了錢，拿了二兩金子還給母親，母親以為她還錢是要跟她斷絕關係，堅決不要，就為的是要保留一份感情。（287-289）至於母親臨行時送給她的一副翡翠耳環、另有一條仿紫瑪瑙磁珠項圈，前者九莉後來賣給了首飾店（298），

8　張愛玲，《小團圓》，台北：皇冠文化出版有限公司，2009 年 3 月，頁 39。以下引文，直錄頁碼，不復作註。

9　即便到後來九莉身陷於與之雍「三美團圓」這樣的痛苦的困境中，她仍然覺得需要立即還二嬸的錢。《小團圓》，頁 40。

後者則是轉送給了南西阿姨（311），原因是這些物件使她想起母親
與弟弟，覺得難受。最後，《小團圓》裡寫母親臨終在歐洲寫信來說：
「現在就只想再見你一面。」九莉沒去。而在母親故後，九莉接收
了她的遺物，「待善價而沽之」，貼補了一些家用。（291）如此，
我們隨著作者憶往，穿梭於自我書寫與他人紀傳文字，我們看到張
愛玲在散漫無助的年歲裡，曾因為公寓裡留有母親的空氣而感到高
興安慰；接著與母親同住，「拿多少零用錢來測試愛」的試驗是一
點點的毀了愛；[10]「母親的家亦不復是柔和的了」[11]。這之中周折於
錢的關係的裂隙，對這對母女是造成了如何的傷痕。

2.母親本身複雜的男女關係

在張愛玲的筆下，母親蕊秋漂亮浪漫，多情而又無情，與〈連
環套〉中的不堪的人物霓喜長得很像[12]，又讓人想起勞倫斯的小說
《查泰萊夫人的情人》中的那位上流美婦人 (34-35)。小說中記載著：
最初母親原是為了留學時代的朋友簡煒離婚、打胎（193），還牽扯
到姑嫂同愛一人，一明一暗，當然這是一段悲劇性的戀史。其他的
情人們包括：愛了她好多年的英國商人勞以德、海邊的英國青年、
畢大使、病理學助教雷克、法科學生菲力、還有馬壽與誠大姪姪，
吃下午茶的法國軍官、范斯坦醫生……等，依照姑姑盛楚娣的說法
是「你母親這方面的事多了。」（194）此外母親也曾打過好幾次胎
（193），九莉形容她的母親「不過是要人喜歡她，就是在四面楚歌

---

10 張愛玲說：能夠愛一個人愛到問他拿零用錢的程度，那是嚴格的試驗。參見
  氏著，〈童言無忌〉《流言》，台北：皇冠文化出版有限公司，1968 年 7 月，
  頁 8。
11 張愛玲，〈私語〉，頁 168。
12 張愛玲，〈自序〉《張看》，台北：皇冠文化出版有限公司，1976 年 5 月，頁 8。

中也不忘揪出前塵記憶表示自己受人關愛，這樣需要一點溫暖的回憶心態是她的生命。」（292）除了男女關係的任性隨便，家族堂表間奇怪的男女關係，常態性亂倫之外，母親與姑姑的女女關係一直是個話題，她們二人的同遊同居，家裡的人都取笑她們是同性戀愛，「二嬸三姑一體說」甚囂塵上，但之後也發生了變化，各自有了想法。（41）事實上，這樣的姊妹情誼初為共同的意識與愛好，使她們願意在一起分享生活，對抗她們所反對的父權。到後來一旦面對現實，與父權制度媾和，不過就是一種成長的痛苦。就像〈相見歡〉裡的一對表姊妹荀太太與伍太太，在情感境遇上的挫敗不足，自然以締結同性情誼（同性戀）為宣洩口，作為她逃避不堪處境的一種方式。是而這對姑嫂代表著舊社會中的進步女性──她們在思想上都受五四的影響，揮別了過去／上一代；對於未來，則主張「該往前看了」。[13] 她們是「輕性知識份子」[14] 的典型，而盛九莉的母親可說是一個身世淒涼的風流罪人（289）。

3. 母女雙方都個性敏感與多疑

敏感與多疑使得母女二人的關係有時柔和，有時又呈現巨大的矛盾。由於九莉因為伯父沒有女兒，口頭上算是過繼給大房，所以叫父母為二叔二嬸，從小覺得瀟灑大方。（26）小時候，母親來來去去，不常在家，因此幼小的心靈中潛藏著總是分別、疏離的記憶符碼，充滿著不完全、不穩定的「孤獨」之感，母女二人之間藏下未說通透的隔膜，舉如有一次母親去法國，到學校看張愛玲，張愛

13　張愛玲，《對照記》，台北：皇冠文化出版有限公司，1993 年 6 月，頁 37。

14　張愛玲，〈詩與胡說〉《流言》，頁 143。

玲沒有任何惜別的表示，母親也像是很高興，事情可以這樣光滑無痕迹地度過，一點麻煩也沒有。可是張愛玲心裡知道她的母親在那裡想：「下一代的人，心真狠呀！」等到母親出了校門，張愛玲的眼淚來了，在寒風中大聲抽噎著，是哭給自己看。[15] 就這樣，「沒有人愛」的印象逐漸由朦朧而清晰起來。同時另一方面，女兒對母親充滿了欣羨，覺得母親的家的顏色輕柔，有著可愛的人。由於母親是被迫結婚的，所以一有可能就離了婚[16]。然而，母親雖然是勇於反抗不愉快／不適合的婚姻牢籠，但她對張愛玲的全套淑女教育卻是一種「偽善」的觀念，而且最後是失敗了。《小團圓》裡母親曾經對她抱怨：「想想真冤──回來困在這兒一動都不能動，其實我可以嫁掉妳，年紀輕的女孩子不會沒人要，反正我們中國人就知道『少女』只要是個處女。……」九莉聽了，詫異到極點。從小教她自立，這時候倒又以為可以像物品一樣嫁掉她，至於少女處女的話也使她感到污穢。（137-138）另外一個例子：當母親知道看護九莉傷寒的范斯坦醫生是替她白看病這件事，母親在病榻旁咒罵著：「反正你活著就是害人！像這樣只能讓你自生自滅。」（149）如同〈天才夢〉裡的「我寧願看你死」[17] 的文字一樣強烈揪心，都是無愛的訓練。而前者更進一步勾勒了佔有性極強的母親與女兒在三角關係中的緊張對立。（195）其他如：母親節送花，女兒的惶惑不安（134）；母親牽女兒手過街的形體接觸，下意識覺得噁心（92）；都不同於一般母女之情那般自然親暱。另一方面，母親是個學校迷，而女主角

15 張愛玲，〈私語〉，頁 157-158、161-162。
16 張愛玲，〈自序〉《張看》，頁 8。
17 〈天才夢〉裡，母親研究了一下她的古怪的女兒，這樣說：「我懊悔從前小心看護你的傷寒症，我寧願看你死，不願看妳活著使你自己處處受痛苦。」張愛玲，〈天才夢〉《張看》，頁 241。

在學校裡是個苦學生；母親告誡九莉不要被朋友比比所控制；以及衝進浴室「窺浴」──檢查九莉的體格的行為，都讓九莉覺得「她自己的事永遠是美麗高尚的，別人無論甚麼事馬上想到最壞的方面去。」（34）即便是母親說著「我不喜歡你這樣說──」；而女兒卻彷彿隱隱聽見的是「『我不喜歡你』，句點」（40），可見二者的多心多疑，各自防衛森嚴就變得自私小氣，事情到誰這裡，都有著不同的解讀。是以，「想要東西兩個世界的菁華，卻慘然落空」[18]的母親對張愛玲的扮演角色的主導，正顯現了接受西方教育的城市女性意圖顛覆傳統卻又受困於新舊觀念之間的衝突；而就年輕女孩而言，這些矛盾顯示了其極端需要母親保護的同時，又希望能擺脫母親的約束，由此造成了心靈上的重迫──是一種充滿不安全感的焦慮，混合著壓抑著的疏離。

余斌曾這樣描述張愛玲的母女關係：「她母親顯然是一個情感淡漠的、不稱職的母親。她讓女兒進學校、學做淑女，更多的是出於她對自己價值觀和原則的執著，而非出於對女兒的關懷。……所以如果張在父親家的遭遇是一枚苦果的話，那麼，她在母親家裡嚐到的仍是苦果。」[19]而用張愛玲自己的話來說：我是一直用著一種羅曼蒂克的愛來愛著母親的[20]，然而週遭所處的時代並不是羅曼蒂克的[21]。身為子女的大都等到父母的形象瀕於瓦解時才真正了解他們，

18　「想要東西兩個世界的菁華，卻慘然落空，要孝女沒孝女，要堅貞的異國戀人沒有堅貞的異國戀人。」張愛玲著、趙丕慧譯，《易經》，台北：皇冠文化出版有限公司，2010 年 9 月，頁 161。

19　余斌，《張愛玲傳》，台北：晨星文學館，1997 年 3 月，頁 36-38。

20　張愛玲，〈童言無忌〉《流言》，頁 8。

21　張愛玲，〈我看蘇青〉《餘韻》，台北：皇冠文化出版有限公司，1987 年 5 月，頁 81。

《小團圓》裡「婦人性」[22]的書寫，我們看到張愛玲與自己所愛的母親漸行漸遠，而家終究成了『心碎的屋』[23]。

（二）情欲傳奇——金色夢之河

張愛玲自言：《小團圓》是個愛情故事，不是打筆墨官司的白皮書。[24] 書中後半段的愛情故事主要鎖定在張胡之戀。相較於《對照記》中未見胡蘭成圖文記憶的隻字片語，以及 1959 年成書的《今生今世》，胡蘭成將這段感情寫的人間天上，是沒得相比的。七〇年代中期張愛玲寫的《小團圓》以直接坦率，並不避諱地處理了感情被外在化的這個書寫的課題。

其中幾段關於性事的描寫，落實到平常男女的愛欲，大膽披露，被認為有「驚駭」效果。諸如乾燥軟木塞的舌尖（167），獅子老虎膽蒼蠅的尾巴（174），沒有樹枝的棕櫚樹（226），倒掛的蝙蝠、如魚擺尾的蕩漾（240），海船上的顛簸（248），黃泥潭子有節奏的撞擊（257），砍倒的兩棵樹堆在一起、盡責的螞蟻在爬火焰山（254），都是與性事有關的比喻。異則異矣，但仍覺得不如她回望前塵憶愛，那些「不忘細節」的部份動人。比如『永遠的半側面』一再重複[25]：「她永遠看見他的半側面，背著亮坐在斜對面的沙發椅上，瘦削的面頰，眼窩裡略有些憔悴的陰影，弓形的嘴唇，邊上有

22　張愛玲，〈自己的文章〉《流言》，頁 18。

23　張愛玲，〈談音樂〉，頁 214 以及〈私語〉《流言》，頁 154。

24　張愛玲 1976 年 1 月 25 日信。張愛玲：《小團圓》，頁 6。

25　九莉一直不喜歡之雍的正面，他的正面的比較橫寬，有點女人氣，而且是個市井的潑辣女人。後來口出惡言的時候，更是正面的面貌裡探頭透腦的潑婦終於出現了。《小團圓》，頁 257、168、272。

稜。沉默了下來的時候。用手去捻沙發椅上的一根毛呢線頭，帶著一絲微笑，目光下視，像捧著一滿杯的水，小心不潑出來。」（164）「她用指尖延著他的眼睛鼻子嘴勾畫著，仍舊是遙坐的時候的半側面，目光下視，凝住的微笑，卻有一絲淒然。」（173）「她又想念他遙坐的半側面，好像她只喜歡他某一個角度。」（187）一直到「夢裡看見他在大太陽裡微笑的臉，不知道為什麼刻滿了約有一寸見方的卍字浮雕。用指尖輕輕撫摸著，想著不知道是不是還有點疼」（189）。這些細節的皺摺裡有著時間的向度，隱藏有微妙的情思。

此外，字裡行間悠悠流轉的、一直繼續著「永遠」的概念──為了永遠，所以女人自私自利。她幻想著／希望著陪他的愛人走一段路，展開「金色夢之河」的旅程，而且要永遠繼續下去。她覺得過了童年就沒有這樣平安過，過去未來重門洞開，永生大概只能是這樣。（171-172）而在這戰爭的亂世，混亂與失落的年代裡，她希望戰爭永遠打下去，便永遠可以跟他在一起（241）。雖然姑姑說沒有一個男人值得這樣。但他們之間的愛戀，除了吸引與補償，還鋪墊著欣賞與崇拜：她狂熱的喜歡他這一向產量驚人的散文，他在她這裡寫東西，成了她書桌上的小銀神。（228）九莉這種莫名的狂烈的喜歡（邵之雍），簡直是種不加區分、佔有式以及如孩子般的態度，以為擁有的愛情即意味著永恆，難怪將來要置身「痛苦之浴」（324）。

當然，張愛玲不會忘記通過物件的繫聯作為男女潛在關係的註腳。比如她描寫女主人公像棵樹，往之雍窗前長著，在樓窗的燈光裡也影影綽綽開著小花，但是只能在窗外窺視（220）。即使是一兩丈見方的角落，藏著回憶太多了，不想起來都覺得窒息（255）。又如文中提及他們的過去像長城一樣，在地平線上綿延起伏，但長城在現代沒有用了（306）。這些比喻形容夾帶著喜悅、怔忡、窒息與

惘然之感，而往往在末句反轉，廓出愛的一無目的、愛的渺茫無際。
如此，一面放大盛九莉對男人的愛的崇拜性，一面指向埋藏內心那
段委屈無愛的不堪童年記憶，反照出她如何在缺乏安全與信賴危機
中，通過弒父階段邁向成人歷程。

　　張愛玲一直要寫過去的事[26]，在《小團圓》中有兩段「坦然面對」
的激情描寫令人震動。一是從情欲的放肆處決（性事）；一是生命
的放肆處決（墮胎／殺子）。其中生日是個重要的節點，木彫鳥的
意象幾次提及。《小團圓》中記載：在一個生日的晚上，邵之雍解
衣上床，問她怎麼今天不痛了？因為今天是你生日？接著，口交性
愛體驗讓「一個深山中藏匿的遺民，被侵犯了、被發現了」，無助、
無告的恐怖與難忍的經驗（239-240）使得生日的記憶深刻，也使讀
者的討論聚焦。

　　墮胎以及墮胎書寫是張愛玲正式面對自己生命中一次重要的選
擇，這也是女性書寫中少見的寫實刻劃。這段打胎經驗裡木彫鳥的
意象突出（事實上，「木彫鳥」一直在文本中時常凝視／監視著盛
九莉（177、180、188）），如盛邵兩人在沙發上相擁的「被看」：

> 他們在沙發上擁抱著，門框上站著一隻木彫的鳥，對掩著的
> 黃褐色雙扉與牆平齊，上面又沒有門楣之類，怎麼有空地可
> 以站一隻尺來高的鳥？但是她背著門也知道它是立體的，不
> 是平面的畫在牆上的。彫刻得非常原始，也沒加油漆，是遠
> 祖祀奉的偶像？它在看著她。她隨時可以站起來走開。（177）

26　張愛玲 1975 年 11 月 6 日信。宋以朗「《小團圓》前言」，頁 5-6。

　　下段跳接十幾年後，盛九莉的墮胎，從木彫鳥的凝視她，置換
成她凝視如同木彫鳥的男胎是連貫而下的。

> ……夜間她在浴室燈下看見抽水馬桶裡的男胎，在她驚恐的
> 眼睛裡足有十吋長，畢直的欹立在白瓷壁上與水中，肌肉上
> 抹上一層淡淡的血水，成為新刨的木頭的淡橙色。凹處凝聚
> 的鮮血勾畫出他的輪廓來，線條分明，一雙環眼大的不合比
> 例，雙睛突出，抿著翅膀是從前站在門頭上木彫的鳥。恐怖
> 到極點的一剎那間，她扳動機紐，以為沖不下去，竟在波濤
> 洶湧間消失了。（180）

　　從遠祖的偶像到未成形的男胎，從上海邵之雍到紐約汝狄，家
事與情事的糾纏，張愛玲以跳躍的時空的參差對照，呈現自己在人
生中的抉擇與鬥爭的歷史。林幸謙說這是張愛玲貼近她自身的身體
與欲望，並透過語言來表達自己。[27]

　　母親與之雍是盛久莉一生最在意的二個人，他們對女主角人格
與行為影響極大，也傷害她最深。邵之雍一生周旋浮花浪蕊之間；
母親亦是博愛濫情、遊戲人生；他們都活在要人喜歡他們的世界
裡。盛九莉自言最不多愁善感，抵抗力很強。但事實是只有母親與
之雍給她受過罪。那時候想死給母親看；對於之雍，九莉深深痛苦
於「要選擇就是不好」的哲學[28]，自殺的念頭也在那裏，不過沒讓它

27　林幸謙，〈張愛玲「新作」《小團圓》的解讀〉《中國現代文學研究叢刊》
　　2009 年第四期，頁 160-175。

28　邵之雍那套好的與不好的哲學，完全不管她死活，就知道保存他所擁有的，

露面（276）。而那套三美團圓的愛情公式以發生關係作為信物，與母親賭輸了懷疑她賣身的錢，同樣使得九莉感覺到一條路走到了盡頭，一件事情結束了。從前的事凝成了化石，把他們凍結在裡面。(32、277、288) 當之雍熟睡，對準了那狹窄的金色背脊一刀，九莉差點為不愛他的人而死。（257）在這些段落裡，儘管宋淇曾經建議張愛玲改寫男主角，「去胡蘭成」（12-15）。但張愛玲仍堅持獨特的書寫——即使是最醜惡、最叫人沮喪的感情，她也拒絕去征服或壓抑。[29] 是以，無論張愛玲是否立意在拆解歷史敘事當中重建文學版圖，這樣的書寫是冷漠的，而書寫的過程是冷酷的。

二、意義生產

　　分析《小團圓》的意義生產，從取材作法觀之，可分：（一）重寫語境、（二）文本互涉；從內容特色而論，可見：（三）反諷的色彩、（四）自我界定。

（一）重寫語境

　　法朗士曾說：「文學都是作家的自敘傳。」由於作家們從事自傳式的書寫，早些時可能還有些困惑，因為通常他們大都「怕記憶、恨記憶，它把我所願意忘掉的事，都給我喚醒來了。」[30] 但到了人生

　　使得九莉異常痛苦。而之雍知道後，竟然說你這樣痛苦也是好的。《小團圓》，頁 305。

29　周蕾，《婦女與中國現代性》，台北：麥田出版有限公司，1995 年 11 月，頁 216。

30　巴金，〈憶〉《巴金全集》第十二卷，北京：人民文學出版社，1989 年，頁

成熟而開始進入腐爛的階段，往往成為一種宣洩／釋放，甚至是一種自我懲罰。自五四以來，從郁達夫的〈沉淪〉到巴金的《家》都留存有自敘傳的體式。而號稱張愛玲神祕的小說遺稿《小團圓》則被認為是選擇近於自傳的方式還原自己的一生[31]，表現了「比虛構的故事有更深沉的戲劇性」[32]。而她的書寫正是以「回望自我的重寫語境」的方式展現的。

對張愛玲來說，四〇年代走紅於上海，達到創作高峰、復身歷戰亂、婚姻的洗禮；五〇年代中，離港赴美，沒有再回到故鄉。從此作家身處流浪荒陌的異境，面對著語言文化的震盪、創作出版的瓶頸、困窘迫蹙的生活、多變無常的人生以及即將步入急管哀弦的暮年，張望自己的未來像一個黝黑空深的洞，有巨大的怪獸潛藏，令人卻步。因此只有求助於古老的記憶，來證實自己的存在；正是她執筆重寫的背景。另一方面，她對原料非常愛好，執著於對「事實的金石聲」的強調。再加上不僅因著作品的超越世俗，令人驚豔，「張愛玲」三個字本身就是一個話題，是極佳的書寫材料。於是，那一段沉酣的歲月──古老沉下去的封建中國、頹敗沒落的貴族家庭、戰火中的香港、淪陷中的上海⋯⋯充滿了醲釅的刺惱，卻比瞭望將來要更清晰明切，是最真實基本的東西。是以，姑不論是為了

340。

31 陳子善，〈陳子善剖析張愛玲〉《揚子晚報》，2009 年 5 月 10 日。

32 張愛玲曾引用法國女歷史學家佩奴德（Regine Pernoud）這句話，認為事實有它客觀的存在，比較耐看，有回味。同時她從前愛看社會小說，與現在看紀錄體其實一樣，都是看點真人真事，不是文藝，口味簡直從來沒變過。此外，她強調實事原料的的人生味、金石聲。參見氏著，〈談看書〉《張看》，台北：皇冠文化出版有限公司，1976 年，頁 156、189-190。

療傷止痛、是報仇洩憤、還是為了還債，張愛玲反復書寫了這段糾
纏不休的記憶。從早期的文本中，作家早已不斷的、或明或暗的在
書寫自我，包括自傳式的散文或是小說中的主角，都可以察覺作家
的現身、隱身或附身。晚近《雷峰塔》、《易經》[33]與《小團圓》的
翻譯出版即可作三合一並觀，都以回憶追尋提供了第一手的世態人
情以及細密真切的生活質地的描繪。

在這重寫的「高危寫作」[34]裡，有兩方面值得注意：一是「紀實
性」與「人生味」的特色；二是時間的「流動性」與空間的「隔離感」
的經營。

就前者言；這本在作家中年以後以中文書寫的《小團圓》係以
自我經歷的憶述文字為骨幹，化身為主角現身說法，企圖重建自我
認同：一方面對過去進行自剖式的審視，重新盤整了不可逆的時光；
另一方面，書寫中的張愛玲與被書寫的張愛玲形成客體與主體的對
話，挖掘著掩埋在生命底層的聲音。這也是一種循著「社會小說」
的寫法──「內容看上去都是紀實，……小說化的筆記成為最方便
自由的方式，人物改名換姓，下筆更少顧忌。」[35]或有把這種運用紀
實的方法寫出一部貌似虛構的作品，歸類為「亞紀實」的寫作。[36]比

---

33 1957 到 1964 年間，張愛玲以英文書寫《雷峰塔》與《易經》，後向英美文
壇尋求出版未果，2010 年 9 月由皇冠文化翻譯出版。《雷峰塔》從幼年寫
到逃離父親的家，投奔母親；《易經》則記述寫港大求學到二次大戰香港失
守，張愛玲回滬的始末。是張愛玲的英文自傳小說。參見張愛玲著、趙丕慧
譯，《雷峰塔》（The Fall of Pagoda），台北：皇冠文化出版有限公司，2010
年 9 月 6 日，頁 1-352。以及張愛玲著、趙丕慧譯，《易經》（The Book of
Change），台北：皇冠文化出版有限公司，2010 年 9 月 6 日，頁 1-376。
34 也斯，〈張愛玲的刻苦寫作與高危寫作〉，沈雙編，《零度看張》，香港：
中文大學出版社，2010 年，頁 93。
35 張愛玲，〈談看書〉，頁 241。
36 吳琦幸，〈論海外華人的「亞紀實」文學──從張愛玲的《小團圓》談起〉

對《小團圓》中所有的人物在現實中都可以找到，雖然人名乃至與本事相關的作品書名都做了改裝[37]。作家筆下結構容或鬆散，但盡是生活的原味。可見其歷史感。

儘管「紀實性」與「人生味」的特色令人矚目。然而，就文本言，這樣不斷的擦拭、改寫、復述的過程，或以暗示拼貼，或以改編消溶，書寫與現實世界是同文同軌？抑是貌合神離？就主人公／作者而言，寫作這種經驗不僅充滿被虐的感覺，記憶更成為一種重壓，她是否曾想乾淨俐落的抽身離去？是否因此形成「夢魘」，一再出現？而對讀者們，倘從窺秘的角度看，充滿了刺激性；若從獵奇的角度談，則成為消閑八卦。有人覺得不忍卒讀、實難終卷；有人則認為需要重讀，是精心結撰之作。這些都使得這個生命版本的生產充滿問號與弔詭，究竟是更接近了真相？還是愈加漫漶模糊？[38]這些疑惑，耐人尋問。

其次，這份重寫特重於時間的「流動性」與空間的「隔離感」的經營，可覺其現代性。赴美之後的張愛玲選擇離群索居，終至孤獨老去。一路自我封閉的隔離形成「無有」的氛圍──無家、無國乃至無愛。而「過去的生活迫著我拿起筆來。」[39]作家回首，自書寫中尋找「餘燼」──唯有回憶與夢境。「回憶」對張愛玲來說無所不在，「重寫」則屢屢借代虛虛實實的夢境，在文本中隨時進行著流動的時間與停滯的生命的辯證。其中，種種疏離與破碎等不圓滿

《華文文學》2009 年第 6 期，汕頭：華文文學編輯部，2009 年 12 月，頁29-33。

[37] 如〈霧水姻緣〉之於〈不了情〉、《清夜錄》之於《孽海花》。

[38] 舉如：《雷峰塔》中提到「弟弟之死」是背離實情的虛構情節。

[39] 巴金，〈家〉《激流三部曲》之一，北京：人民文學出版社，1989 年，頁456。

的、悲劇性的個人主義的特徵，是與曾經有過的孤島、淪陷、封鎖、隔離的經驗聯繫起來、延長著，出現棄絕孤獨的語境。舉如多重時間的組構[40]，這使得反觀自身的敘述出現不同層次的回憶，無論是涉及家事、情事；不管是愉快還是不愉快的，都有一種悲哀[41]。其中又見張愛玲常使用的框架敘述跨越時空：七〇年代的作家以女主人公二十歲左右（1939─1941）在香港大學讀書的一個「大考的早晨」揭開回憶的序幕，並以之與古歐歷史中奴隸起義的叛軍等待與擺陣的羅馬大軍決一死戰的黎明排比；接著插敘三十歲生日之前，之時，之後的回想，以當時的月光銜接了晚唐一千多年的月色，其中籠罩著墓碑沉沉與雨聲潺潺（18），切出今昔／死生的時間與空間。結處再度以大考噩夢謝幕，將所有的恐怖、慘淡收納於荒涼，如此文本封裝，從無邊等待的暗示到靜靜殺機的聯想，封鎖了時間與空間。

另有時間的自由流動，出入於回憶的屏幕者，如：從盛九莉與邵之雍金色的永生時光的「現在上海」擺盪到「未來（十幾年後）紐約」的墮胎經驗，是由站著一隻木雕鳥的門框分界。又如：女主角和弟弟像底邊不平穩的泥偶──那是在兒時的家，驀然轉身，成了街上一個攀爬小鐵門的小女孩，上上下下──那是多年後在華盛頓（219）；居間的一段文字是現時的獨白冥想（有時候她想，會不會這都是個夢，會忽然醒過來），成為一隔離之牆，也是一過渡之橋，試圖平衡著真實與夢境、人生與文學的矛盾。

---

[40] 多重時間的組構包括停滯封閉的戰爭時間、主角們日常活動的線性時間、心靈意識流動的時間以及回溯敘述的時間。段凌宇，〈從《小團圓》看張愛玲的時空體驗〉，《華文文學》2009 年第 5 期，汕頭：華文文學編輯部，2009 年 10 月，頁 35。

[41] 如：回憶……就像站在個古建築物口往裡張了張，在月光與黑影中斷瓦頹垣千門萬戶，一瞥間已經知道都在那裏。《小團圓》，頁 78。

　　總之，《小團圓》不是一個新故事（儘管有一些情節前未聞知）。其中女性人物群九莉、二嬸、三姑等各自成型，在憶述中有許多細節並陳，挖掘了人類心靈深處，解剖了人性的本質。而回憶與邵之雍的奇情癡戀的文字書寫少的是清明，多的是迷亂。作者無意在罪與罰、墮落與救贖等道德視野的議題中久留；而是以女性眼光洞悉自我，在宇宙人生中放置自身；並從女性立場出發審視外部世界，進行各種理解體驗與把握。顯示了女性現代意識的超前的部分：其逕行從其重寫的過程中瓦解了母親神話，更透露著「感情不應當有目的，也不一定要有結果」（165）的主張，同時基於作家所面臨接觸的是亂世人性之常以及末世人性之變，所以《小團圓》與一般成長小說不同；她並未引介正面力量以鼓舞激勵自我生命的成長，而始終隱現的是一個「蹦蹦戲」中的女子應對亂世人生。此外，小說中的作者、敘述者與女主角盛九莉亦不完全重合[42]，雖然盛九莉再現了張愛玲的身世，然而敘述者卻時常潛入九莉的內心，穿梭於（事後的）行為表述與心理描摹。張愛玲曾明言不希望別人來寫自己，那麼，她寫就《小團圓》應不僅僅是因為要換取稿費，推測應該還有印證自己的意思。

（二）文本互涉

　　除了重寫語境，復與文本互涉交織成複雜的閱讀網脈。

　　文本互涉（intertextuality）強調的是每一個文本都不是孤立存在的封閉體，一個文本與其他業已存在的文本彼此勾連互動，形成一

---

[42]　沈雙，《張愛玲的自我書寫及自我翻譯——從《小團圓》談起》，上海：上海書城，2009 年，頁 5。

開放的關係網，不斷地衍生，顯示著共同參與了一文化的陳述空間。事實上，一篇作品之所以具有意義乃是因為先前已經有一些東西被寫下來了。這些先前業已存在的文本共同組成了「符碼」（code），使後起文本的示意（signification）實踐成為可能。觀察《小團圓》提供了傳主張愛玲的活動軌跡與寫作線索，與其之前多部重要作品的寫作背景、人物原型，以及作家的自覺意識、創作心態、人生觀照都出現不同程度地疊合。包括：圖像與文本的互文（如《對照記》），以及多個已著文本之間的互文（如《流言》、《餘韻》、《張看》、《惘然記》、《續集》）[43]；還有小說的一寫再寫（如《金鎖記》與《怨女》、《十八春》與《半生緣》），內中也有情節與作家的生活甚為接近，只是或有隱瞞變質。至於文字的直錄轉出，有：《小團圓》裡（九）鄉下過年唱戲一段（262-265）是〈華麗緣〉的濃縮[44]；小說人物之間的話語聲息相通，如：盛九莉私心裡希望戰爭一直打下去，好能保有亂世中的一點真愛，這樣的呼聲彷彿出自〈霸王別姬〉裡的虞姬之口。此外，作者陳言與他人撰述的彼此呼應，舉如《小團圓》裡母親寫臨終想再見女兒一面而未能如願一事；根據司馬新《張愛玲與賴雅》裡的記述：1957 年 8 月中旬，張愛玲得知在英國的母親病重，必須做手術，張寫了一封信並附上一百美元的支票。母女二人沒有見面，或許是她當時手頭不寬裕，不容去看母親，或許是她「沒有足夠的愛去克服兩個世界的鴻溝」[45]。母親手術後不久

---

[43] 其包括家族生活經驗的提煉沉澱，包括：「奶奶那首詩」的公案、父親從小的女裝打扮、做過總督的二大爺從南京城逃亡、父執輩間的官司、歐戰爆發導致到唸書計畫、人生境遇的改變，乃至五〇年間冒充工農的戶口登記等等。《小團圓》，頁 119、120、196-7、107、19、234。

[44] 張愛玲：〈華麗緣〉《餘韻》，頁 99-111。

[45] 姚宜瑛，〈她在藍色的月光中遠去——與張愛玲書信往來〉，收入陳子善編，

過世，留下最後一口箱子給女兒，這個「寶藏」對當時經濟困窘的張愛玲夫婦來說貼補了他們收入的不足，助益不小[46]等等文字互參，對事件做了還原補證。

　　至於戀情部分的書寫，由於男女主角都出書記「愛」：1959年胡蘭成出版《今生今世》，七〇年代後期張愛玲撰寫《小團圓》。相較於之前，張愛玲極少直接敘寫張胡轟動一時的短促情緣，這本小說是披露了一些未為人知的二人相處細節，包括這段感情生波和女主角內心的感受。二者對照映合，其中許多時空落點與人物行動，都互為表裡。如：文本中室內的細節與感覺的對應描繪[47]；以及主角身陷愛情的情緒波動：從有著愛的歡悅、疑真似幻[48]，到收集煙蒂的癡迷（165），這個人是真愛我的怦然心動（167）。其中描情的細節用語均可自張氏小說〈多少恨〉[49]、〈紅玫瑰與白玫瑰〉[50]、〈色戒〉[51]中尋出同構與重疊、翻轉與消解的痕跡。其他夾纏牽連的情節，如：《今生今世》的「一紙婚約」[52]到《小團圓》換湯不換藥的「祕密結婚儀式」（252-253），後來感情生變，面對胡蘭成的濫情薄倖，

《張愛玲的風氣──1949年前張愛玲評說》，濟南：山東畫報出版社，2004年5月，頁69。

[46] 司馬新，《張愛玲與賴雅》，台北：大地出版社，1996年5月，頁117-119。

[47] 舉如室內的細節描繪都出現房間布置喜歡濃烈／刺激顏色的強調。參見張愛玲，《小團圓》，頁176以及胡蘭成，《今生今世》，頁282。

[48] 張愛玲，《小團圓》，頁186、胡蘭成，《今生今世》，頁287。

[49] 張愛玲，〈多少恨〉《惘然記》，台北：皇冠文化出版有限公司，1983年6月，頁137。

[50] 張愛玲，〈紅玫瑰與白玫瑰〉《傾城之戀》，頁71。

[51] 張愛玲，〈色戒〉《惘然記》，頁30。

[52] 胡蘭成，《今生今世》，頁155。

在《今生今世》裡，男方託辭以「不做選擇的選擇」的詭辯[53]；而《小團圓》中，女方明指其「好與不好」是瘋人的邏輯。如此又見各自為主的角度書寫。在並照觀察下，描繪出由陷溺到徹悟、由懷疑到毀滅的情愛成空、往事如煙。

是以，經由重寫語境與文本互涉觀察《小團圓》的意義生產，可以覺察：每一文本都以引述的鑲嵌成形，都是其他文本的吸收轉化。在文本間，張愛玲交織著曾經過的真實與回憶中的虛構，實踐著以背向時代反觀傳統的自覺，再度以細節、瑣碎組構了迢遙的夢境，纏綿的步子和倏忽的惆悵，呈現著主題永遠悲觀、結合世情與言情的寫實創作空間。

（三）反諷的色彩

1.命名的反諷

張愛玲對自己的小說、劇本、文集的命名十分注意，常常是隱喻的，其中有許多小說命名是借用著中國傳統戲曲的名目發想情節，敘寫中有反高潮的寫法。由於張愛玲自小就對戲曲有著濃厚的興趣，她深知戲曲一方面「納入了實際生活裡複雜的情緒」，一方面「歷史仍於日常生活維持活躍的演出」。[54]因此她選擇經由「歷代老戲傳下來的感情公式」來反觀中國以及「新興京戲裡孩子氣的力量」來為自己的小說搭台布景，更顛覆故事情節，造成意義的反轉，嘲諷著她所明瞭以及原來曾經愛悅的。舉如：〈霸王別姬〉是著名的京

53　胡蘭成，《今生今世》，頁435。
54　張愛玲，〈洋人看京戲及其他〉《流言》，頁107-116。

劇選段,被演述成「姬別霸王」;〈金鎖記〉出自講述竇娥冤的老戲〈六月雪〉,後來金鎖由信物變成七巧自虐虐人的枷鎖;〈鴻鸞禧〉原初是〈金玉奴棒打薄情郎〉一齣講婚禮的奇情喜劇,搖身一變暗指變調的家庭關係;〈連環套〉的同名戲曲是說寶爾墩連連遭遇陷害,落入套中,到了潑辣婦霓喜這裡,變做設下婚姻陷阱環環的男人套;〈華麗緣〉則是借用了越劇的劇名,故事裡寫的是一個敘述者我到鄉下看戲——是一齣「表哥表妹調情,加上書生小姐廟中邂逅驚豔」的老調劇,最後在發現沒有地位的窘況中由人群中跌撞而出的經過。還有紹興戲〈還珠鳳〉裡的〈送花樓會〉男主角借送花之機,與女主角私訂終身,翻演成〈殷寶灩送花樓會〉則由張愛玲的同學殷寶灩送花起頭,進而以其不堪的遭遇諷刺了愛情這個婦科病症。

　　通過相似關口,觀察《小團圓》的命名應是針對傳統愛情喜劇「大團圓模式」的另向思考。中國傳統小說一向喜愛大團圓結局——常是戲中的男主角,有朝一日功成名就,奉旨完婚的時候,自會一路的娶過來,絕不會漏掉一個。[55]胡適與魯迅曾批評這團圓的迷信是中國人思想薄弱的鐵證[56],是瞞和騙的文藝[57]。張愛玲在她的戲評『紅鬃烈馬』時也曾這樣說:「薛平貴泰然的將他的夫人擱在寒窰裡像冰箱裡的一尾魚」,以為「以團圓的快樂足夠抵償以前的一切」,這樣的寫法是無微不至的描寫了男性的自私。[58]而在〈五四遺

55　張愛玲,〈華麗緣〉《餘韻》,頁110。

56　胡適,〈文學進化觀念與戲劇改良〉《胡適文集》第二集,北京:人民文學出版社,1998年,頁123。

57　魯迅,〈論睜了眼睛看〉《魯迅全集》第二集,北京:人民文學出版社,1981年,頁241。

58　張愛玲,〈洋人看京戲及其他〉《流言》,頁110。

事【羅文濤三美團圓】〉裡則以「名義上是個一夫一妻的社會裡，男主角羅文濤幾次婚姻，又把離婚的娶了回來，最後擁有三位嬌妻在湖上偕隱，好說歹說關起門來就是一桌麻將。」的故事言說，毫不留情的諷刺了追求自由戀愛——所謂貫徹五四「新」精神的鬧劇。反觀《小團圓》的情事，不也是這樣的破壞佳話？[59] 女主人公盛九莉對男主人公一往情深，而男方太博愛，又充滿幻想，所以到處留情，再加上客邸淒涼，連逃亡也更需要這種生活上的情趣（225）。難道是要等有一天他能出頭露面了，等他回來三美（九莉、小康、巧玉）團圓？九莉受著生命痛苦與人生虛無的煎熬，日夜之間沒有一點空隙。末了，才子佳人的故事變調，三妻四妾不但沒有貌美和順，其或被休，或困於形勢，或看穿他的為人，都分了手。[60] 愛終於從義無反顧變成了莫不相干，與「皆大歡喜」形成悖論，而「團圓」二字豈不成了最大的反諷？難怪止庵說：《小團圓》不是《大團圓》的一部分，而是對《大團圓》的徹底顛覆，生命的輪迴到此為止。[61]

2. 意義的反諷

　　《小團圓》除了在命名上是對大團圓的顛覆，是張愛玲抗爭男性霸權的一個主戰場。[62] 在情節意義的呈現上亦呈現雙重的反諷。女主人公（盛九莉）曾對男主角（邵之雍）說：我寫給你的信要是方

59　陳子善編，《私語張愛玲》，浙江：浙江文藝出版社，1995 年，頁 150。

60　宋以朗，「《小團圓》前言」，頁 11。

61　止庵語。參見戚永曄，〈浮生只合小團圓〉《觀察與思考・文體聚焦》，2009 年 6 月 6 日。http://www.cnki.net. 上網日期:2010/09/20

62　張伯存，〈離散中追尋生命蹤跡的自我書寫——論張愛玲小說《小團圓》及其晚年的文學書寫〉，山東《棗莊學院學報》第 26 卷第 4 期，2009 年 8 月，頁 1-7。

便的話，都拿來給我。我要寫我們的事。（252）可見作家面對這荒謬的人生、荒涼的情感世界並未逃離避諱掩埋遺忘，終究選擇了書寫，是以還原生命史的手法，讓一切糾結回到初始的狀態，其中包括私密心情與難堪經驗的書寫與分享，是一個層層解碼的過程。

全書如電影畫面一般，以考試的噩夢、雨聲中等待愛情，然後飄然進出於人生的百轉千迴。文本中二次提及「雨聲潺潺」（18、318），思之淚下，頗有別易見難之感；其後再度描寫邵之雍來與不來，牽動著女主人公的希望與悵惘[63]，從篇首漫迤篇末，彷彿永生的情痛無休無止。末尾，張愛玲從執子之手到夢見孩子的快樂，然後筆鋒驟轉，又回應篇前的大考噩夢。全書可說是以「等待」始終。而戰爭、大考、愛情是不可缺的要件。此處的書寫形式上的確一反常態——因為作者著筆似乎並不在等待結果，所強調的卻是等待的過程中的未知、不確定、怕失望的恐怖煎熬的披露。由於實生活中，張愛玲的香港大學生涯中遭逢戰爭面對死亡的經驗深刻無比；而因戰爭阻斷其負笈英國求學之路、導致重回上海又正是她人生重要的轉捩點；難怪筆下化身的九莉時常做著大考的噩夢，又屢屢連結著戰爭的陰影。

結尾處，大考噩夢之前別有一夢頗堪玩味——即「夢中團圓」。在這個夢中，女主角夢見松林裡的孩子們都是她的，自己與邵之雍牽手在木屋重聚，醒來自覺快樂了很久很久。（325）關於孩子的部分，殊異於女主人公曾自言：從來不想要孩子，同時在內心又埋藏著因為自己與母親關係惡劣，覺得自己如果有小孩，一定會對她壞，

63　邵之雍好久沒來，……女主角在路上走，心情非常輕快，一件事情圓滿結束了——她希望，也有點悵惘。接著未料其患未絕，他又來了。《小團圓》，頁 169－170。

替她母親報仇的恐懼心理。至於「與邵之雍手臂拉成一條直線往木屋裡拉」的畫面，在早先的文字裡也曾出現（256），那時候隊伍裡還出現著五六個之雍從前的女人昏黑的剪影。這些扭曲的夢境在回憶的盡頭出現，是照燭了久莉內心深處的祕密——母親與之雍正是她過去生命中的核心[64]，不幸的是與二者相處的歷程也正構成了她一生挫敗經驗的核心。因此。這個「夢中遂願」不啻指向女主人公下意識對柔和母女關係的維持／修復以及與之雍團圓的期待心理。然而，這夢境卻又是現實界中最真切的嘲弄，因為「團圓」一事在「母親缺席」、「胡好哲學」下將永遠無法實現，也許只有在虛幻的夢境中才會出現。於是，期望與失望、夢境與現實並行的情節設計中留下了許多空白，夢醒之後的快樂愈發襯得周遭一片空虛荒蕪，……然而，不能否認，畢竟是快樂，曾像那個騎單車小孩那一撒手的自由[65]。

　　《小團圓》裡，或許寫母親刻薄了些，寫愛人又濫情了些。雖然張愛玲挑剔出了名，但說她藉由「爆料」去博取大眾／讀者的同情、創造／維護她的文名也推論過頭。她的作品少舉崇高理想的大纛，興趣在於刻畫人性局限。她以無情之筆，揭露人性的殘酷與矛盾，有著自誇與自鄙。比如《小團圓》裡，她寫「靈魂的黑夜」，寫「鐵進入了靈魂」的過程（274），陳述著嚮往愛情的人往往所愛非人，卻又執迷不悟。同時，她指出世間唯一不變的價值就是「變」，所以愛情變質／貶值這回事司空見慣，無須大驚小怪。然而卻在「寧願天天下雨，以為你是因為下雨不來」（18）的等待中，透露了「對

64　母親的重要性自不待言，而姑姑也說：「她對任何人認真，沒像對之雍那樣。」《小團圓》，頁315。
65　張愛玲，〈更衣記〉《流言》，頁76。

於愛情，她是極低的」的委曲淒婉。如此，這個盛九莉面對現實的
故事，一面道出了對於生活原是需要隨時下死勁去抓住的艱難；一
面寫進了「人並非是沒感情的，對於這世界卻要愛而愛不進去」的
荒涼。

（四）自我界定

　　關於個人化的寫作，一般常通過記憶／回憶的途徑，不斷重回
叩應其內心，再現個人經驗。因此敘事方向多朝向素來被壓抑、遮
蔽的隱密部分，做一揭露與釋放。在這生命湧動的過程中，個人的
感性與智性、記憶與想像獲得了解放。連帶著，個性理論和移情現
象為讀者對文學文本提供了模式[66]，在閱讀的過程中得以一併將讀者
引入：讀者們有時通過界定文本作者人格的「個性主題」來尋找文
本的統一性；有時則藉由重構文本應和他們自己的個性主題。是一
同參與了作家召喚記憶、界定自我的改裝演出。

　　從這個角度，觀察張愛玲在《小團圓》中化身女主角盛九莉書
寫自己，是寫作偕同回憶，自序兼代言，將自身「等待」的歲月一
筆筆的描紅。她並將周遭出現的人物化名，以擬實的情節聚攏在小
說中「團圓」。止庵說《小團圓》是一部情感小說，是一部心理小
說。當我們從心理分析的視角進入自傳文本：參照作者生平，尤其
是作者孩提時代的創傷衝突，在某種程度上可說是再造自身。舉如

66　「個性」的概念連繫著特定的生活階段，儘管個性成長貫穿人的一生，但它
　　在特定階段得到鞏固——即青春期的個性危機階段。參見林白，〈記憶與個
　　人化寫作〉，《花城》，1996 年第 5 期，頁 6、113。

前曾談及的「嫌惡孩子」的母題[67]為例，張愛玲係將木彫鳥的意象和女主角對生育／墮胎的恐懼繫聯起來。而這恐懼的源頭推測與其童年時期母親缺席、家庭無愛、感覺被棄的不愉快的經歷相關。而「殺子書寫」的出現，或可做另一種詮釋：等同於母親形象的毀滅，作家是藉此順勢緩解了自身關於血脈傳承與母親責任的焦慮。

　　另外，小說情節發展落於女主人公人生中兩個重要的空間場域——一為前期女性空間，一為後期男性空間。這二大段落都分別藉由他者反映自我。前期作家或通過強烈、矛盾的母女關係，或通過親密的女性情誼來界定自己；在此，女作家利用著書寫女主角（或曰自己）作為自我界定過程的一部份，筆下的人物好像女兒一樣。是一種類似學做母親的過程；同時又是一個學著體現自己的過程——既做為被照料的孩子，又做為看顧自己的母親；更進一步，作家和人物互為母親，彼此藉由書寫分享，提供著母性的看顧。[68]後期，在與異性的交往上，證明了是局殘壘；作家深感自己的孤獨以及與浪蕩子的異性相處的困難。如此一來，《小團圓》是作者在拆自己生命的房子去蓋她小說的房子。其書寫母親，等同於尋找自我的過程；書寫情愛，則是證明自己的曾經，在確定自己。內中有無數斷片，最後飄逸的一筆，如同海上花，收到了戀夢破滅的境地[69]，讀來算是本傷逝之書。

67　「愛玲好像小孩，所以她不喜小孩，……連對小天使她亦沒有好感。」胡蘭成，《今生今世》，頁 283。

68　格蕾・格林（Gayle Greene）、考比里亞・庫恩（Coppelia Kahn）編，陳尹馳譯，《女性主義文學批評》，板橋：駱駝出版社，1995 年，頁 99-126。

69　張愛玲，〈憶胡適之〉《張看》，台北：皇冠文化出版有限公司，1976 年，頁 153。

三、千瘡百孔的情感

《小團圓》，可視為另一種傳奇、另一種流言。

正如《紅樓夢》的大觀園無法庇蔭那一群要保持清純的少女，一旦情愛襲來，它是不可抗拒的。《小團圓》的愛情故事印證了佛家的「求不得苦」和「愛別離苦」這兩個人生現象。胡宗健說：中國女作家並非只擅寫『情』而不擅寫『慾』——何況『情』而『慾』是事物發展的必然，她們自身也絕非禁慾主義者。而是現實社會婦女地位和利益束縛了她們筆下女性的『慾』。[70]如果一個女人能說出她的感覺，男人將會大吃一驚。因之，我們觀察《小團圓》將從她的作品本體而不是對身體的描述（the body of her writing and not the writing of her body）來進行理解。其間取材仍以男女間的小事情——放恣的「戀愛」為藍本（只是這次更多關於自己以及母親的、姑姑的）；作家再度啟用對照的手法，並以互文書寫借調了更多的反差，描寫著酸楚而動人的鬥爭，尋求著並不安全的人生安穩——而這種安穩每隔一段時間就要破壞一次，失去和諧的鬥爭者總又尋求著新的和諧，一如鐘擺的擺盪。張愛玲曾說：「……只有小說可以不尊重隱私權，但是並不是窺視別人，而是暫時或多或少地認同，像演員沉浸在一個角色裡，也成為自身的一次經驗。」[71]這自身的書寫或許有自我安慰、抵禦批評的動機，但於自身的經驗這一層次上則是自己揭發自己，當然也並不是否定自己。不似胡蘭成記傳般流露著誇耀式、事功性，《小團圓》所謄繕出的是一個普通人得以夷然存

---

70 胡宗健，〈近年來小說中性愛描寫的若干形態特點〉，收入張散、馬明仁編：《有爭議的性愛描寫》，延吉：延邊大學出版社，1988 年，頁 314。

71 張愛玲，〈惘然記〉《惘然記》，台北：皇冠文化出版有限公司，1991 年，頁 3。

活著的曖昧時空，像亂世孤島裡一塊末世的紀念碑。它呈現給我們
一個比較完整的張愛玲的世界──可說是張愛玲對自己一生中的各
種感情，包括親情、愛情、友情等的全面清算。帶著『織錦緞夾袍』
的一往情深[72]。吳爾芙（Virginia Woolf, 1882-1941）說過：總是躲在
簾幕後遮遮掩掩的文學，稱不上真的文學。讀《小團圓》，我們無
可迴避地面對著張愛玲的本真：裡面人物像縷空紗、是缺點組成的；
而情感是千瘡百孔的。[73]

72　張愛玲，〈更衣記〉，《流言》，頁 75-76。

73　本文重新改寫。原文收入「2010 年發皇華語‧涵詠文學──中國文學暨華語
　　文教學學術研討會」《會議論文集》，台北：文津出版社，2011 年 7 月，頁
　　337-364。

互放光亮　｜　下部

後張作家第一人
──東方蝃蝀與《紳士淑女圖》

一、不要忘了東方蝃蝀

　　東方蝃蝀是上海淪陷期和光復期後起的洋場作家。自四〇年代開始發表散文、小說，五〇年代以後擱筆，八〇年代重拾創作，創作生涯跌宕起伏。有《紳士淑女圖》、《名門閨秀》、《傷心碧》以及散文集《人書俱老》等。作品產量並不算大，由於東方蝃蝀的作品一直未受到主流文學界的關注，直到二十世紀八〇年代起，才引起當代學者張頤武、吳福輝、陳子善等注目，撰文評論。1994 年嚴家炎主編《二十世紀中國文學與區域文化叢書》中吳福輝《都市漩流中的海派小說》的海派小說作家群裡點將東方蝃蝀，並作傳略[1]，1998 年《中國現代文學三十年》中，李君維和他的小說創作正式進入文學史，其中提及東方蝃蝀是一位兼有通俗、先鋒作品的作家，……尤其是僅一冊《紳士淑女圖》，用一種富麗的文字寫出了十里洋場上舊家族的失落和新的精神家園的難以尋覓，文體雅俗融洽，逼似張愛玲，透出一股繁華中的荒涼況味。在意象的選擇和營

---

[1]　吳福輝：《都市漩流中的海派小說》，長沙：湖南教育出版社，1994 年 7 月，頁 89、108、121、164、340。

造方面，也和張愛玲一樣與現代主義相通。[2] 陳子善更認為「四〇年代的上海文學史，如果缺少了君維先生的小說，就像缺少了張愛玲一樣，那就太單調乏味，太不可想像了。」[3] 事實上，東方蝃蝀的小說不獨將三〇、四〇年代的上海中上階層人家的生活樣態、聲息笑貌留下栩栩如生的剪影。相較如張愛玲之細摩女性心理及現實生活的華麗蒼涼，他是進而更呈現了城市少年尋夢過程的追逐與失落、成熟與沉溺。字裡行間流露出更沉更濃的上海味。為了避免遺珠之憾，陳子善苦心蒐集、編輯整理「東方蝃蝀小說系列」二冊[4]，留存了洋場故事的別樣風情。

二、誰是東方蝃蝀

東方蝃蝀原名李君維，1922 年生於上海，祖籍浙江慈溪，畢業於上海聖約翰大學文學院。談到李君維筆名不少，唐優、枚屋、東方玄[5] 等各有來歷。而一般人知道李君維的名字大多在知道東方蝃蝀

2　錢理群、溫儒敏、吳福輝合著，《中國現代文學三十年》，台北：五南圖書出版有限公司，2002 年 2 月，頁 563。（原為北京大學出版社 1998 年出版）。

3　陳子善，〈序〉收入李君維，《人書俱老》，長沙：嶽麓書社，2005 年 3 月，頁 5。

4　陳子善編《東方蝃蝀小說系列》兩冊，2005 年由北京人民文學出版社出版。一書名《傷心碧》，其中分上篇《紳士淑女圖》包括〈春愁〉、〈河傳〉、〈惜餘春賦〉、〈紳士淑女〉、〈懺情〉、〈驛車上的少年〉、〈牡丹花與蒲公英〉、〈錢素娥泣血殘紅錄〉、〈人之一生〉、〈謊〉、〈花卉仕女圖〉、〈照相館裏的婚禮〉12 篇，下篇《傷心碧》包括短篇〈當年情〉及中篇〈傷心碧〉；另一書名《名門閨秀》為長篇小說，計十章。

5　東方蝃蝀偶作東方玄，是編輯的改動，據李君維的說法可能是編輯認為蝃蝀兩字太玄乎了。發表於 1946 年 6 月《宇宙》第 6 期〈人之一生〉即署名東方玄。參見李君維，〈東方蝃蝀與枚屋〉，2007 年 4 月 11 日《上海文匯報》。上網日期：2008 年 12 月 10 日，取自：http://www.sxgov.cn。

之後。「東方蝃蝀」意取《詩經‧鄘風》：「蝃蝀在東，莫之敢指。」蝃蝀即是彩虹，李君維自己也說這個筆名怪僻，用這個名字無非是想引人注意而已。最早使用這個筆名是一篇散文〈穿衣論〉發表於1945年6月在蘇青主編《天地》第21期，這篇對現代時裝的見解不俗，是他初試啼聲之作[6]。之後1946─1949年間，李君維在上海報刊發表的十數篇小說主要多使用這個署名；其中，李楠新近所發掘的〈補情天〉於1949年5月4日至31日連載於上海《鐵報》副刊算是最後一次署名「東方蝃蝀」的小說。在李君維的創作生涯中，以這個「別緻」的筆名所發表的作品描摹著上海中產階級市民生活的林林總總，是他日常生活極為熟悉的一部分，也是他寫作生命中最精彩、風格也最統一的成果表現，在四〇年代大上海的毀滅與昇騰中，正如彩虹般綻放了異彩。

「枚屋」是他另一個標署於散文作品的筆名。考量「枚屋」原是想從具有辭藻之美的同音字梅楣玫枚等，底下再配上一個堂庵齋室之類的字，以示穩妥老成；最後選用了較為中性不帶脂粉氣的「枚」字，連接上較為罕見的「屋」字。枚屋這個筆名使用的年數比東方蝃蝀長。1956年上海《新民晚報》副刊刊出的小說〈當年情〉[7]是惟一使用枚屋為筆名發表的小說。1958年，還有以枚屋筆名描繪農家子弟風貌的散文〈大小羊子〉等先後發表於《人民日報》副刊，這也是李君維少有的為配合形勢的寫作。

使用時間最短的筆名是「唐優」[8]，意取「唐代的優伶」，因為李

6　東方蝃蝀，〈作者自序〉《傷心碧》（北京：人民文學出版社，2005年6月），頁4-7。

7　〈當年情〉是在上海《新民晚報》副刊刊出的小說，自9月11日至13日分三天刊出。

8　李君維，〈東方蝃蝀與枚屋〉，2007年4月11日《上海文匯報》。

君維覺得這個筆名好像是優伶的面具，優伶戴上各色各樣的面具，在舞臺上扮演各色各樣的角色，演出悲歡離合、沉浮起伏的故事，一如墨中乾坤萬象，筆下悲喜人生。1952 年 6 月在上海《亦報》連載的小說〈雙城故事〉以及《亦報》裡的一些小文章都是用這個筆名發表的。

　　東方蝃蝀自上海淪陷後期崛起，自四〇年代開始發表散文、小說。由於受到董樂山、董鼎山兄弟的影響從事小說創作[9]，1946 年馬博良主編的《小說》創刊號、2 月號分別推出了東方蝃蝀的短篇小說〈河傳〉、〈春愁〉。其餘作品陸續散見於《幸福》、《生活》、《文潮》、《宇宙》、《大眾晚報》等刊物。抗戰勝利後，先後曾擔任上海《世界晨報》、《大公報》記者、編輯。五〇年代以後，因為自認所寫的小說從內容到文字已不適合時代的號角，因此擱筆[10]。中間偶存兩篇「手癢之作」：分別為中篇小說〈雙城故事〉刊登於上海小報《亦報》以及短篇小說〈當年情〉發表在上海《新民晚報》。其後移居北京，先後在文化部電影局、中國電影公司任職。八〇年代改革開放後，重拾創作，有長篇小說《名門閨秀》（原名《芳草無情》）以及中篇小說〈傷心碧〉都以本名發表。總其作品經過陸續發掘、整刊、再版，小說類有 40、50 年間短篇小說集《紳士淑女圖》（1948）、中篇〈雙城故事〉（1952）；和 80、90 年間長篇《名門閨秀》（1987）、中篇〈傷心碧〉（1996）以及散文集《人書俱老》（2005）等。2005 年 6 月總由北京人民文學出版社推出了「東方蝃蝀小說系列」兩冊：《傷心碧》與《名門閨秀》，引起讀者注意。同年 11 月 2 日，華東師範大學現代文學資料與研究中心與上海

9　陳子善，《人書俱老》〈序〉，頁 2。

10　李君維 1956 年發表小說〈當年情〉，同年宗璞也寫了〈紅豆〉在《人民文學》發表卻遭受批判。因而不再提筆。

99 網上海書城合作舉辦「東方蝃蝀文學創作研討會」，將這位被遺忘達半世紀的作家作品重新做了打撈整理與研究評價。

東方蝃蝀說：「寫作是我生命的一部份。」無論散文與小說他都喜歡。只不過年紀大了便不大想寫小說了。因為他覺得小說年輕人寫比較合適，好多故事都是屬於年輕人的。即便寫，他也只能寫過去的事情，這些事情，現在的人也不一定感興趣。是而，從《紳士淑女圖》到《傷心碧》一路讀下，東方蝃蝀的小說之旅始於日常又歸於日常，我們走進了作者記錄的上海城市的繁華起落、滄桑變遷；又從作者刻劃的人生光陰的朝陽與夕暮走出。而今時代已進入二十一世紀，人書俱老。——「我的手錶在二十世紀四十年代停止了。」李君維如是說。[11]

三、《紳士淑女圖》

(一) 時代背景

1941 年 12 月，日軍偷襲珍珠港，上海淪陷。日軍及汪偽政府勢力的文化手段是拉攏利誘與監管審查軟硬兼施，在這樣一個「低氣壓的時代」[12]，上海彷彿一個「較大的監獄」[13]，上海文壇一時風

---

[11] 東方蝃蝀，〈作者自序〉《傷心碧》，北京：人民文學出版社，2005 年 6 月，頁 6。

[12] 迅雨（傅雷），〈論張愛玲小說〉，原發表於《萬象》第 11 期，1944 年 5 月。收入陳子善編，《張愛玲的風氣》，濟南市：山東畫報出版社，2004 年 5 月，頁 3。

[13] 陳青生，《抗戰時期的上海文學》，上海：人民出版社，1995 年 2 月，頁 195。原係朱維基，〈作於錫金誕辰後一日〉「附後」，《世紀的孩子》，上海：永樣印書館，1946 年。

聲鶴唳，無法置身事外的上海市民及文人作家在其中生存，所展現的是一個政治意識形態模糊、小心翼翼的應對態度，反映到創作層面，大都使用著曲筆，是進入了一個政治意識形態和主流話語管轄相對鬆弛的年代[14]。中日戰爭結束後、國共衝突愈烈，內戰爆發，煙硝四起，戰火摧殘，綜觀四〇年代整個上海的情勢是社會動盪不安，政治的弱化與商業的強化；上海文壇處於這樣特殊的時空背景、歷史風土與社會人情，展現了特殊的風貌：是從「國家」到「個人」、自「政治」到「民生」、由「制式」到「個性化」的平民商業文化的建構過程。作家作品的書寫從商業利益導向到官感娛樂追逐、自男權統治到女性解放、鄉鎮與都市的碰撞、雅俗審美價值的重設、市場價值決定文化流行以及現實主義、現代主義與通俗小說的匯合與滲透，……這些無不說明著上海隨著都市的求存發展，逐步運作出了自己的文化環境──包括現代化的出版、傳播業。[15]尤其是文學期刊，40 年代出現在上海街頭的刊物多向通俗化、市民化移位，舉如在文學研究會手中改頭換面的老牌鴛蝴刊物《小說月報》的復刊就適度地向改革前的刊物「復辟」。[16]而 1942 年創刊的《大眾》、1944 年創刊的《春秋》、1946 年創刊的《小說》等更是新派舊派

14　古蒼梧說：「當時的上海文壇，雖然失去了寫作抗日作品及宣傳左翼意識形態的自由，卻獲得了比戰爭爆發前較寬鬆的創造空間。」他並引用汪偽政要胡蘭成的看法說明在日據時期的上海，除了對抗日與蘇聯式的文藝觀受到檢查外，並無以政治統攝文化的意向。參見氏著：《今生此時今世此地──張愛玲、蘇青、胡蘭成的上海》，香港：牛津大學出版社，2004 年 9 月，頁 54-56。主流話語則指新文學作家的轉調，參見魯迅，〈答徐懋庸關於抗日民族統一戰線問題〉《魯迅全集》第六冊，北京：人民文學出版社，1981 年，頁 530。

15　姚玳玫，《想像女性》，北京：中國社會科學出版社，2004 年 7 月，頁 18-26。

16　許道明，《海派文學新論》，上海：復旦大學出版社，1999 年，頁 316。

作家、純文學與俗文學作品紛然雜陳，一些有才氣的新作家展露頭角[17]，那正是予且、張愛玲、蘇青、譚惟翰、潘柳黛、施濟美、東方蝃蝀[18]等市民作家崛起的年代。總的觀察，1949年之前的上海報人和作家的文字，他們的政治態度是中立的、溫和的、市井化的，他們用不經意的態度，不經意的文字真實地記錄當時社會生活的瑣瑣碎碎、邊邊角角。他們以「生」為本，觀照普通人日常生活，表現其喜怒哀樂的情感，形成一種世俗的、市民的、自由的敘事情調，有別於三〇年代海派作家的新潮摩登、遊戲情慾、浪漫浮誇、神祕幻豔的洋場風格。其中，東方蝃蝀生長生活在上海中上階層人家，選材於他所熟悉的一切，從繁華都市風景線的摹寫中迴身，記錄了他們的追求和失落、興敗與榮辱、戀愛與婚姻、和諧與鬥爭、風俗與習慣、一舉一動、一顰一笑……[19]，描繪出一幅幅紳士淑女的圖影。

（二）刊行始末與文本介紹

1. 刊行始末

1948年，由於同學馬博良的推薦，雖然出版社本錢有限，言明不付稿酬，東方蝃蝀仍將歷來發表於《小說》、《生活》、《文潮》、《幸福》、《宇宙》等刊物中的小說結集為《紳士淑女圖》，由上

17　夏志清說：戰時最有才氣的新作家不產生在重慶或延安，而是產生在上海40年代，……後起的東方蝃蝀很有才分。吳福輝，《都市漩流中的海派小說》，頁23。
18　1946年創刊的《小說》是馬博良主編，創刊號及第2號都刊有東方蝃蝀的小說。
19　東方蝃蝀，〈作者自序〉《傷心碧》，北京：人民文學出版社，2005年6月，頁6。

海正風文化社出版，收〈春愁〉、〈河傳〉、〈惜餘春賦〉、〈紳
士淑女〉、〈懺情〉、〈驟車上的少年〉、〈牡丹花與蒲公英〉七篇。
八〇年代末，上海書店出版社再度影印出版，收入魏紹昌先生主編
的《海派小說選輯》。五十年後，陳子善重新搜羅整理東方舊作，
另行增補〈錢素娥泣血殘紅錄〉、〈人之一生〉、〈謊〉、〈花卉
仕女圖〉、〈照相館裏的婚禮〉五個短篇，編入插圖，輯成新的《紳
士淑女圖》[20]篇，下篇收〈當年情〉〈傷心碧〉合為系列之一，系列
之二為長篇《名門閨秀》，東方蝃蝀親自作序。

2. 文本介紹

　　《紳士淑女圖》收錄短篇小說十二篇，內容情節與人物關係見
下表列：

篇名 發表時地	角色人物關係	內容情節
〈春愁〉 1946 年 8 月《小 說》第 2 號	三角關係：一女 二男。 成亞麗、貝信玉、 馮傑米。	女主人公成亞麗是個美人胚子，接受著洋派新式 家庭教育，美麗而驕縱。相形之下，不懂得遵行 女仕優先的歐美禮儀的男主人公貝信玉顯得嫩窘 青澀。然而貝信玉竟天真的以為二人是在戀愛著 了，提出結婚的要求，卻被拒絕。原來亞麗只當 他們的交往是一種社交，接著又發現亞麗與學校 裡紈袴子弟傑米打情罵俏。這樣玩忽感情的做作 態度正是信玉所厭惡的。於是信玉告別了亞麗， 回到自己的亭子間，只覺得曾經發生過的，已像 夢一樣的遙遠。

20　以下《紳士淑女圖》文本舉例出自東方蝃蝀，《傷心碧》，北京：人民文學
　　出版社，2005 年 6 月，直標篇名頁碼，不復作註。

〈河傳〉 1946 年 4 月《小說》創刊號	三角關係：一女二男。 鄔明蟾、林憲和、王約翰。	混血兒鄔明蟾的父親留學法國，得了文憑，娶了個法國女子。但這位法國母親不能適應半新不舊的中國家庭，不等明蟾滿月便悄悄走了。以後鄔先生二次娶親，自然不再羅曼蒂克，老實地重新娶妻生子。明蟾先後唸了美辦學校、中國教會學校；英語熟了，逐漸忘記了中文。繼母看不順眼，後來家裡日漸窮困，明蟾受氣，沒辦法待了，出外上班打工。獨立謀生的過程裡不外乎是些男女關係：有想佔便宜的中年男子蓋興門、有寒酸的小職員王約翰、自己喜歡的則是飛行員林憲和，卻摔飛機死了。只留得明蟾茫然於她的歸宿，幽幽地獨過青春。
〈惜餘春賦〉 1946 年 7 月《幸福》第 1 年第 2 期署名東方玄	三角關係：一女二男。 金嬌豔、任季莃、美國軍官別爾。	任季莃從國外留學回來，生得五官端正，家世又好，任職著名銀行會計主任，正是不折不扣的天之驕子。多少人做媒提親被拒，結果卻選上了「美的有個性」的交際花型的女子金嬌豔，她是一個標準的浪漫派：要的是一個聽話的丈夫，每天要喝下午茶，要有人送花送糖，愛聽人說風情話。這樣新派的女子如今落到中國風度的任家，到底不會有好收場的，結果是沒轡頭的野馬終究紅杏出牆，二人落得離婚收場。
〈紳士淑女〉 1947 年 6 月《少女》第二期，署名東方玄	三角關係：一男二女。 含山、瑤台、鳳髻。	含山的畢業舞會舞伴原屬意鳳髻，由於鳳髻的驕傲矜持，含山轉而邀請鳳髻的好朋友瑤台，而後含山游移在兩個女子：光彩動人的鳳髻與勤儉務實的瑤台之間，他覺察出自己在鳳髻那裡的自卑，在瑤台那裡卻綽綽有餘。於是他選擇務實：決定與平凡而懂事的瑤台結婚。
〈懺情〉 1947 年 8 月	三角關係：一男二女。 嚴永汝、戚楚雲、王圓珠。	嚴永汝元配戚楚雲是個知書達理的鄉紳才女，但永汝自覺處處不及，畏懼她；卻與頗具姿色的女售貨員王圓珠發生婚外情，又為嚴家傳了香煙，雖然沒有名份，地位卻更加穩固。而楚雲從天天

		到永汝辦公室守候受辱，到因為無法獨立生活而離不了婚，終究是越來越憔悴了。
〈驟車上的少年〉 1947 年 3 月《幸福》第 1 卷第 7 期	三角關係：一女二男。 鄔婉莊、瞿宏祖、經理上司。	描述從舊家庭出身的青年瞿宏祖所面臨的人生困境：一邊是老式房子裡抽大煙的父親，但宏祖不願靠家開支，考取了報館記者自立更生；一邊卻驚然發現女友鄔婉莊的家庭允許女兒應酬有家室的經理上司，……於是，王孫末路，慬覺道德感、價值觀在這末世盡成虛假一片。
〈牡丹花與蒲公英〉 1947 年 9 月《生活》第 3 期	三角關係：一男二女。 孟元芳、施清芬、繆玉尖。	孟元芳，模範家庭出身。這樣的一個男子一生中至少碰到兩個女子：一個是牡丹花一樣的離過婚的繆玉尖：魅惑豔麗，追求物質享受；一個是蒲公英似的大學同學施清芬，端麗大方、中庸平穩。於是，驗證著「結婚是一個偶然的巧合，戀愛倒成了冒險」。結局是孟元芳遵循了婚姻實用論，選擇了務實儉樸的施清芬。
〈錢素娥泣血殘紅錄〉 1946年5月《幸福》第 1 年第 1 期，署名東方玄	一對夫妻： 錢素娥、方春煦。	方春煦第一次看見錢素娥，就認定要娶她為妻，說媒下聘後，錢素娥很體面地嫁到了有財有勢的方家。錢素娥的娘家窮，私下接濟娘家先與婆婆發生劇烈口角，其後又與婆婆爭奪上海家產的實權。直到自己當了家，也學會了「剋扣」的本事。後來母親上門談妹妹婚事，錢素娥也只是一句：「慢慢地再說吧！」……就這樣慢慢地，戰爭來了，世界也老了，十來年下來了。
〈照相館裡婚禮〉	照相的客人：一對新人、儐相、花童、七嫂等，摩登男女，小腳老婆婆與兩個無知的女孩共三組客人。	一對新人和男女儐相、花童去照相館拍結婚照，拿不定主意裝扮，鬧鬧哄哄之際，中間插進了關係複雜的一對摩登男女也來拍雙人照；然後一個小腳老婆婆帶進兩個無知的女孩來拍為了申領戶口配料用的市民證照，……想來進照相館裡，各自都有各自需要的一張照吧。

〈人之一生〉 1946 年6 月《宇宙》第 5 期，署名東方玄	女子寶蓮。	如花似玉的寶蓮是父母最寵愛的么女，是捧在手心的明珠。未料姨太太說媒嫁了一個得了怪病短命的羅雲表，然後過房的繼子訊玉又傳染疹子早夭。但寶蓮什麼話都不說，一生安分守己，不爭不鬧，往後的日子回到娘家吃閒飯，受人厭嫌，落得死後仍被子姪輩編排埋怨。……這便是人的一生。
〈謊〉 1946 年9 月《幸福》第 1 年第 3 期	主僕二人： 女主角十翠、 女僕楚楚。	十翠說謊害婢女楚楚挨打，但楚楚並不抱怨。後來楚楚嫁人生子，十翠十分想念，等到再見，十翠意識到楚楚已由女孩變成女人，二人已然分別活在不同的世界。
〈花卉仕女圖〉 1948 年6 月《宇宙》復刊第 1 期	紳士：男主人公我、季玉樹、張造時、信託。 淑女：石承珍、戚偎綠、依萊黃、鳳露露、鳳佩佩、梅夫人、胡燦雲、派屈茜。 （其中包括二男一女的三角關係：男主人公我、季玉樹與依萊黃。）	梅太太過生日，男主人公我帶了報館同事石承珍去慶賀，宴會中在座的有樂觀主義的大姊頭戚偎綠、好朋友靚仔季玉樹、二人所曾共同愛慕的女同學依萊黃、雙胞胎鳳氏姊妹、一對準夫妻張造時、胡燦雲、還有信託與派屈茜一共十二人，宴中穿插男主人公我的回憶與現場男男女女的調笑對話，呈現了上海所謂高貴的紳士淑女們的男女社交與婚戀觀。

（三）洋場故事的別樣風情

1.亂世圖影：浮世悲歡的浮雕

八年抗戰戰火甫歇、勝利初來，國共內戰續起，社會秩序變

動劇烈。通貨膨漲，物價波動，人們的物質環境匱乏；而人心浮動，人們的精神狀態處於極度的不穩定與失落。所置身的空氣瀰漫著一面是束手無策、消極等待式的迴避打混；一面是功利主義、精刮算計的自求解脫。東方蝃蝀筆下的紳士淑女們處於這樣的亂世，而時代的列車依舊轟轟地往前開，他們無不感到惘惘的威脅。首先，最感同身受的是「城市裡的金融秩序混亂」：孟元芳初進銀行的時候，市面上正鬧著缺乏現鈔，支票、本票充斥市面，金融界弄得混亂一團。「在這種時局下，今天也顧不到明天，什麼都不安定，……耐著性子等待著吧！誰又不是這樣等待著呢？」（〈牡丹花與蒲公英〉，103）外匯日緊，進口受了限制，〈懺情〉中寫嚴永汝的進出口行沒有什麼活動，每天在寫字桌前吃茶、看報、抽煙，混過了上午，到了下午就想早一點溜跑。（63）即便是大學裡的教授，薪水，舊水，拿來泡水吃也吃不飽。（〈河傳〉，18）年頭不對，家家都變賣東西換現，〈人之一生〉裡就發生侄媳婦為了賣掉了姑太太的銅事件發生爭吵。（141-142）就連小菜場裡也傳出了窮昏了心的搶女人金戒指的消息（〈懺情〉，68）。鄉下的情況也不好，任家老太太嘆息著：「……佃戶不肯付租米，亂世亂界也奈何他們不得，一面軍米捐款可得都上海填下去，什麼遊擊軍、和平軍，我也弄不清一筆筆的捐稅。……如果要賣地，二錢換他一錢，送也沒處送。」（〈惜餘春賦〉，39）面對這樣動盪的處境，「年老的與年青的無不人心惶惶」：比如老去的瞿伯銘的年少有為已經過去了，如今當年的闊氣不再，抽上了鴉片，老境昏黃，正如同無線電裡播放的彈詞：「還不知奴命薄來君命苦，還不知是奴累君來君累奴。」（〈驟車上的少年〉，91）萬念俱灰的老年，「命」抓不住，或許只想抓住點什麼固定的東西來平氣安心，要不然就是拉了別人來陪葬，尤其是

周邊的親人。年輕一點的一般人除了無可如何、消極認命。要不然，就得精刮算計以求生存，比如〈錢素娥泣血殘紅錄〉的錢素娥哭哭啼啼的終究是抓到當家的實權。還有亂世裡精打細算著的婚姻，卻顯得更是滑稽如戲：先是一段不被看好的男女在 1941 年 12 月 8 日太平洋戰爭爆發後結了婚，跌破大家眼鏡；卻在 1945 年 8 月 9 日抗戰勝利這個歷史性的日子男主人公發現女主人公外遇，婚姻破滅了。前頭兩人結婚的原因是美日開戰，女方往日社交的英美朋友都進了集中營，巧逢留洋回來的男主人公算得半個洋人，聊勝於無，便委委屈屈地接受了鑽戒大衣。男方則是好闊喜歡結交權貴，有了漂亮太太未嘗不是一臂之助。這樣的結婚搭子到頭來並沒個好下場，外遇的對象究竟還是一個華洋混血的美國上校。「這個新歷史性的日子，大家等得難熬，終於來了，又來得太匆忙，一時不知抓住了什麼好，季沛一些也沒抓到，勝利對他是空白的垂頭喪氣。」（〈惜餘春賦〉，40）如此反高潮的設計著實諷刺，東方蝃蝀一面書寫了亂世的惶惑與憂傷，同時呈現著浮世的悲歡。

2. 城市書寫：傳統與現代的衝突

《紳士淑女圖》裡寫的是三〇、四〇年代的上海中上階層人家的生活樣態：有新與舊的斷裂交錯，也有傳統與現代的衝突與和解。在城市商業化、觀念功利化的市民社會裡，這種中上階層有著經濟上的較穩定性，以及具有知識性、自主性、理性、開放性、批判性等特點。他們的審美趣味不僅單純追求物質供給，也追求具有文化品味的精神享受，是以因應著時代的潮流轉換，對生存環境的體驗，思考著人生價值的設定，挾帶著文學與哲學性，迴異於海派鴛蝴以及憂國救贖的語境，東方蝃蝀的筆下表現了清醒的背離，類似於錢

鍾書的邊緣寫作[21]。

（1）華洋混雜的社會時尚

當時社會對待「中國」有兩個極端：一是做徹頭徹尾的準洋人，一是把中國文化捧的老高。中上階層人家在自願和自由的情況下，發展著不同的私人的生活方式、習慣與價值信念，漸漸地，一種融合中西的文化風貌形成。東方蝃蝀的小說便記錄了這樣的社會進程：華洋聯姻、混血兒的身分（鄔明蟾、金嬌豔、由利斯、派屈茜等）、消費國外名牌的時尚（如〈花卉仕女圖〉中派屈茜的行頭打扮）、中英文夾雜的說話方式。娛樂享受包括看好來塢的電影，吃聖代霜淇淋、喝洋酒、跳探戈……等等都被視為一種時髦。然而，也正是因著新與舊，傳統與現代的對峙矛盾中學習著包容與和解。小說裡可以發見作家在著筆鋪陳人們隨著城市發展的軌跡展開個人的經歷和浮沉的同時，無論在關於文化習俗以及價值對應上，對傳統不敵的部份以及對新舊接軌的經過有著深刻的描繪。同時不斷提醒著人們所有的「驚異／警覺」的能力，方能得以在這個張揚浮囂的城市中謀愛謀生。

（2）畸形的城市婚姻

在時（傳統與現代）、空（鄉村與城市）的衝突碰撞下，往往因為距離的阻隔或認知的落差，城市婚姻變調，因而產生悲劇。以〈懺情〉為例（79），嚴永汝的元配戚楚雲是個知書達理的鄉紳才

---

21 左懷建，〈論東方蝃蝀的《紳士淑女圖》──兼與張愛玲《傳奇》、錢鍾書《圍城》比較〉《鄭州：鄭州大學學報・哲學社會科學版》第 36 卷第 3 期，2003 年 5 月，頁 128。

女，嫁過來之後長年為嚴家收租管帳目，總住在鄉下的日子多。而嚴永汝生長在上海，個性放浪，對於鄉下的事一向不聞不問。與女飾公司的售貨員王圓珠發生了婚外情，不避雙方家長的耳目同居著。當收租的髮妻回來，男主角還公然到情人家暫住，於是，鄉間與城市竟各存在著一個妻子。後來「頗具姿色」的圓珠懷孕生子，地位更加穩固了，楚雲天天到永汝辦公室外面守候，這位來自鄉紳之家，傳統的名門閨秀拋頭露面站在城市大街上，竟不是樣兒。城市中有小販們熙熙攘攘地在做買賣，他們各有各的營生，一本正經地在生活，空有人妻之名楚雲竟無法插足——她始終因著無法獨立生活而離不了婚。於是，她像站在玻璃前的一個靈魂，被玻璃景象擠了出來，手足無措。就在這樣一個偌大的都市裡，楚雲失去了自己。

（3）世代的對立與和解

在城市生活步調的變異中，古老的屋子裡淹沒了有感情的話，中國舊有的傳統逐漸式微，時間改變了城市生態，也催化了世代交替。舉如〈驟車上的少年〉就是一個鋪陳父子的對立與和解的故事：男主人公瞿宏祖出身一個傳統權威的家庭，因為不願仰靠父執輩的鼻息謀事，自己在報館謀職當了記者。拒絕對家庭感恩，跟父親瞿伯銘發生好幾次爭吵。當東方蝃蝀寫到「父親看著站在煙榻前得兒子長大了，室內沒有開大燈，鬼影似的把他細高條兒的影子拉得老長。像龐然大物，有點可怕，就是後生可畏的那種怕懼。」以形影拉出心理的間距，深刻的描畫出上下兩代的隔閡。而上班之後的瞿宏祖往返於擁擠的車廂社會與二十世紀的大馬路，對比瞿家的老式客廳「一堂紅木傢俱，天然几，八仙桌，八把交椅，四隻茶几，白銅痰盂，方磚地曬出一點陽光進來，也還是紅木的冷冰冰。」到「人行道上沒留神橫裡汽車轉彎，汽車伕的開罵：『儂要死麼，好好叫

死麼哉！』在耳際嗡嗡作響」，家內與家外頓成對照。更諷刺的是三不五時還要趕搭「過去」的交通工具──驟車、馬車去採訪「新」聞。這時，車上的少年湧起王孫末路的想像，感到與時代脫節的悲哀與寂寞。然後情節轉向這一代的演述，瞿宏祖依舊沒有勝算：他驚愕的發現女友接待著有妻子的老闆，於是飯也不吃，轉頭回家。借筆於這樣的時空轉換，東方蝃蝀鋪陳了「父子障壁」、「浮花浪蕊」這些最原始的文學母題。而看起來是悲劇的情境，以反諷幽默的方式來看待，在生活的現實中，它卻變成喜劇的材料。東方蝃蝀這樣說：年老是青春的未來，遲早要來。便不必太在意，更何況中國人的生活是沒有段落的，活了長長的幾世紀，像唱滬曲的調子，唱完了一大段，你還當它剛剛開頭。（87-89）

（4）傳統與現代的鴻溝與跨越

傳統與現代的摩擦崩解也是小說故事中常見的情節骨幹。〈謊〉這個主僕關係由親而疏的小故事，以主人十翠說謊騙人開始到十翠發覺有誰說謊騙了自己結束。中間圍繞著女主人公十翠偷吃蝦米的撒謊，牽連侍女楚楚受過，但是楚楚寬容以待。後來楚楚回鄉嫁人，城市裡的十翠也進了小學，思念楚楚，穿了楚楚送的繡花鞋上學卻被同學嘲笑。後來楚楚穿著同樣一式的繡花鞋奶著孩子來看十翠，十翠卻逃避不見。「敢是丟了楚姐姐？」「翠小姐不是那麼沒良心的」「是誰對十翠說了謊話的？」⋯⋯一連串的內心獨白糾葛著巨大的情緒反差（145-147）。其中，「繡花鞋」是一個舊時代的紀念品，穿著這個古董的人自然不合時宜。末尾「十翠失伴了」，東方蝃蝀以毫不花俏的情節簡單生動地刻劃了時光無情，人們的記憶最終欺騙了自己。

《中國現代文學三十年》中這樣推崇《紳士淑女圖》：東方蝃蝀是用一種富麗的文字寫出了十里洋場上舊家族的失落和新的精神

家園的難以尋覓。[22]

3.人物風景線：紳士與淑女

（1）窈窕淑女

　　《紳士淑女圖》中故事的主角幾乎全是女性。其中最令人注意的是被稱為「進步少女」的一群。這些女孩子大多有一些特徵：她們介於新舊／華洋中間，多是接受西方教育的養成——她們加入了上海女校，成為「女學生」中的一員，正是上海三〇、四〇年代新潮女性的構成份子。她們個性活潑，是由傳統保守步入開放文明世界中的角色。在外貌上大都是美麗迷人、朝氣蓬勃的；而這些特質進一步被擴張為性感的象徵，成為都市男性注視的「嬌」點。比如〈春愁〉女主角成亞麗是天真浪漫、時髦虛榮的嬌嬌女、還有華洋婚姻下的混血兒如〈河傳〉裡的鄔明蟾、〈惜餘春賦〉的金嬌豔、〈花卉仕女圖〉的派屈茜，長相中西合一的突出的美以及一口流利的英語便是她們的嫁妝。還有〈牡丹花與蒲公英〉的施清芬是端麗大方、新舊皆能的大學生，以及高等社會的千金小姐如〈花卉仕女圖〉的鳳氏姐妹。另有一種女子世故、有心計、有權力欲，她的行為表現像是與人處處較勁，即使是戀愛也像是競爭鬥賽，似乎想在其中重建其社會價值。舉如〈紳士淑女〉裡的女子的瑤台、鳳髻[23]：她們雖

22　錢理群、溫儒敏、吳福輝合著，《中國現代文學三十年》，頁 563。

23　鳳髻與瑤台都是有機心的女子。鳳髻是個開通的女子，她喜歡含山但不是愛他，又不許別人愛他，她妒忌瑤台可能跟含山做一對平凡美滿的夫妻，女人就是這點自私自利。瑤台個性靜嫻、能幹、世故、讀書又好，在同學面前成了模範，但她也是工於心計的，說話少，做事卻思前顧後。她不是天生的溫柔——是沒處發脾氣。她大學畢業，卻是個半新半舊的女子——像所有舊式

都是開通的女子，卻又還保留著中國的閨門訓，那是矛盾時代中矛盾思想的矛盾表徵。還有一種女子是以生計為重的世故，做事很有彈性。一方面她們溫柔嬌懦，惹人憐愛；一方面她們潑辣精明，潑辣中又藏著乖巧，是悉心做人的功夫。如〈懺情〉裡的王圓珠、〈騾車上的少年〉中的鄔婉莊。最魅惑動人的女子是男人夢中的花，這些都市尤物遊戲人間，全然擺脫舊道德觀，追求物質生活和感官享受，但也命中註定和誰都不能有所結果。比如〈牡丹花與蒲公英〉裡的繆玉尖以及〈惜餘春賦〉的金嬌豔，她們在故事中的位置已由被觀賞的對象轉換為實踐自我慾望的載體。還有的是都市職業婦女，較為年長一些，收入較高，體態風流，能照顧男性，如〈花卉仕女圖〉中的戚偎綠。此外，傳統女子有知書達禮的戚楚雲卻被現代都市人生徹底排斥在大門之外（〈懺情〉）、認份知命的寶蓮沉默寡言、逆來順受地過了一生（〈人之一生〉）。有的婦女並無心機，在日常生活中無非是一群幫閒無聊的太太小姐們，如保守舊式、從不下樓待客的冒太太、每年回鄉收一次租、抱抱孫子的任老太太〈惜餘春賦〉，有的是不解世事的小女兒如十翠和言語奸酸刻薄的晚輩珠簾等等。總觀這些女性角色的面貌多元，她們的命名擬況，相貌、品行各自不同，但都在都市生活萬象、人際關係的排列組合中盡心地演出了她們的角色，有的興興轟轟、有的潦潦草草、有的委委屈屈的過了，但畢竟百花齊放，妝點了城市人間。

（2）城市少年

　　東方蝃蝀上海故事裡的「紳士」，初是在城市中尋愛逐夢的少

　　女子一樣，關了房門遭丈夫的毒打，可以不哼一聲，可是當了眾人的面，含山不能侮蔑了她一點矜持。

年，經過追逐與失落、陷溺與成熟，日積月累，漸漸都有了閱歷。在理性與非理性的空間裡，東方蝃蝀給筆下的人物獲得各種實踐慾望與幻想的機會。其所演述的故事無非是羅織著城市男女的戀愛婚姻，言情小說三角關係（二女一男或二男一女）的中心架構，統計《紳士淑女圖》12個故事中即出現八組三角關係的情節。在這糾纏不清的關係中又多以男性視角（惟〈河傳〉裡的鄔明蟾為女性視角）陳述這些悲喜離合，意圖由此建構自我，乃至社會秩序的建立。在這個實驗裡，由於每個人或多或少都偏離了自己的位置，在取捨成敗中俱蒙受創傷，誰也不輕鬆。比如：〈春愁〉中的貝信玉編織著對青春女性的讚美、想望，最後發現理想女子的做作任性，只留下夢醒的傷懷。〈花卉仕女圖〉的男主人公我在面對舊日情人時成了一個傷感的傻瓜。當然這些初得城市憂鬱症的少年隨著環境的擠壓，逐漸地他們有了自覺，做了調整。舉如〈河傳〉裡，一副名士派頭的鄔先生留學法國，與法國女子結婚。但這位法國母親不能適應中國家庭離開之後，鄔先生二次娶親，就老老實實娶了一個「理想」的妻子。〈惜餘春賦〉的任季莆出於心理佔有欲的滿足，娶了金嬌豔，沒料到結婚成了一個擔子，做洋派太太的丈夫比當個聽差還苦。最後終於夢醒，離婚散場。〈騾車上的少年〉裡則是苦撐門面的瞿宏祖無意中發現女友腳踏兩條船因而自覺，憬然撒手。

還有徘徊於半新半舊、亦新亦舊之間，中產階級知識份子於是陷入愛情與婚姻選擇的「兩難」。舉如〈紳士淑女〉的含山徘徊於光彩動人的鳳髻與勤儉務實的瑤台之間，自問是找尋一個妻子還是一個情人？〈牡丹花與蒲公英〉中，生長在道學氣重的家庭裡的孟元芳，一方面既驚豔於繆玉尖的嫵媚甜膩，又卻步於她的虛榮多變；另一方面，交往的對象則是女模範生施清芬。男主角遲疑著：到底

要不要玩一場冒險的愛情遊戲？

比較特殊的是〈懺情〉裡嚴永汝與王圓珠的姘居關係，無疑是宣告了家庭制度的解體──嚴永汝不愛家中為他婚娶的元配又沒能力付贍養費離婚，對自由戀愛的情婦王圓珠卻沒能力給她名分，孩子都生出來了只能拍張相片當結婚證書，……這些都生動的描畫了一個放浪無賴的男子的怯懦逃避。

東方蝃蝀是在書寫淑女與紳士相依相對的上下文中，進行著現代「城市男女」的寫真。青春時代人們大都崇尚浪漫、流於激情、陷於感傷，然而無可否認的，現代城市的物質與精神俱蒙受著衝擊和改變，同時他們並不能完全掙脫、拋離傳統，他們最初爭取的最終失去了，比如青春、純潔、美麗、愛情、金錢與生命，而這最終的失去也都是最常見的失去。當他們意識到自己在城市中、時代中的微妙地位，這才清醒覺察：畢竟，人必生活著，愛才有所附麗。於是，當我們在領略小說中「城市少年」的飛揚乍起與煩惱憂鬱，然後終歸於凡塵俗世，不禁懷疑貝信玉彷彿就是東方蝃蝀自己──作者似乎是有意無意的化身為故事中的主角帶領我們重新檢視著當時的上海女子。

4.突出的婚戀視角

市民社會是一個契約型社會，特別強調契約主體的自由性。而市民社會的中上階層除了具有經濟穩定性以及私密性、自主性。[24] 在情感上，此一階層也獨具特色。他們的情感與婚戀關係與其在文化上相容傳統與現代，審美上兼具趣味與格調，融合著中國和西方的

---

[24] 蔣述卓、王斌、張康莊、黃鶯，《城市的想像與呈現：城市文學的文化審視》，北京；中國社會科學出版社，2003 年 6 月，頁 10-21。

特色，展現了不同於前的婚戀視角。

（1）務實的擇偶標準

①仕女的選擇：女結婚員與不婚女性

　　自五四高倡戀愛自由、婚姻自由以來，無數個娜拉出走了。到了 1930、40 年代，又出現了「讓婦女回家」的聲音，讀書成為女學生通往少奶奶的輕車熟路。尤其處在戰亂的環境、動盪的社會，人類冀求一點安穩，至少「婦女留在家中」是人們對於穩定的一個定義。如同簡‧奧斯汀小說中的女人永遠為一個問題焦慮：就是如何嫁出去。她們因為沒有陪嫁與機會，待在閨閣裡，翹首以待，驚恐地看著人生一日一日地枯竭下去。她們想做家庭的好管家，婚姻遂成為女性們最好的職業。從張愛玲到東方蝃蝀，筆下的女性許多都以做「女結婚員」為她們唯一的出路。[25]《紳士淑女圖》裡，無論是傳統女子、半新半舊、不新不舊的女子，包括新式女學生瑤台（〈紳士淑女〉）要強，對舊家庭沒有什麼好感，一心一意想跳出家的樊籠，找一個丈夫，早早結婚；混血兒鄔明蟾（〈河傳〉）在後母家受氣，茫然於她的歸宿，而新舊皆能、端麗大方的施清芬（〈牡丹花與蒲公英〉），心裡是願意做「結婚員」的，不然何勞楊師母說媒。放眼精神價值動搖、欲望普遍泛化的現代都市人生中，她們都認為：現代婚姻是一種保險，無不視結婚為最佳的長期飯票。

　　相對的是都市化的摩登尤物，〈牡丹花與蒲公英〉中的繆玉尖、〈惜餘春賦〉的金嬌豔、〈春愁〉中的成亞麗等均屬此類。她們追

25　川嬙「為門第所限，鄭家的女兒不能當女店員、女打字員，做『女結婚員』是她們唯一的出路。」張愛玲，〈花凋〉《第一爐香》，台北：皇冠文化出版有限公司，1991 年 7 月，頁 205。

求自由，遊戲人間。她們自命風流，擺脫舊道德的枷鎖，婚姻的離合依循自由快樂原則，是標準的浪漫派。她們致力於尋求精緻的物質生活和感官享受。「她們眼中的男子分成三類：一種是她崇拜的，一種是她喜歡的，一種是她同情的。」說她是庸俗也好，虛榮也罷，結婚對她們已不是一種吸引了。終於，「她嫁給了她崇拜的，又愛上她喜歡的，隨時備了一個她同情的」（〈牡丹花與蒲公英〉，107）。

②紳士的自覺：可婚而不可戀，可戀而不可婚

　　言情小說中，理智與情慾是經常在鬥爭著的，而真情假意始終在捉著迷藏。對於婚姻，錢鍾書《圍城》中有妙喻：「城外的人想衝進去，城裏的人想逃出來。」[26] 張愛玲說：「缺乏工作與消遣的人們不得不提早結婚。……當然戀愛與結婚是於他們有益無損，可是自動限制自己的活動範圍，到底是青年的悲劇。」[27] 吳福輝則認為：「男人女人的情意總是分裂的。有的可婚而不可戀，有的可戀而不可婚。」[28] 東方蝃蝀筆下所描繪的城市少年雖然也年少輕狂、血氣方剛，但他們是保持相當的警覺與清醒的。對自身所處的環境，他是知之甚詳而審慎評估的。舉如〈紳士淑女〉中，男主角含山身處兩個女子之間：一是懂得人情世故、溫婉可親的瑤台，一是矜持驕傲的鳳髻；他覺察出自己面對前者的自卑與後者的綽綽有餘。他看見自己的未來：瑤台是燈邊的一個妻子，鳳髻是沙龍裡的女主人（59）；選項很清楚了：他放棄了詩情畫意的浪漫憧憬，選擇趨於現實。

26　錢鍾書，《圍城》，台北：輔欣書局，1990 年 5 月，頁 85。
27　張愛玲，〈爐餘錄〉，《流言》，頁 54。
28　吳福輝，《都市漩流中的海派小說》，頁 232。

在〈牡丹花與蒲公英〉中，元芳生長於灰撲撲的道學氣的家庭，既感覺不出什麼喜悅，也沒有什麼痛苦，只感到淡淡的失望。因此一當明豔動人的繆玉尖出現，元芳為之驚豔。相對地施清芬端麗大方，卻不露鋒芒，是新舊皆能的標準媳婦。但對繆玉尖而言，婚姻、愛情不如實際的物質生活，她直言少不了公寓房子，娛樂應酬，華服的供養。元芳瞭解到像這樣的一個利害精刮的女人是招惹不得的：「牡丹花雍容華貴，花中翹楚，供在明瓷藍花瓶裏，回眸微笑，顧盼生姿，但是沒人敢摘它下來。於是，她在花瓶裏老了死了。地裏長滿了蒲公英，她不太美，她不被人注意，可是今年開了，明年她還要開，一直生存下去，結實地生活下去。」（118-121）

是以，魅惑力固然令人陶醉，卻不讓人信賴，終是可戀而不可婚的。在東方蛺蝶的婚戀故事裡：無論男女，他們在時代的刷洗與環境的歷練中，已經（逐漸）學會遵循著務實原則，並獨立的做出選擇決定。

（2）外遇、姘居現象的出現

由於現代人是疲倦的，隨著商業社會的功利主義與遊戲心態的風氣高漲，尤其是亂世中的城市生活的兩性關係，正式的夫妻關係久了、太拘謹，煩膩了；於是，城市裡出現著邂逅型男女的遊戲關係。人們紛紛逃離剛剛自由結合的家庭，就像逃離一個樊籠。且由於中上階層在經濟收入上達到一定層次，有能力獲得同居的物質條件。於是家庭被各式各樣的婚外戀情衝的七零八落，面臨解體的命運。[29]《紳士淑女圖》裡，金嬌豔、嚴永汝都有了外遇。前者乾脆離了婚。

29　吳福輝，《都市漩流中的海派小說》，頁 177-178。

後者離不了婚，搞起了姘居關係，造成城市畸形的婚姻樣式。張愛玲說：姘居不像夫妻關係的鄭重，但比高等調情更負責任，比嫖妓又是更人性的。走極端的人究竟不多，所以姘居今日成了很普遍的現象。姘居的男人需要活潑的、著實的男女關係。姘居的女人是有著潑辣的生命力的，她們也吃醋爭風打架，但不歇斯底里。她們的地位始終是不確定的，疑忌與自危使她們成為自私者。[30] 東方蝃蝀的〈懺情〉裡有著奇特的男主人公與外遇的姘居關係，雙方家長都默認。而姘居的女人王圓珠女朋友不像女朋友，小老婆不像小老婆，但她有工作養活自己，她父母便也不好說些什麼。她不計較名分，男人每天來看她，生活上滿足了，卻犧牲了另外一個女人，妒忌心大到可以損人不利己。（〈懺情〉，75）

（3）高等的調情藝術：欲擒故縱、以虛待實

如果只論談「愛」，上海洋場的紳士淑女可謂各擅勝場：男女交往虛虛實實，不時玩弄欲擒故縱的伎倆。在〈春愁〉、〈河傳〉、〈惜餘春賦〉、〈紳士淑女〉、〈牡丹花與蒲公英〉中，從脈脈含情到眉目傳情，表現豐富。〈花卉仕女圖〉中作者藉著生日宴上男女賓客之口大談奇怪的「男女交往藝術」：「男人真是怪，討厭他，他喜歡你；喜歡他，他討厭你。你不想出去，他叫你出去；你要出去，他又不請你。」「女人才怪呢，不送糖送花她說你吝嗇，送花送糖，她罵你傻子。吃得太多了，她說你太粗氣，吃的太少了，她又怪你娘娘腔。」（163）而男女關係的「管控放任法」雖是欲擒故縱，但男女有別：「男人是主動的，他要是誠心愛你，丟丟扔扔，

30　張愛玲，〈自己的文章〉，《流言》，頁 22-23。

他還是迷戀你的；反過來要是你愛一個女人，就不能放任，一放任，她就跟了獻殷勤獻的最起勁的人跑了，因為她以為你不再愛她了。」（163）〈惜餘春賦〉的故事就是一個明証：平常矜持高調的任季莾對愛情是漫不經心的，但不是薄倖，因為薄倖是輕薄的。他常說的拒婚名句：「我們還年輕，別談那麼嚴重的問題。」不料卻碰上了美麗動人、性子嬌傲的金嬌豔，反而挑起了他的追求佔有慾。而金嬌豔對丈夫的控制手腕極高，她總笑眯眯地對丈夫說：「我是喜歡那麼吃乾醋，再說有壞女人看重的丈夫對我也是一種榮耀，她們只能看、碰不得。」（35-36）

至於「求婚」也是一門學問。「求婚往往是女的主動，男的不過受命而已。……我未見過捕鼠器會捕老鼠的，我只知道老鼠自投羅網。這就是為什麼女子向男子求婚是不用開口的。」（〈花卉仕女圖〉158-159）但如果錯估形勢，錯把社交論嫁娶，那就完全破壞了交往的氛圍。（〈春愁〉，11）再說結錯婚離婚是得付贍養費的，所以〈懺情〉的嚴永汝離不了婚，乾脆就矇混下去了。總之，男人對別人家的太太小姐可以講摩登，對自己家的就是百分百的頑固。對男子而言，牡丹花是娶不得的，因為供養不起（〈牡丹花與蒲公英〉，121）；對女子而言，參考《書信作法》寫情書的文具鋪子小職員是無法取暖的，因為女子是處處可鍾情的。（〈河傳〉，24-25）

這些以愛情題材為敘事框架的上海故事，東方蝃蝀以突出的婚戀視角切入，記錄著城市市民的生存狀態（適應與掙扎），並由此探究了偶在的生命情境和追尋終極價值的嘗試／想望。化約而論，男女雙方是以談愛的方式，滿足攫取對方的慾望。等到了面臨結婚問題，就回到實際。所謂婚姻是性別立場最牢固的歸位，非婚男女俱是自由、可以不負責的，至於對那些進步強勢、無法掌控的女性，城市男子顯然也並不視之為婚姻的對象，只算作「情侶遊戲」，如

果執迷不悟，勢將造成悲劇。在此，東方蝃蝀的小說對於性別的選擇仍出現男性文學中兩種不真實的女性形象──天使與妖婦，但是作家也並沒有因此否定這些所謂的「新女性」。作家敘述著她們無奈焦慮的一面，因為她們置身於人類精神文明的廢墟，只是她們不再像張愛玲小說中的主人公過于頹廢，一味瘋狂[31]；同時又以寬容她們的並不迴避代替譴責她們的不肯順從、不肯放棄自私、不願犧牲，也並不逕然冠之以小奸小壞的名目，而是讓她們站立在歷史的地平線上，成為另一種對歷史的啟示。這時的男女雙方都展現以一種更清醒、更理智、更堅強的姿態置身於城市的渦流之中。

5.敘事風格：新舊交錯、富麗優雅

在傳統文化和摩登時尚所構成的一個矛盾的張力空間，東方蝃蝀的小說創作所描寫的生活和人物是新舊交錯（半新半舊、不新不舊）的，流露出的生活哲學是新舊交錯的，他的敘事話語也是新舊交錯的。他的敘事將海派文學的二條線索：鴛鴦蝴蝶派向現代海派的匯合、新感覺派的現代主義與市民文學的扭合，並轉向中產階級家庭的人事取材，把城市上海、傳統的中國人在近代高壓生活磨練下的真實面目一一展現。對於人類感情、人性變化的豐富設想以及其富麗纖巧，融會雅俗的文字氣質都成為他書寫的獨特風格。

（1）文字修辭術：實描與喻擬

作家是以一種敘述人和角色人物的平等關係娓娓道出故事。東

31　左懷建：〈論東方蝃蝀的《紳士淑女圖》──兼與張愛玲《傳奇》、錢鍾書《圍城》比較〉《鄭州：鄭州大學學報・哲學社會科學版》第 36 卷第 3 期，2003 年 5 月，頁 128。

方筆下或以精緻的實描，或以精彩的意象借擬，刻劃人物。譬如一群新式女子卻有著「珠簾、明蟾、鳳髻、瑤台、楚雲、玉尖……」這般玲瓏的名字，像是舊詩詞世界裡的古典仕女還魂。又如天之驕女成亞麗，在美的模擬上甚至請出了古今中外的美女：

> 衛道似的打了前瀏海，剪得齊，烏油油的頭髮像八九歲的童花式，又像埃及媚人的女皇克麗奧派屈拉那樣古風可傳。都市的風吹散了她的鬢髮，民初女學生白絲圍巾那樣臨風飄蕩。只有前瀏海絲毫不動，一如綴在額前的飾物，壽陽宮主的梅花妝也不過這樣的偶成混脫。（〈春愁〉，頁3）

成亞麗是這樣美麗，抽象的說她是「驚鴻一瞥」的女子，而一段點「睛」文字參雜著實描與喻擬：先從成亞麗的大眼珠，骨溜溜的說起；繼而借用小說中詩人查考詞源，出了球、瑛、瑜、珏、瓔、……等一堆璣珠的字來形容它。最後竟以文學批評家的意見結出：「這些字眼都死去了，如果把這些字眼浸到捷克縷花玻璃水缸中洗一個澡，沖的綠油油的，再拿出來應用，那麼雖不中，也不遠了。」（3-4）可謂巧思別運。

另外作家將女主人公對待大衣與對待追求者並置連比併見情趣與暗示。如「披在身上，……拉拉領口，兩只拐手似的空袖子，一捒一捒，都是她控制下的世界了。」（6）如此一來，「雖然男子不做後悔之事，但碰見了美人胚子，難保不破例。」這裡，東方蝃蝀用「空袖子一捒一捒」形容美女的姿態強勢高調。不禁令人聯想張愛玲《金鎖記》裡，「晴天的風像一群白鴿子鑽進季澤的紡綢袴褂裡，飄飄拍著翅子」，曹七巧從樓上的窗望出去，告別了最初也是最後的愛。

　　再則，東方蜅蛛也屢屢調動服裝色調，催動讀者的視覺。[32] 小說中的男女穿著東方蜅蛛設計的服裝配飾演出「衣服是一種言語，隨身帶著的一種袖珍戲劇」[33]。像是「瑤台一襲玄色北京緞子旗袍，喜歡把領子裁得高高的，如果衣裳代替了人說話，瑤台確是這樣厚道。」（〈紳士淑女〉，49）又如「摩登女子……身穿兩色的時裝旗袍，上身兩袖是月白的褲緞，底下鑲著腥紅的絲絨……帶了付水鑽的耳環，因為太大了，一望而知不是金剛鑽。這路耳環就說明了她的淺薄，諒來不是正正經經的人家人」（〈照相館裡的婚禮〉，173）這是由衣服帶出了人物性格。另外，值得留意的是作家緊接在敘述句破折號之後的補註。如明蟾試穿取回改作的大衣，……「在暗僻的燈光下，她還找到了一些青春──青春也如同大衣一般修改過，鏡子裡照出的明蟾，她自己也感到陌生，……自己回眸著自己，自我欣賞是最美麗的一剎那。」（〈河傳〉24）又如「鳳髻……眼睛的輪廓用白描畫來是魚形──這條魚是小學生畫的。淡淡的兩筆，幼稚得明朗……她就缺少了這點老成。」而她塗脂抹粉的圓臉，「一如一幅色彩厚的油畫，裱裝在中國的宣紙上，闊闊的騰出了一片──豔麗下有了沖淡的底子。」（〈河傳〉46）而〈騾車上的少年〉的時代走了也過去了，一腳踏出去……出門忘記帶東西也就忘記了。「因為我們沒有帶鑰匙──時代的門，有了鑰匙也開不回去。……」（87）或做了情境延展，或設定著反襯，俱見設語機杼。

32　比如形容混血兒鄔明蟾的眼睛是法國種子的綠眼珠，綠的透明嬌嫩。由這眼珠的顏色，可推斷她穿翠綠、鵝黃、咖啡色的料子，將得到很好的效果。（〈河傳〉，頁 17）。

33　張愛玲，〈童言無忌〉《流言》，頁 12。

（2）結合人物心理描寫與外在世界的動態映照，指涉意涵。

　　這是著重於人物性格及心理活動在特定的環境和情勢下一種必然的反應，然後反過來又投射於現實的生活場景的映照，用來形塑人物、推動情節。舉如〈紳士淑女〉裡，含山覺得「瑤台是弄門一盞燈，含山飛蛾似地朝她撲過來。」說明含山決定選擇坐在燈邊的女人——手裡拿了活計，勤勤儉儉，給含山釘紐扣的瑤臺做妻子（頁59）。再看〈牡丹花與蒲公英〉（116）裡的元芳：

> 元芳是大海裡的小帆船，隨了大海搖擺。走廊裡一盞宮燈，一綹朱紅的流蘇，晃東晃西，一如小船上的風燈，忽然滅了，又起死回生。整個公寓房子在元芳眼中轉動了，就像方才玻璃杯裏望出來的世界，依稀仿佛，隔了一層。

　　其中，帶有「室內性質」的器物細節比喻[34]，除了鋪排小說人物陷入橫流、複雜無比的情慾；更增添了小說中纖巧精緻的質感。

　　但他的用筆也並非全無諷刺。比如〈花卉仕女圖〉裡，形容男女關係就幽默犀利：「你現在是一劑藥。也許會醫治了我的病，不過病治好了，藥也就成了藥渣。」（166）又如〈照相館裡的婚禮〉

---

[34] 「室內性質」是指經常以一些室內的衣服器物等作為物象去形容其所要掌握的人物心態或情境比喻。參見余斌，《張愛玲傳》（台北：晨星文學館。1998年1月），頁29.其他精采的例子如〈錢素娥泣血殘紅錄〉裡形容「十年、二十年前香煙牌子上永遠微笑的、脣紅齒白的美人胚子。過了十來個年頭，時裝又回復到十年前的流風，錢素娥變成了方太太，瓜子臉成了圓臉盆。」（頁123）〈人之一生〉寶蓮的金鐲子在長粗的手臂上像塞滿泥土的運河，小航船不能暢流，硬是抬上抬下，手腕有些痛，像是做了個幸福的夢。（頁139）

提到為了領戶口米的老婆婆急急乎要拍攝市民證照。作者跟著加了一句「五千年來，中國的順民良民都有這樣一幀無形的照片」這一擊後勁十足。

還有借物擬人，比如牡丹花與蒲公英的對照書寫，如同張愛玲的紅玫瑰與白玫瑰以花名為女性分類命名，作為男子理想價值的選項。以及運景靜動虛實，映照刻畫人物情境、指涉意涵。如：

> 櫥窗裡反映出楚雲的影子，馬路上的汽車、三輪車、叫化子、對過坐著永汝的大樓⋯⋯這些排山倒海壓了過來，一直壓到楚雲的身上，電影裡「化出」「化入」一般，二幅畫面疊了起來，楚雲感到自己的渺小。⋯⋯道旁的路攤，小販們熙熙攘攘地在做買賣，他們各有各的營生，一本正經地在生活，只有楚雲她是一個插足不進的人物，她像站在玻璃前的一個靈魂，被玻璃景象擠了出來，手足無措。（〈懺情〉79）

這是選擇摩登大樓、馬路、汽車等文明產物為都市列陣，櫥窗的反影作為主體，以現代主義的手法如電影鏡頭一般，巧妙地虛化了實際的女主角，也弱化了女主人公所來自的鄉村、所代表的傳統。

此外，作家也不忘適當的在字裡行間安排意取雙關[35]以及不經意

---

35 比如〈紳士淑女〉中鳳髻雖不愛含山，卻不許別人愛含山，這妒忌是矛盾的。但含山終究是轉了向決定跟鳳髻的好朋友瑤台結婚。小說中有兩處手法意取雙關，一處是舞會中開舞曲曲名正是探戈《妒忌》，一處是含山約瑤台看電影片名是「美鳳奪鸞」，皆分別巧妙的暗示了情節發展以及主角人物心理微妙的變化。（頁 49、57）又如〈騾車上的少年〉中的引用彈詞「不知奴命薄來君命苦」作為老去的瞿宏祖的自況（頁 91）等等。

地流露出沉濃的上海味[36]；前者出於使巧，後者落於日常；俱出雅入俗[37]，涉筆成趣，各具魅力。而不論小說中主角們主動現身說法或是情境引發聯想；不論小說末處是收於景或束於情；不論結局是喜是悲，乃至無喜無悲；其敘事風格是新舊交錯、富麗優雅的。

四、後張作家第一人

東方蝃蝀的小說集《紳士淑女圖》一出版，即因其氣質風格與張愛玲作品接近，評論者多一致認為東方蝃蝀是張派傳人。有人說東方蝃蝀簡直張愛玲的門生一樣[38]；吳福輝在《都市漩流中的海派小說》中亦提及：承續張愛玲的是東方蝃蝀。其《紳士淑女圖》證明他的純正張愛玲風格，又不是拙劣模仿者。[39]《中國現代文學三十年》裡推介東方蝃蝀的《紳士淑女圖》文體雅俗融洽，逼似張愛玲，透出一股繁華中的荒涼況味。[40]陳子善對東方蝃蝀的姑且界定是「風

---

[36] 比如〈懺情〉裡，「王圓珠對永汝說：我搭儂接龍。永汝道：幾錢一副？圓珠按了牌道：舍人搭儂賭銅錢。要麼儂鈔票在發癢。永汝道：勿輸贏銅錢。又把嘴湊上了圓珠的耳朵邊，低聲道：輸脫子，香一個嘴巴。」又如「家裏的地方來得格小」、「今年頂行（夯）這種顏色」等這些都是上海人的語言，上海味特別濃。就此點言，《紳士淑女圖》的「海味」比張愛玲《傳奇》是要更足一點的。

[37] 雅俗共存的文字修辭既是是東方的又是西方的，既有城市的屬性亦有地方性（區域性）的屬性。

[38] 蘭兒說：張愛玲的文章是「新鴛蝴派」，因為她另有一番瑣屑纖巧的情致，後起而模仿者日眾，覺得最像的是東方蝃蝀，簡直張愛玲的門生一樣，張派文章裏的小動作全給模仿像了。參見蘭兒，〈自從有了張愛玲〉原發表於上海《新民晚報·夜花園》1946年4月13日，轉引自陳子善，〈序〉收入李君維，《人書俱老》，長沙：嶽麓書社，2005年3月，頁3。

[39] 吳福輝，《都市漩流中的海派小說》，頁89、164。

[40] 錢理群、溫儒敏、吳福輝合著，《中國現代文學三十年》，頁563。

格獨具的張派」，並進一步解釋：與其說他是「張愛玲門生」，秉承襲傳了張愛玲的風格，不如說他的小說創作與張愛玲異曲同工。並認為東方蝃蝀的小說也是四十年代上海文壇乃至中國現代文學史上「最美的收穫之一」。[41]

關於張愛玲對東方蝃蝀的影響，從比較文學影響研究的角度觀察，我們可以分從兩個層面作更清楚的解釋。一般說來，「影響」意指甲作家或作品對乙作家或作品在觀念或形式上所呈現的效果。首先，我們從外在作家關係取證，確定作家接受的情形：李君維對張愛玲的崇拜是無庸置疑的。在《人書俱老》裡，李君維曾自言：四十年代初，我正入魔似地讀著張愛玲發表著的一篇篇小說。而張愛玲一生最好的朋友炎櫻同時也是李君維聖約翰大學的同學。李君維曾由炎櫻陪同去拜訪了張愛玲，前後與張愛玲見過兩次。[42]地點就是赫德路 192 號公寓六樓 65 室。見到仰慕的張愛玲是如傳聞中一般的奇裝異服[43]而李君維所取筆名東方蝃蝀的興頭正是來自張愛玲散文〈必也正名乎〉的觸動[44]此外，東方蝃蝀與張愛玲一樣能作畫，發表作品時自己能配插圖；二人都既是優秀的小說家，也是出色的散文家。2007 年，李君維接受訪問在談到是否受到張愛玲的影響時，

---

41 陳子善，〈序〉收入李君維，《人書俱老》，頁 3-5。

42 李君維說：頭一次，是為了好奇，就去見了見。事後張愛玲還有些不滿意，跟炎櫻說：我又不是動物園裏的動物。第二次是我有了辦雜誌的想法，去向她約稿，後來也被她婉言拒絕了。

43 當時張愛玲身穿一件民初時行的大圓角緞襖，但下面沒有繫百褶裙。李君維，〈在女作家客廳裡〉《人書俱老》，頁 52。

44 李君維自言筆名東方蝃蝀是來自張愛玲散文〈必也正名乎〉中得到的靈感。張愛玲在這篇文章中虛擬了好幾個怪僻的筆名，其中有東方髦只、臧孫蝃蝀等，李君維說明是來個移花接木，張冠李戴，為己所用，未敢掠美。參見李君維，〈東方蝃蝀與枚屋〉，2007 年 4 月 11 日《上海文匯報》。

更坦然認為「那是不可否認的,是事實。」[45]

　　接著,我們進行內在作品間的考索,找出其借取的成分:包括小說中的都市性、生活性以及濃厚的上海味。由於李君維從小生長、生活在上海,對上海的人和事比較熟悉。他說只要聽上海人講幾句話,就可以想像出他是一個什麼樣的人。在四〇年代他的主要作品《紳士淑女圖》中,取材的無非是男女婚戀的情愛故事,而又是實實在在的落入上海的市民階層:包括出過洋的知識分子、公司商行的小職員、沒落家族的淒涼靈魂、新式家庭的摩登女郎以及華洋混血的新品種,交織敘述著可愛又可悲的年月。……這些無不遙指張愛玲上海傳奇中的「恩怨爾汝來去」,重現出同樣的調色:這裡沒有巍峨的過去,有的只是中產階級的荒涼,更空虛的空虛。[46] 如果從故事的角色內容情節上按圖索驥:東方蝃蝀的〈牡丹花和蒲公英〉與張愛玲〈紅玫瑰與白玫瑰〉分別都以兩種植物比況熱烈的情人與平實的妻,然其選擇對待結果不同;〈紳士淑女〉的鳳髻與瑤台的機心較之〈傾城之戀〉白流蘇實不遑多讓;〈錢素娥泣血殘紅錄〉中錢素娥與窮娘家的關係則沾黏著〈金鎖記〉的況味;〈當年情〉彷彿是〈愛〉的情節擴充版;至於在男女情愛的故事中嵌入戰爭,都在非社會化的寫作中提示了隱藏的社會涵義,其中情節與張愛玲的〈傾城之戀〉相似的有〈惜餘春賦〉與〈補情天〉;而《傷心碧》的故事更幾疑為《沉香屑:第一爐香》的翻版,只是女主角「葛薇龍」換成了「商心碧」,二者文本有著似曾相識的類疊與轉出,構

45　李君維認為受張愛玲的影響是不爭的事實,可是對於報上炒作是「男版張愛玲」,卻是不大願意的。參見李君維〈東方蝃蝀與枚屋〉,2007 年 4 月 11 日《上海文匯報》。

46　張愛玲,〈談畫〉《流言》,台北:皇冠文化出版有限公司,1991 年 9 月,頁 210。

成十分有趣的互文關係。即便是張愛玲最常使用的意象「月亮」，到了東方蝃蝀的筆下仍如朵雲軒箋紙上的淚珠一般暈濛淒迷：「三十年代的月亮是陳舊的。天濛濛亮了，昨夜殘留的月亮還掛在上海孟德路席公館的屋簷旁邊，蒼白，虛弱，淒迷。」[47]對於上海立秋氣候，東方亦同樣採用熱的像「桂花蒸」來形容[48]……，李君維說：「那個時候，從來沒有發現像張愛玲這樣寫東西的。她把西方的、東方傳統的寫作手法融合在一起，這很少見，而且她寫的故事內容也是主流文學上沒有的東西，所以當時覺得很有意思。我在想，她可以這樣寫，我也可以這樣寫。」[49]因此，李君維之與張愛玲：是受過她的影響，沒有刻意地模仿。

除了喜愛閱讀張愛玲的小說，李君維別有文字評論張氏的作品，他的〈在女作家的客廳裡〉、〈張愛玲的風氣〉、〈張愛玲箋注三則〉、〈《太太萬歲》中的太太〉等有著一系列談及張愛玲的文字[50]，相對於一般多注意到張愛玲作品的華麗面，他特別欣賞她作品「樸素」的一面。他曾這樣評說張愛玲：「非但是現實的，而且是生活的，她的文字一直走到了我們的日常生活裡。」[51]陳子善說把

47　東方蝃蝀，《名門閨秀》，北京：人民文學出版社，2005 年 6 月，頁 1。

48　東方蝃蝀，《名門閨秀》，頁 16。

49　李君維說他喜愛張愛玲的原因：第一，因為她寫的生活我比較熟悉，比如說，她的《半生緣》裏的老太爺有一妻一妾。這種情況我們親戚中也有。老太爺終年住在小公館裏，大太太那邊很少去，但結髮夫妻的名分是生死不渝的。第二，她的寫法，你說她是新文藝吧，她有好多舊小說的筆法；你說她是通俗小說吧，她又不是通俗小說，跟張恨水不一樣；你說她是正統小說吧，可是她又不正統。文字上很有魅力。她自己也說：我的小說老派的人看了，覺得是新派，新派的人看了，覺得是老派。這就是她的特點，所以我就很喜歡，還有人可以這樣寫小說啊！

50　李君維，《人書俱老》，頁 50-55、67-73、131-136。

51　李君維，《人書俱老》，頁 68。

上述這段話移到他自己的小說創作上，大致也是合適的。[52] 此外，張李二人對於現代時裝設計都十分感興趣，這不但體現在李君維的小說裏，也反映在他的散文裏。〈穿衣論〉、〈滄桑話旗袍〉諸篇[53] 是他觀察研究中國女服的精麗的剪裁文字，與張愛玲的名作《更衣記》俱從中國傳統和民俗中尋找靈感，實可媲美參看。[54]

　　李君維說：時代的鐘有時移動異常遲緩，令人深感惶惑不安；有時意外迅速，令人驚歎瞬息萬變。在新舊交替的歷史時代中，處於「亂世」的創作環境，李君維將自己定格在「四十年代」。其不同於張愛玲作品無過去未來的歷史向度感，東方的小說是從歷史的廢墟中拾回一些有價值的人生和人性的碎片。[55] 綜觀他筆下的一群都市紳士淑女，無論生活態度、價值觀與時代的變化亦步亦趨，組構出了流動自如、活潑多變的線條。於是作家在創造過程中脫離影響，將自我經驗置換，進入獨創的借取。這是東方蝃蝀對主角人物素材的處理，重新組構審視四〇年代上海的生活與感性；由此，亦部分地澄清了他與張愛玲的關係──一種別於「美麗而蒼涼手勢」而成為「富麗優雅的滄桑文字」的過程。

五、重新撥動「在二十世紀四十年代停止的手錶」

　　這是東方蝃蝀的家園，是四〇年代上海城市的一個個斷片。

52　陳子善，〈序〉收入李君維，《人書俱老》，頁 4。
53　李君維，《人書俱老》，頁 124-126、171-177。
54　張愛玲《更衣記》刊登於 1943 年 11 月《古今》月刊第 34 期，李君維〈穿衣論〉則發表於 1945 年 6 月《天地》第 21 期。
55　左懷建，〈論東方蝃蝀的《紳士淑女圖》──兼與張愛玲《傳奇》、錢鍾書《圍城》比較〉，頁 127。

這是東方蝃蝀的告白，亦是上海生活的寫真。

東方蝃蝀自言他所書寫的都是他在最熟悉的生活中觀察到的人情世態，他喜悅於「沉溺在小說世界，沉溺在現實與想像、人生與藝術、真與美的交織之中」[56]。因此，他的小說以真誠的寫實，豐富的設想，重新審視了四〇年代上海的生活與感性[57]。其中，《紳士淑女圖》是他最精彩的創作，東方蝃蝀的文筆優雅，雖然故事材料世俗；他描摹世態人情，深哀淺貌，短語長情；他的意象用喻鮮活生動，就在其語言的典雅幽默的背後，呈現了人物與時代的互動，與深層的的文化心理。小說的主題多關於愛情──因為愛情是最具人間面目的幻覺。即便最平凡無奇的人性裡，都會有那麼一點愛情冥想，可供製作傳奇。既有現實的一面，亦有精神的一面，特別適合小說的胃口。[58]他刻畫人物，鑒貌辨色，細膩動人。其筆下的男男女女直是當年上海芸芸眾生的縮影：女士們在未嫁之前做女兒當小姐，誰也靠不上，只得靠自己小心翼翼的活著、抓住自己的春天；而男士們初時因為年輕，未經歷多少生活，又好幻想憧憬，不甘平庸，難免受了現實生活的擺弄、挫折，所以氣質憂鬱。年長了，有些閱歷，漸漸懂得分辨與珍惜。由於他們身處上海城市的蓬勃發展，見證著商場「自由競爭」取代了務農社會的生產法則，感知著實利與享樂、機會與求勝等新的價值觀念與生活態度汰換了傳統的紀律倫理；無論是政治、經濟活動、是作學問、寫文章，或是革命，是男歡女愛，

56　東方蝃蝀，〈作者自序〉《傷心碧》，頁 6。
57　陳學勇評東方蝃蝀的小說：故事可以是舊的，但需見出作者新的審視或寄寓，不然，讀者有理由對它降低熱情。參見氏著，《舊痕新影說文人》，北京：中華書局，2007 年 2 月，頁 50。
58　王安憶，〈無韻的韻事〉《王安憶讀書筆記》，北京：新星出版社。2007 年 1 月，頁 96。

都各依著生存的需要產生異化變形，[59] 所以雙方都各有盤算。如果說生命本身就是欲望，那麼自覺將使生命出現再造的景觀：他們既已覺察許多變動不是自己能左右的，因此他們極識時務的掌握現實與有限，創造著自己的傳奇。

　　無疑的，上海是中國現代作家的想像世界。東方蝃蝀在這方面是以一個兼有通俗、先鋒品格的作家之姿，嘗試著與筆下的人物一同體認、維護人的意識價值，超越、消解這個俗常人生。而在持續的生活變動中，在都市男女的人性隱私與生活圖譜被發掘、被書寫的當下，這個「停止的手錶」標誌著了二十世紀四十年代海派文學在人性檢驗與文化解讀層面的一個高點，值得重新被想像、被解碼、被展讀。[60]

59　王安憶，〈上海的故事——讀歇浦潮〉《王安憶讀書筆記》，北京：新星出版社。2007年1月，頁67。

60　本文重新改寫。原文發表於「2009年發皇華語・涵詠文學——中國文學暨華語文教學學術研討會」《會議論文集》，台北：文津出版社出版，2009年12月，頁407-443。

故事新編的文本互涉與新創
——以〈補天〉與〈霸王別姬〉為例

一、重寫的工程——故事新編

　　故事新編是一種重寫（Rewriting）的工程。故事新編（體）小說是運用著最冒險的體裁[1]，挾其敘事藝術性，重新審視歷史題材、典故傳說，以新的技巧和表現方法對舊故事進行改編、重整甚至變形的書寫。觀察中外的故事的重寫傳統珠璣可循，舉如維吉爾（Virgil）的《埃涅伊德》（Aeneid）借材於《奧賽羅》（Othello）以及司馬遷的《史記》裡對於較早時期民間故事、地理傳說的蒐集彙編、《三國演義》的參照史實，劇本《竇娥冤》的改作，較之於前文本（pretext）或潛文本（hypotext），是借由主題或取材的複述與典型或技巧的變更，在互文性中產生區別性，出現獨立的趣味。五四以來，別於翻譯異域小說之林，郁達夫、郭沫若、王獨清、魯迅、施蟄存、張愛玲、曹禺等[2]都有採諸古人故事的述寫，他們居於歷史紀傳、傳統戲曲以及古典小說的典型傳承與主題嫁接的橋樑上，

---

[1]　盧卡奇（Lukács György）說：「小說是最冒險的體裁。」參見盧卡奇著、楊衡達編譯、邱為君校訂，《小說理論》，台北：唐山出版社，1997 年，頁 45。

[2]　如郁達夫（《採石磯》）、郭沫若（《漆園吏游梁》）、王獨清（《子畏於匡》）、魯迅（《故事新編》）、鄭振鐸（《桂公塘》）、宋雲彬（《玄武門之變》）等。

朝向「以今觀古」、「溫故知新」的道路前進，不論是著重於前文本的傳述抑或是情節改寫，都力圖避免簡單的「舊瓶裝新酒」──複製與作譯；嘗試於新的角度的探索以及新的意義的揭示；便不僅限於傳承史事前情、重返一個古老的時空；甚至是重構文字世界，指向穿越一個久遠的年代。因此，通過文本參照以及敘事策略，進而分析如何以重寫方式新釋古事，出現創造性。自然別具意義。以下便從魯迅與張愛玲兩位作家就故事〈補天〉[3]、〈霸王別姬〉[4]的新編進行觀察。

二、魯迅與〈補天〉

（一）創作緣起

　　1922 年冬天，魯迅想從古代和現代中都採取題材來作短篇小說，於是用了「女媧煉石補天」的神話，動手試作了〈補天〉──原題〈不周山〉，最初發表於 1922 年 12 月 1 日北京《晨報四周紀念增刊》。這是魯迅在藝術形式上從事的一種新的探索：是將「舊事」被有意識地放在「新編」的過程中，而以一個新的、現代性的形式進行再敘事。由於在寫作期間，看見汪靜之《蕙之風》中的一些愛情詩受到衛道者的批評攻擊[5]，魯迅頗不以為然，當寫這篇小說時，

3　參見楊義選評，《魯迅作品精華》第一卷小說集，香港：三聯書店，1998 年 11 月，頁 303-320。以下引文直錄頁碼，不復作註。

4　參見張愛玲，《張愛玲文集·存稿》，合肥：安徽文藝出版社，1992 年，頁 25。以下引文直錄頁碼，不復作註。

5　當時胡夢華不滿汪靜之《蕙之風》中的一些愛情詩，以「墮落輕薄」、「有不道德的嫌疑」攻擊汪，並含淚要求青年不要再寫這樣的文字，以維護封建

筆下就止不住從認真陷入了油滑的開端。油滑是創作的大敵，魯迅後來因此對自己感到不滿，於是決計不再寫這樣的小說，並將此篇附於《吶喊》集子的卷末。直到 1926 年秋天，在廈門石屋，獨自面海，四周無生人氣，魯迅不願想到目前，回憶在心中出土，於是寫下了《朝花夕拾》，並且仍舊拾取古代傳說之類，陸續完成〈奔月〉、〈鑄劍〉，便又擱筆。[6] 輾轉到 1934 — 35 年間，經過十三年的一個寫寫停停的過程，終於集錄〈非攻〉〈理水〉〈出關〉〈采薇〉〈起死〉等八篇成《故事新編》，1936 年由上海文化生活出版社初版。當時，成仿吾力推〈不周山〉為佳作，聲稱「平生拘守著寫實的門戶」的作者「要進入純文藝的宮廷」，卻另以庸俗為由砍殺《吶喊》。然而這個「掄板斧」的批評遭到魯迅的回擊：自認「〈不周山〉的後半是很草率的，絕不能稱為佳作」，並於 1930 年 1 月《吶喊》第十三次印刷時，抽去此篇，聲稱是「我的集子（《吶喊》）裡，只剩著『庸俗』在跋扈了」。[7] 其後，關於《故事新編》的評判與闡釋不斷：論者或從油滑觀點從事評判，以為荒誕不經，捏歪了古人；或從狂歡化敘述進行解讀，以為戲擬技巧，形成特有的藝術魅力；

禮教的正統思想。魯迅對於這個「道學的批評家的攻擊情詩的文章，心裡很不以為然」（《南腔北調，我怎麼說起小說來》），認為是可憐的陰險。所以在寫小說時就止不住出現了女媧死後遭受的不禮待遇的情節隱射以及「油滑」文字。參見魯迅，〈《故事新編》序言〉，收入楊義選評，《魯迅作品精華》第一卷小說集，頁 303。

6　魯迅，〈《故事新編》序言〉，頁 303-305。

7　成仿吾以庸俗的罪名，幾斧砍殺了《吶喊》，只推〈不周山〉為佳作（參見成仿吾，〈《吶喊》的評論〉，1924 年 1 月上海《創造》季刊第 2 卷第 2 期）。此舉引起了魯迅的反唇相譏，認為成仿吾在創造社門口的「靈魂冒險」的旗子下掄板斧。並自稱是不薄庸俗，也自甘庸俗的。……〈不周山〉中自家有病自家知，絕不能稱為佳作。魯迅，〈《故事新編》序言〉，頁 304。

或以文本的互涉性考察比對，形成文體越界[8]；持論各異、褒貶互見。是既迷於《故事新編》的藝術魅力，又惑於《故事新編》上解讀的困難。[9]但大多數都同意著捷克漢學家普實克所論：「魯迅以其新的、現代的手法處理歷史題材，他以冷嘲熱諷的幽默筆調剝去了歷史人物的傳統榮譽，扯掉了浪漫主義歷史觀加在他們頭上的光圈，使他們腳踏實地的回到今天的世界上來。」其中所呈現的「故事新編體」以「現代美學準則豐富了本國文學的傳統原則，並產生了一種新的獨特的結合體」[10]，是綜合著批判思維和獨創藝術，將文字書寫推向更廣袤的原野。

（二）題材來源

上古時期以來，對於人類本源的探索、審視宇宙時空神人交感、意識到形靈存有的虛實思維，隨而衍生了多元豐富的靈神、巫祭、術祀等的信仰活動以及神話故事。舉如：女媧的摶土為人、煉石補天的「創生」與「修復」的事蹟，扣問著生死實虛、追求存在永恆的命題，使她成為創育萬物、大地始母的象徵。與盤古開天闢地等創

8　鄭家建，〈「文體越界」與「反文體」寫作——《故事新編》的文體特徵〉《魯迅研究》月刊，2001 年第一期，頁 28-33。

9　陳平原說：「《故事新編》矛盾空泛博大，主題單純深邃，似乎很簡單，三言兩語就可以說完，又似乎很複雜，千言萬語也說不清；似乎很透明，遺忘到底，又似乎很渾厚，望不到邊，探不到底。」參見氏著，〈魯迅《故事新編》與布萊希特的「史詩戲劇」〉原刊《魯迅研究月刊》雙月刊第 2 期，1984 年。收入氏著，《在東西方文化碰撞中》，上海：華東師範大學，2014 年 11 月。頁 1-294。

10　普實克夫婦，〈魯迅〉，西北大學魯迅研究室，《魯迅研究月刊》，1979 年，西安：陝西人民出版社，1979。收入楊義選評，《魯迅作品精華》，頁 306。

世傳說並為試探宇宙奧秘的浪漫想像，同時演繹著宇宙本質——「有限與無限」以及重建生存秩序——「生生不息」的文學母題。魯迅寫作〈補天〉採取著以女媧作為精神主體與人作為物質對象，結合時代環境，重新詮釋，呈現出奇幻性與現實性。魯迅在《南腔北調集・〈自選集〉自序》中提到《故事新編》的素材是來自「神話、傳說及史實的演義」。他回憶孩提時期最初得到、最心愛的寶書就是繪圖的《山海經》[11]。觀察〈補天〉的重寫是取史載古籍、傳說故事中因由片段的「點染」，是對古老傳說造物主形象以及所挾帶著被哲學化的抽象概念「混沌、道」觀念的歧出發展，以冷嘲熱諷的幽默（cynical humor），「創造一個有揭示意義的存在境況」，成為「作為建立在人類事物的相對與模糊性基礎上的這一世界的樣板」。[12]以下表列魯迅文本取材承傳繫聯的狀況，與其雜文的闡釋做一印證。

女媧摶土造人	
魯迅〈補天〉	歷代神話傳說
伊……只是不由的跪下一足，伸手掬起帶水的軟泥來，同時又揉捏幾回，便有一個和自己差不多的小東西在兩手裡。"啊，啊！"伊固然以為是自己做的，但也疑心這東西就白薯似的原在泥土裡，禁不住很詫異了。然而這詫異使伊喜歡，以未曾有的勇往和愉快繼續著伊的事業，呼吸吹噓著，汗混和著…「啊啊！可愛的寶貝。」伊看定他們，伸出帶著	《太平御覽》（宋李昉等編撰）卷七八引漢應劭《風俗通》：「俗說天地開闢，未有人民，女媧摶黃土作人，劇務，力不暇供，乃引繩絚於泥中，舉以為人。故富貴者，黃土人；貧賤凡庸者，絚人也。」（按《風俗通》全名《風俗通義》，今傳本無此條。

---

11 魯迅：〈阿長與《山海經》〉《朝花夕拾》，收入楊義選評：《魯迅作品精華》第二卷散文詩、散文、舊體詩、書信集，頁148-149。

12 米蘭・昆德拉著、孟湄譯，《小說的藝術》，北京：三聯書店，2014年5月，頁134。

泥土的手指去撥他肥白的臉。…伊一面撫弄他們，一面還是做，被做的都在伊的身邊打圈，但他們漸漸的走得遠……信手一拉，拔起一株從山上長到天邊的紫藤，……伊接著一擺手，紫藤便在泥和水裡一翻身，同時也濺出拌著水的泥土來，待到落在地上，就成了許多伊先前做過了一般的小東西，只是大半呆頭呆腦，獐頭鼠目的有些討厭。然而伊……夾著惡作劇的將手只是掄，愈掄愈飛速了，那藤便拖泥帶水的在地上滾，像一條給沸水燙傷了的赤練蛇。泥點也就暴雨似的從藤身上飛濺開來，還在空中便成了哇哇地啼哭的小東西，爬來爬去的撒得滿地。[13]	《繹史》卷三引《風俗通》：「女媧禱神祠祈而為女媒，因置婚姻。」 《淮南子‧說林訓》（漢劉安）：「黃帝生陰陽，上駢生耳目，桑林生臂手：此女媧所以七十化也。」 《說文解字》卷十二：「媧，古之神聖女，化萬物者也。」
女媧氏之腸	
有一日，天氣很寒冷，卻聽到一點喧囂，那是禁軍終於殺到了，……躲躲閃閃的攻到女媧死屍的旁邊，卻並不見有什麼動靜。他們就在死屍的肚皮上紮了寨，因為這一處最膏腴，他們揀選這些事是很伶俐的。然而他們卻突然變了口風，說惟有他們是女媧的嫡派，同時也就改換了大纛旗上的蝌蚪字，寫道「女媧氏之腸」。	《山海經‧大荒西經》[14]卷十六：「西北海之外，大荒之隅，有山而不合，名曰不周負子。……有國名曰淑士，顓頊之子。有神十人，名曰女媧之腸，化為神，處栗廣之野，橫道而處。」郭璞注：「女媧，古神女而帝者，人面蛇身，一日中七十變，其腸化為此神。」 《楚辭‧天問》：「女媧有體，孰制匠之？」王逸注：「女媧人頭蛇身。」

13　「女媧造人」的傳說中：女媧用泥捏製成人，後因捏的速度太慢或感覺勞累，因此出現引繩於泥淖中揮灑成人。後人依此神話分為「黃土人」與「引繩人」，附會引申為人類富貴貧賤的差別。東漢《風俗通義》中：「女媧禱祠神，

共工怒觸不周山	
魯迅〈補天〉	歷代神話傳說
轟！！！這天崩地塌價的聲音中，女媧猛然醒來，……連忙一舒臂揪住了山峰，這才沒有再向下滑的形勢。……只見地面不住的動搖。……遍地是瀑布般的流水；……大波不過高如從前的山，是陸地的處所便露出棱棱的石骨。伊正向海上看，只見幾座山奔流過來，一面又在波浪堆裡打鏇子。……〔伊與『小東西』的對話〕伊瞥見有一個正在白著眼睛呆看伊；那是遍身多用鐵片包起來的，臉上的神情似乎很失望而且害怕。「那是怎麼一回事呢？」「嗚呼，天降喪。」……「顓頊不道，抗我后，我后躬行天討，戰於郊，天不祐德，我師反走，……」「我師反走，我后爰以厥首觸不周之山，折天柱，絕地維，我后亦殂落。嗚呼…」……看見一個高興而且驕傲的臉，也多用鐵片包了全身的。「那是怎麼一回事呢？」……「人心不古，康回實有豕心，覷天位，我后躬行天討，戰於郊，天實祐德，我師攻戰無敵，殛康回於不周之山。」	《淮南子‧本經訓》（漢劉安）：「舜之時，共工振滔洪水，以薄空桑。」《淮南子‧天文訓》：「昔者共工與顓頊爭為帝，怒而觸不周之山，天柱摺、地維絕，天傾西北，故日月星辰移焉；地不滿東南，故水潦塵埃歸焉。」《史記‧補三皇本記》（唐司馬貞）：「諸侯有共工氏，任智刑以強，霸而不王；以水乘木，乃與祝融戰。不勝而怒，乃頭觸不周山崩，天柱摺，地維缺。」

祈而為女媒，因置婚姻」的說法都是先民們浪漫的想像。在當時母系社會裏，使得女媧成為置婚姻、祈子祭的奉祀的女神。

14　《山海經》是中國先秦古籍，其中記述大量的中國古代神話、地理、動物、植物、礦物、巫術、宗教、古史、醫藥、民俗、民族等方面的內容。《山海經》原來有圖，名為《山海圖經》，魏晉以後已失傳。今傳最早的版本是西漢劉向、劉歆父子校刊而成，並表示「山海經者，出於唐虞之際。」晉郭璞曾為《山海經》作注，其後包括畢沅《山海經新校正》和郝懿行《山海經箋疏》，民國以後袁珂的《山海經校注》等多家作注。

女媧煉石補天	
魯迅〈補天〉	歷代神話傳說
女媧倒抽了一口冷氣，同時也仰了臉去看天。天上一條大裂紋，非常深，也非常闊。……伊皺著眉心，向四面察看一番，……打起精神來向各處拔蘆柴：伊已經打定了「修補起來再說」的主意了。……	《列子・湯問》（戰國列禦寇）：昔者，女媧煉五色石補其闕，斷鼇之足以立四極。其後共工氏與顓頊爭為帝，怒而觸不周之山，折天柱，絕地維，故天傾西北，日月星辰就焉；地不滿東南，故百川水潦歸焉。
伊無法可想的向四處看，……見有一隊巨鼇正在海面上遊玩，……立刻將那些山都攔在他們的脊樑上，囑咐道，「給我駝到平穩點的地方去罷！」巨鼇們似乎點一點頭，成群結隊的駝遠了。……	《淮南子・覽冥訓》（漢劉安）：「往古之時，四極廢，九州裂；天不兼覆，地不周載；火爁焱而不滅，水浩洋而不息；猛獸食顓民，鷙鳥攫老弱。於是女媧煉五色石補蒼天，斷鼇（鼇）足以立四極，殺黑龍以濟冀州，積蘆灰以止淫水。蒼天補，四極正，淫水涸，冀州平，狡蟲死，顓民生。背方州，抱圓天。」
伊從此日日夜夜堆蘆柴，柴堆高多少，伊也就瘦多少，因為情形不比先前，──仰面是歪斜開裂的天，低頭是齷齪破爛的地，毫沒有一些可以賞心悅目的東西了。	
蘆柴堆到裂口，伊才去尋青石頭。當初本想用和天一色的純青石的，然而地上沒有這麼多，大山又捨不得用，有時到熱鬧處所去尋些零碎，看見的又冷笑，痛罵，或者搶回去，甚而至於還咬伊的手。伊於是只好攙些白石，再不夠，便湊上些紅黃的和灰黑的，後來總算將就的填滿了裂口，只要一點火，一熔化，事情便完成，……很久很久，終於伸出無數火焰的舌頭來，……成了火焰的柱，赫赫的壓倒了崑崙山上的紅光。大風忽地起來，火柱旋轉著發吼，青的和雜色的石塊都一色通紅了，飴糖似的流布在	《補史記・三皇本紀》[15]（唐司馬貞）：「當其末年也，諸侯有共工氏，任智刑以強霸而不王，以水乘木，乃與祝融戰，不勝而怒。乃頭觸不周山崩，天柱折，地維缺。女媧乃煉五色石以補天，斷鼇足以立四極，聚蘆灰以止滔水，以濟冀州。於是地平天成，不改舊物。」
	《路史》[16]（宋羅泌）：「太昊氏衰，共工為始作亂，振滔洪水，以禍天下，隳天綱、絕地紀、覆中冀，人不堪命。於是女皇氏役其神力，以與共工氏較。滅共工氏而遷之。然後四極正，冀州寧，地平天成，萬民復生。媧氏乃立，

裂縫中間，像一條不滅的閃電。…… 火柱逐漸上升了，只留下一堆蘆柴 灰。……伊於是彎腰去捧蘆灰了，一 捧一捧的填在地上的大水裡，蘆灰還 未冷透，蒸得水漸漸的沸湧，灰水潑 滿了伊的周身。大風又不肯停，夾著 灰撲來，使伊成了灰土的顏色。	號曰『女皇氏』。」 引述旁證：《紅樓夢》第一回「甄士隱 夢幻識通靈，賈雨村風塵懷閨秀」中引 用女媧補天神話傳說，道此書根由來 歷。——「原來女媧氏煉石補天之時， 於大荒山無稽崖煉成高經十二丈、方經 二十四丈頑石三萬六千五百零一塊。媧 皇氏只用了三萬六千五百塊，只單單剩 了一塊未用，便棄在此山青埂峰下。誰 知此石自經煅煉之後，靈性已通，因見 眾石俱得補天，獨自己無材不堪入選， 遂自怨自嘆，日夜悲號慚愧。……」後 入塵世為通靈寶玉。是以成書又名《石 頭記》。

15　由於《史記》沒有關於三皇的記載，唐朝司馬貞寫了《三皇本紀》以補全，
　　記載了伏羲、女媧、神農等諸位上古時期帝王的歷史。但現今出版的《史記》
　　大部分都沒有收錄。

16　《路史》，宋羅泌撰，共四十七卷。路史，意取大史，由於深惜孔子「刪書」
　　斷自唐堯，忽略遠古史的傳統，此書上自三皇五帝，下迄夏桀，內容記述了
　　上古以來有關歷史，地理，風俗，氏族等傳說軼事，神話色彩強烈，多有怪
　　誕不經之事，為雜史。對於中國姓氏源流別有見解，是遠古洪荒史的代表作。
　　《四庫全書總目提要》說：「皇古之事，本為茫昧。泌多采緯書，已不足據」，
　　又「皆道家依託之言」，「殊不免龐雜之譏」，故向來不為歷史學家採用。

海外尋仙山	
魯迅〈補天〉	歷代神話傳說
落在海岸上的老道士也傳了無數代了。他臨死的時候，才將仙山被巨鰲背到海上這一件要聞傳授徒弟，徒弟又傳給徒孫，後來一個方士想討好，竟去奏聞了秦始皇，秦始皇便教方士去尋去。 方士尋不到仙山，秦始皇終於死掉了；漢武帝又教尋，也一樣的沒有影。大約巨鰲們是並沒有懂得女媧的話的，那時不過偶而湊巧的點了點頭。模模糊糊的背了一程之後，大家便走散去睡覺，仙山也就跟著沉下了，所以直到現在，總沒有人看見半座神仙山，至多也不外乎發見了若干野蠻島。	〔秦始皇尋仙山〕 《史記・秦始皇本紀》中記載：「齊人徐市（芾）等上書，言海中有三神山，名曰蓬萊、方丈、瀛洲，仙人居之。請得齋戒，與童男女求之。於是遣徐市發童男女數千人，入海求仙人。……數歲不得。」 〔漢武帝尋仙山〕 《史記・封禪書》中記載：方士（李）少君言上（漢武帝）曰：「……臣嘗遊海上，見安期生，安期生食巨棗，大如瓜。安期生仙者，通蓬萊中，合則見人，不合則隱。」於是天子始親祠灶，遣方士入海求蓬萊安期生之屬，而事化丹沙諸藥齊（劑）為黃金矣。……而方士之候伺神人，入海求蓬萊，終無有驗。」

（三）敘事策略

1. 主題的疊合與增附

〈補天〉作為《吶喊》的一個收場，同時成為《故事新編》的一個開端，顧名思義，是聚焦於「女媧」的創造、犧牲與奉獻為主題開展情節，塑造了「始祖」的喻。「故事」融聚了中國初民神話中，芸芸眾生的溯源演繹以及創世期天體平衡的發想；「新編」是以嬉笑怒罵的方式進行改寫，由女媧所造出的一群「小東西」最後「包圍」掩蓋了女媧，末尾自女媧死亡一線延出，收於尋覓海外仙山飄

渺，反指不死欲望的虛無。文本中分「造人」之功（女媧摶土為人、女媧氏之腸）與「補天」之勞（共工怒觸不周山、女媧煉石補天及海外尋仙山等神祕浪漫的記載）二線，從上項表列可歸納出不同的取材參照，包括：《列子》《風俗通》《史記》《淮南子》《路史》《史記・補三皇本紀》《山海經・大荒西經》等神話史實與民間傳說的疊合增附。相較於博考文獻，言必有據的「教授小說」的很難組織，魯迅自言這是「只取一點因由，隨意點染，鋪成一篇，倒無須怎樣的手腕，況且『如魚飲水，冷暖自知』」[17]，〈補天〉顯然是作者博學厚積下的自由之作。而在傳統養分的浸潤、想像性、詩意化的銜接串聯過程中，來自域外文學的參照也值得注意：1921 年魯迅在《晨報》副刊譯介了芥川龍之介的「歷史的小說」（historic novel）《羅生門》、取材於古名《長鼻子和尚》的滑稽故事《鼻子》，以及菊池寬《三浦右衛門的最後》（刊登於《新青年》1921 年第 9 卷第 3 期），並評論「那些古代的故事經改作之後，都注進了新的生命，便與現代人生出干係來了。」[18] 對照《故事新編》，其中所指涉的正是古今材料雜揉的活化手法以及所延伸「以古諷（罵）今」的隱喻功能，實可視為魯迅的自作自明。

2.對立性的描述設定

對立性是《故事新編》的一個重要的特色，無論是人物形象與時空意象的設定都呈現著混沌統一與秩序背反的矛盾性同時存在。針對舊（故）與新，魯迅曾說「對神話史實與民間傳說的接收採取，

17　楊義選評，《魯迅作品精華》第一卷小說集，頁 306。
18　魯迅，《藝文序跋集・〈現代日本小說集〉附錄》《魯迅全集》第 10 卷，北京：人民文學出版社，1981 年，頁 221。

必有所刪削，既有刪除，必有所增益。這結果便是新形式的出現，也就是變革。」[19]以〈補天〉的人物描述作例，魯迅自言「取了茀羅特說，來解釋創造──人和文學的──的緣起」[20]。文本開端「女媧忽然醒來了」提綱挈領了女媧的出場，然後在百般無聊下，隨興展開造人（309）、補天（315）的行動：

> 伊似乎是從夢中驚醒的，然而已經記不清做了什麼夢；只是很懊惱，覺得有什麼不足，又覺得有什麼太多了。煽動的和風，暖曉的將伊的氣力吹得彌漫在宇宙裡。伊揉一揉自己的眼睛。……「唉唉，我從來沒有這樣的無聊過！」伊想著。……跪下一足，伸手掬起帶水的軟泥來，揉捏幾回，便捏出一個和自己差不多的小東西。（308-309）

在這裡，神話中的女媧進入「日常樣態」、「無聊心境」的情境速寫，作家以擬人化的審美樣態進行著一種決定主角與周圍環境之間相互關係的選擇，[21]同時採用無意識本能論的觀點（作為暗中支配意識的基本動力），又從本我自我超我的三個部分的衝突與協調，探觸女媧造人補天乃至死亡等行動的發生與影響，提供了理論根據[22]。相對於女媧的是一群群小人物：或為無個性的庸眾／看客集團，發出語

19　魯迅，〈論「舊形式的採用」〉，收入楊義選評，《魯迅作品精華》第三卷雜文編年選集，頁 284-285。

20　魯迅，〈《故事新編》序言〉，頁 303。

21　朱立元主編，〈盧卡契的現實主義文論〉《當代西方文藝理論》，上海：華東師範大學出版社，2014 年 5 月，頁 134。

22　朱立元主編，〈精神分析批評〉《當代西方文藝理論》，頁 45。

無倫次的隻言片語；或為偽道德的騙子，暴露出無知與脫序。[23]可視為作家身處於一個紊亂沉重的年代所盤整出一種玩世不恭、尖刻對立的寫作基調。

在時空的設定上：神、人場域的交錯發展，真實空間和虛構空間的併合，都構成小說書寫與神話文本的還原與互涉；而與空間互為表裡的時間敘述穿梭於異代共置，出入於已發生的時序以及再編寫的時序，各自形成超驗的與經驗的對應，則是從分裂中尋求和諧。即以文本中兩段同樣絢爛奇偉的時空文字為例。如女媧初醒之際的宇宙（308）：

> 粉紅的天空中，曲曲折折的漂著許多條石綠色的浮雲，星便在那後面忽明忽滅的睞眼。天邊的血紅的雲彩裡有一個光芒四射的太陽，如流動的金球包在荒古的熔岩中；那一邊，卻是一個生鐵一般的冷而且白的月亮。然而伊並不理會誰是下去，和誰是上來。地上都嫩綠了，便是不很換葉的松柏也顯得格外的嬌嫩。桃紅和青白色的鬥大的雜花，在眼前還分明，到遠處可就成為斑斕的煙靄了。

相較於女媧力竭而盡時的四方（318）：

---

23 舉如〈補天〉中，女媧覺得無聊難耐，無意間造出了人類；對稱頌古文教條的人無法溝通，以及一群陽奉陰違的小人，無法理解穿衣的行為。還有「古衣冠的小丈夫」站在她的兩腿之間往上看令她感到厭惡。女媧死後，竟盤據女媧屍體的膏腴，自稱是女媧嫡派的禁軍的兩面行徑；以及巨鰲們對女媧的旨意也陽奉陰違等等。

> 天邊的血紅的雲彩裡有一個光芒四射的太陽，如流動的金球
> 包在荒古的熔岩中；那一邊，卻是一個生鐵一般的冷而且白
> 的月亮。但不知道誰是下去和誰是上來。這時候，伊的以自
> 己用盡了自己一切的軀殼，便在這中間躺倒，而且不再呼吸
> 了。上下四方是死滅以上的寂靜。

大自然日月代移，冷、暖色塊之間的相互滲透，光芒從肉紅色到純白的流動，在濃稠的色彩變化中，挾持著視覺的燦美，引導湧現的卻分別是生機澎湃與死亡寂滅的氛圍。其中，女媧的創造、奉獻與犧牲精神類比於魯迅喚醒麻木、救弊振聵的啟蒙的熱情，乃至戰士英雄的轟毀無疑是作家個人生命情境的投射。魯迅在初寫小說時是抱著改良人生的志願，所以行文選材主要在「揭出病苦，引起療救者的注意」（《南腔北調，我怎麼說起小說來》）。到了〈補天〉這一類小說，則是以故事新編方式「提出一些問題」：他一方面「把那些壞種的祖墳刨一下」（1935 年 1 月 4 日致蕭軍、蕭紅的信），以促進「改良人生」的啟蒙思想的傳播；另一方面作家在面對心力交瘁、對絕望劣境示以不屈，塑造出「中國的筋骨和脊樑」[24]，在解構歷史的同時解放了人性。此外，隨著相對主題的解構與意象重塑，包括：俗化之於神化──造人者女媧（神人）與被造者小人物（庸眾）、神聖作為與無聊舉動的相對，遠古與現實、自然與文明的辯證，創造本能與破壞本能的驅使──善的修補、惡的戰爭的對抗，無不呈現出敘事文本中有缺陷的世界，解除了完美神話的迷思。由此，作家的書寫信念：「新」與「活」成為不懈追求的標的，但「並

---

24 魯迅，〈中國人失掉自信力了嗎〉，收入楊義選評，《魯迅作品精華》第三
   卷雜文編年選集，香港：三聯書店，1998 年 11 月，頁 327-328。

沒有將古人寫得更死，卻也許暫時還有存在的餘地罷」[25]。而是以充滿想像的、創造性的思維空間為載體，填平歷史文本與非歷史文本之間的鴻溝[26]，裂解了舊事經典的傳統與崇高，表現出與《吶喊》、《徬徨》中現實題材及寫作手法不同的創作風格。

3.「油滑」的諷刺效果

魯迅說《故事新編》裡速寫居多，敘事有時卻不過信口開河。而且因為對古人不及對今人的崇敬，所以不免有油滑之處。[27] 關於「油滑」二字，學者多有探討：有認為是作家汲取我國古代戲曲文學和民間文學的趣味，從歷史小說點化出新的體式[28]；有以為是用小說敘述（現實文本介入）對歷史進行重構，成為「消解性敘述」，造成油滑效果[29]；也有主張魯迅可能從他所喜愛的梅尼普體小說中得到藝術啟示[30]等，各見發揮。細究小說「油滑」的成分的出現起因於魯迅受到汪靜之事件的刺激，於是，在〈補天〉敘事中便止不住有一個古衣冠的小丈夫在女媧的兩腿之間出現了。[31] 文本中對小人物的「異樣」是這樣描寫的：

---

25 魯迅，〈《故事新編》序言〉，頁 305。
26 陳厚成、王寧主編，《西方當代文學批評在中國》，廣州：百花文藝出版社，2000 年 10 月，頁 464。
27 魯迅，〈《故事新編》序言〉，頁 303。
28 魯迅，〈《故事新編》序言〉，頁 305。。
29 鮑國華，〈論《故事新編》的消解性敘述〉《魯迅研究月刊》，2000 年，頁 12。
30 程麗春，〈魯迅《故事新編》與歐洲"梅尼普體"文學〉《西南師範大學學報》（人文社會科學版）第 30 卷第 3 期，2004 年 5 月，頁 159-162。
31 魯迅，〈《故事新編》序言〉，頁 303。

> 累累墜墜的用什麼布似的東西掛了一身，腰間又格外掛上十
> 幾條布，頭上也罩著些不知什麼，頂上是一塊烏黑的小小的
> 長方板，……頂長方板的便指著竹片，背誦如流的說道，『裸
> 裎淫佚，失德蔑禮敗度，禽獸行。國有常刑，惟禁！』

其中，無邪的天真與道統的虛假，裸身的解放與衣冠的矯飾形成對
照，暗喻著魯迅的對病態社會禮教凌駕／束縛人性的不滿；文本空
間所拼合起來的傳統文化‧呈現出的卻是一副衰敗、矛盾、斑斑裂
痕的末世圖景；女媧死後遭受的不禮待遇的情節一如當時人們對揭
發問題真相的魯迅的不理解不認同；而在白話文的書寫語境中使用
英文拼音作為小人物的原聲[32]以及升格平庸人物，刻意擇用文言指責
女媧的淫行所造成的閱讀突兀，正是作家意圖開放文學體裁、語言
與風格；不惜運用基本上體現為對書寫的傷害的誇張油滑的文字[33]、
以嘻笑庸俗混雜仿雅借典，形成不和諧的變異性、並經由以古喻今
的方式，對俗世進行剖析。他的小說雜文體、他的「低俗」美學是
置於一個現代性的話語空間，表面油腔滑調的輕浮與內裡無奈不平
的調侃自嘲交手，證明現實不是隔離了歷史（過去）和未來而孤立
存在的；而他的「新編」是在解構歷史的隙縫中呈顯了他對於現實
的感刺，將傳統高雅的體裁脫冕[34]，是以灑脫、詼諧的戲說方式挾帶
著隱而未顯的悲哀；突顯了荒誕的諷刺效果。

32　「Nganga」譯音似「嗯啊」以及下文的「AkonAgon」譯音似「阿空」，
　　「UvuAhaha」譯音似「嗚唔，啊哈哈」都是用拉丁字母拼寫的象聲調。

33　油滑文字某種程度上削弱了文本的藝術價值和批判的集中性，常為人所詬
　　病。

34　朱立元主編：〈巴赫金的複調理論和狂歡化詩學〉《當代西方文藝理論》，
　　頁 198-199。

三、張愛玲與〈霸王別姬〉

(一) 創作緣起

　　1937 年，張愛玲（十七歲）就學於聖瑪利亞女校時，於《國光》第九期（1937 年 5 月 10 日）發表了〈霸王別姬〉。《國光》半月刊是一本新文學刊物，由當時擔任聖瑪利亞女中教務主任兼教授高中國文的老師汪宏聲主辦，聖校國光會發行。[35] 當時編者對這篇小說有高度的評價，認為張愛玲用新的手法新的意義，重述了我們歷史上最有名的英雄美人故事，寫來氣魄雄豪，說得上是一篇「力作」。依據汪宏聲的說法，〈霸王別姬〉「大概是受了我在課上介紹歷史小品之後根據〈項羽本紀〉寫的。」[36] 而這篇借擬了「美人」這個與烏騅並列的符碼為對象所做的增益創作，有論者以為是張愛玲因為不滿封建的「父親的家」，身心受挫逃出無愛的牢籠後，重新檢視個體生命的存在意義的投射書寫。1944 年，張愛玲在《存稿》中回憶了自己這篇短短的歷史小說，她似乎意猶未盡，說她還想要重新寫過，但終究未能再作。審視這篇《國光》的壓卷文字，對於女性角色心理描摹細膩深刻，少女張愛玲才華耀眼，尤其顛覆了英雄故事傳統的虞姬形象，著力刻畫著長久以來失聲的女性──「如果他

35　《國光半月刊》為一份 32 開的半月刊，創刊號於 1936 年 10 月 20 日問世，共九期七本，刊名套色印刷，其中政論與古典文學評論只佔很少篇幅，絕大部分是新文學作品，舉凡短篇小說、散文、雜感、新詩、劇本和書評等。其發刊獻詞標明創刊的兩大使命為「促進本國語文與外國語文齊等看待以及引起同學諸君對於民族掙扎圖存的注意及努力。」參見陳子善，〈埋沒五十載的張愛玲「少作」〉以及〈雛鳳新聲──新發現的張愛玲「少作」〉《說不盡的張愛玲》，台北：遠景出版事業有限公司，2001 年，頁 7-38。

36　陳子善，〈埋沒五十載的張愛玲「少作」〉，頁 14-15。

是那熾熱的，充滿了燁燁的光彩，噴出耀眼欲花的 ambition 的火焰的太陽，她便是那承受著，反射著他的光和力的月亮。」與 1936 年 6 月郭沫若的〈楚霸王自殺〉是使用科學的智識，探討項羽失敗的原因，別於歷史故事重新作的解釋與翻案[37]，張作可說是有過之無不及。[38]1978 年，曹禺受周恩來囑託編寫發表在《人民文學》上的歷史劇《王昭君》無獨有偶地也產生這樣的思索：「一個女人就不能像大鵬似的一飛就是幾萬里？」「她要像一隻雁，在碧幽幽的、寬闊的青天裡飛起來。」於是，這些禁閉於歷史「美麗端淑」的女子行列中的幽靈／影子（ghost ／ shadow）逐一的被「重寫」解放。

（二）題材來源

霸王與虞姬	
張愛玲〈霸王別姬〉	歷史紀傳詩文
他們立在帳篷的門邊。《羅敷姐》已經成了尾聲，然而合唱的兵士更多了，那悲哀的，簡單的節拍從四面山腳下悠悠揚揚地傳過來。…… 虞姬的心在絞痛，當她看見項王倔強的嘴唇轉成了白色，他的眼珠發出冷冷的玻璃一樣的光輝，那雙眼	《史記・項羽本紀》（漢司馬遷）：「項王軍壁垓下，兵少食盡，漢軍及諸侯兵圍之數重。夜聞漢軍四面皆楚歌，項王乃大驚曰：「漢皆已得楚乎？是何楚人之多也！」項王則夜起，飲帳中。有美人名虞，常幸從；駿馬名騅，常騎之。於是項王乃悲歌慷慨，自為詩曰：「力

---

37 郭沫若，〈楚霸王自殺〉作於 1936 年 2 月，發表於同年 6 月 15 日《質文》第 5、6 期合刊。收入《中國新文學大系》（五），上海：上海文藝出版社，1984 年。參見陳子善，〈埋沒五十載的張愛玲「少作」〉《說不盡的張愛玲》，頁 20。

38 引自汪宏聲，〈記張愛玲〉在於 1944 年 12 月 25 日《語林》第一卷第一期。收錄於陳子善，〈埋沒五十載的張愛玲「少作」〉以及〈雛鳳新聲──新發現的張愛玲「少作」〉《說不盡的張愛玲》，頁 7-38。

睛向前瞪著的神氣是那樣的可怕，使她忍不住用她寬大的袖子去掩住它。她能夠覺得他的睫毛在她的掌心急促地翼翼扇動，她又覺得一串冰涼的淚珠從她手裏一直滾到她的臂彎裏，這是她第一次知道那英雄的叛徒也是會流淚的動物。

……「虞姬，我們完了。我早就有些懷疑，為什麼江東沒有運糧到垓下來。過去的事多說也無益。我們現在只有一件事可做——衝出去。看這情形，我們是註定了要做被包圍的困獸了，可是我們不要做被獵的，我們要做獵人。明天——啊，不，今天——今天是我最後一次的行獵了。我要衝出一條血路，……虞姬，披上你的波斯軟甲，你得跟隨我，直到最後一分鐘。我們都要死在馬背上。」「大王，我想你是懂得我的，」虞姬低著頭，用手理著項王枕邊的小刀的流蘇。「這是你最後一次上戰場，我願意您充分地發揮你的神威，充分地享受屠殺的快樂。我不會跟在您的背後，讓您分心，顧慮我，保護我，使得江東的子弟兵訕笑您為了一個女人失去了戰鬥的能力。」「噢，那你就留在後方，讓漢軍的士兵發現你，去把你獻給劉邦吧！」虞姬微笑。她很迅速地把小刀抽出了鞘，只一刺，就深深地刺進了她的胸膛。項王衝過去托住她的腰，她的手還緊緊抓著那鑲金的刀柄，項羽俯下他的含淚的火一般光明的大眼睛緊緊瞅著她。她張開她的

拔山兮氣蓋世，時不利兮騅不逝。騅不逝兮可奈何，虞兮虞兮奈若何！」歌數闋，美人和之。」項王泣數行下，左右皆泣，莫能仰視。

《漢書・卷三十一・陳勝項籍傳第一》（東漢班固）：「有美人姓虞氏，常幸從；駿馬名騅，常騎。乃悲歌慷慨，自為歌詩曰：『力拔山兮氣蓋世，時不利兮騅不逝。騅不逝兮可奈何！虞兮虞兮奈若何！』歌數曲，美人和之。羽泣下數行，左右皆泣，莫能仰視。」

《楚漢春秋》[39]云：歌曰：「漢兵已略地，四方楚歌聲。大王意氣盡，賤妾何聊生。」

明代甄偉《西漢通俗演義》及沈采《千金記》。後者有《別姬》一幕，為第三十七出。大意為，虞姬求死，項羽付劍于彼，虞自刎後，項割其首懸於馬頸。

清逸居士依據明前諸本，別創《霸王別姬》，後由梅蘭芳、楊小樓改編居現代劇情，成為代表作。

提及「虞項之別」的民間流傳的最早紀錄：如《水滸傳》〈魯智深大鬧五臺山〉一回有歌謠曰：「九裡山前作戰場，牧童拾得舊刀槍。順風吹動烏江水，好似虞姬別霸王。」

《虞姬墓》（宋蘇軾）：「布叛增亡國

眼，然後，彷彿受不住這樣強烈的陽光似的，她又合上了它們。項羽把耳朵湊到她的顫動的唇邊，他聽見她在說一句他所不懂的話：「我比較喜歡這樣的收梢。」

已空，摧殘羽翮自令窮。艱難獨與虞姬共，誰使西來破沛公。」

《虞美人》（清何浦）：「遺恨江東應未消，芳魂零亂任風飄。八千子弟同歸漢，不負君恩是楚腰（虞姬）。」

《過虞溝游虞姬廟》（清袁枚）：「為欠虞姬一首詩，白頭重到古靈祠。三軍已散佳人在，六國空亡烈女誰？死竟成神重桑梓，魂猶舞草濕胭脂。座旁合塑烏騅像，好訪君王月下騎。」

〈霸王別姬〉的故事如佛萊秋天的悲劇類型中的英雄輓歌，流傳至今成為膾炙人口的創作母題。《史記‧項羽本紀》中司馬遷以短短的 63 字描述了「艱難獨與『項羽』共」的虞姬行止，繼張愛玲重新打造虞姬之後，作家們掌握不同的藝術形式、寫作語境，如白樺電影劇本《西楚霸王》、潘軍的先鋒小說《重瞳——霸王自敘》、莫言的話劇劇本《霸王別姬——英雄、駿馬、美人》、[40] 香港作家李

---

39 《楚漢春秋》為漢初陸賈所撰，南宋時此書已佚。班固在《漢書‧司馬遷傳》中說：「司馬遷據《左氏》、《國語》，采《世本》、《戰國策》，述《楚漢春秋》，接其後事，訖於天漢。」司馬遷撰《史記》據《楚漢春秋》，故其言秦、漢事尤詳。」（王利器）然《楚漢春秋》中記載的「美人和之」的和歌，司馬遷未入《史記》。唐張守節《史記正義》從《楚漢春秋》中引錄：歌曰：「漢兵已略地，四方楚歌聲；大王意氣盡，賤妾何聊生。」學者以為這首五言詩似為唐人所見，已是偽託。然而，這首五言詩的內容成為後世虞美人詞、曲、劇的主要創意來源。唐教坊曲有「虞美人」之名；南唐李後主《虞美人》（春花秋月何時了）詞，纏綿千古。《辭源》「虞美人」條引民間傳說，沈括作《虞美人曲》，表明唐宋之際虞項故事已有了當今版本的雛型。

40 白樺的電影劇本《西楚霸王》中的霸王項羽是一個人性化的英雄，充滿英雄理想主義。劇本中虞姬女扮男裝作為趙國的信使增添了小說的浪漫色彩。先

碧華的小說《霸王別姬》等，分別對「霸王虞姬」這一題材做了現代性的闡釋。

（三）敘事策略

1. 主題的擴演

「『死亡』與『愛』」是〈霸王別姬〉故事的基本主題，項羽與虞姬的自殺作結綜合地表現了悲壯的力與蒼涼的美。楊義認為「垓下之圍」作為大的事件框架是真實的，但發生在中軍帳裡的「霸王別姬」那一幕，是有虛構的成分的。[41] 而張愛玲的少作深探了這個美人對失敗英雄的不離不棄的心路歷程以及黑暗原欲的挖掘，她擴寫了虞姬客體身份的雙重扮演：兵（隨從）與女人。前者是白日隨征，呈現女性男性化的表徵；後者入夜相伴，是真實的、性的實身；接著又以虞姬為思維主體和感知主體，探觸了獨處時自我意識的萌生；將〈霸王別姬〉延異到了〈姬別霸王〉，闡述了「本體自我的思考」和「死亡與愛的鬥爭」，成為特殊的「話語的歷史」[42]，開創了新的闡釋空間。舉如：

鋒小說家潘軍的《重瞳——霸王自敘》，以第一人稱霸王項羽的自敘述與傳統的宏大敘事互補，虞姬則具備睿智、寬容、美麗的美德，近乎聖潔。莫言的話劇劇本《霸王別姬——英雄、駿馬、美人》中出現呂雉與虞姬兩個女人激烈的內心較量的情節設計，較趨向於營利之作。

41　楊義，〈中國敘事學的文化闡釋〉《廣東技術師範學院學報》，2003 年第 3 期，頁 33-41。
42　孟悅，《歷史與敘述‧前言》，西安：陝西人民教育出版社，1991 年，頁 2。

（1）追隨與體悟

虞姬從「追隨」霸王的身影──一個身著淡緋的織錦斗篷在風中鼓蕩的蒼白微笑的女人，到「端淑貴妃」的「體悟」──一個裝在錦繡沉香木棺槨裡的諡號。

（2）要求與拒絕

霸王的「要求」──虞姬，披上你的波斯軟甲，你得跟隨我，直到最後一分鐘。我們都要死在馬背上。與虞姬的「拒絕」──這是你最後一次上戰場，……我不會跟在您的背後，讓您分心，顧慮我，保護我，使得江東的子弟兵訕笑您為了一個女人失去了戰鬥的能力。

（3）思想與話語

從駭人的「思想」──如果他在夢到未來的光榮的時候忽然停止了呼吸──譬如說，那把寶劍忽然從篷頂上跌下來刺進了他的胸膛；到聽不懂的「話語」──她迅速地把小刀抽出了鞘，只一刺，就深深地刺進了她的胸膛，……他（項羽）聽見她在說一句他所不懂的話：我比較喜歡這樣的收梢。

文本從心理分析的角度進行著由內到外的觀察講述，處處可見死亡與情愛的糾葛，自我與他者的衝突，彼此相互鬥爭著。鬥爭者失去了人生的和諧，尋求著新的和諧。在鬥爭中，組構了動人的、強大的而同時是酸楚的敘事。[43]

---

43 張愛玲，〈自己的文章〉《流言》，台北：皇冠文學出版有限公司，1998 年 7 月，頁 18。

2. 女性主體意識的探索

在霸王與虞姬的對應關係中，虞姬一直處於失衡的端極。相對於項羽形象的高亢耀眼；虞姬宛若一個陪襯符碼。張愛玲的文本著力於虞姬的獨自思考中對自我的角色對待、人生位置、生存真相三個層面的釐清、鋪陳，意圖從不完整的傾斜，開拓出女性主體意識的自覺。舉如：

（1）太陽與月亮

如果他是那熾熱的，充滿了燁燁的光彩，噴出耀眼欲花的ambition的火焰的太陽，她便是那承受著，反射著他的光和力的月亮。

（2）影子與回聲

她像影子一般地跟隨他，……當那叛軍的領袖騎著天下聞名的烏騅馬一陣暴風似地馳過的時候，江東的八千子弟總能夠看到後面跟隨著虞姬，……她僅僅是他的高亢的英雄的呼嘯的一個微弱的回聲，漸漸輕下去，輕下去，終於死寂了。如果他的壯志成功的話——

（3）祭品與戰利品

作為霸王的附屬物，虞姬成為失敗英雄陪葬的祭品：「你得跟隨我，直到最後一分鐘，我們都要死在馬背上。」否則便屬於得勝者的戰利品：「那你就留在後方，讓漢軍的士兵發現你，去把你獻給劉邦吧！」無論虞姬命運的終點結於殉葬或殉情，她的存在價值均被物化與奴化。

對人物個性的追求無疑是張愛玲寫作的特長，這篇求學時期的「力作」——特重女性心理的描繪，推成故事的焦點、發展以及結

局懸念，標示出女性對自身地位的反思；並以獨特的體會、精巧的作喻參差對照了女性的困境[44]，話語深處有女性意識的伏流蠢蠢欲動。像這樣針對傳統文化下壓抑的女性作了顛覆性的「新編」，著實奠定了張愛玲女性書寫的創作基礎。

3.「私密話語」的表達

對於男權、父權給予女人的囚禁，缺乏歷史話語權的女性處於失聲的境地，張愛玲以「胡思亂想」描述了虞姬又厭惡又懼怕的她自己的過去、現在與未來：十餘年來，她以他的壯志為她的壯志，她以他的勝利為她的勝利，他的痛苦為她的痛苦。而『貴人』的封號，穿上宮妝，整日關在昭華殿，等於一個終身監禁的處分。當她老了，他厭倦了她，她不再反射他照在她身上的光輝，她成了一個被蝕的明月，陰暗、憂愁、鬱結，發狂。當她結束了她這為了他而活著的生命的時候，諡號、沉香木棺槨，和殉葬的奴隸，就是她的生命的冠冕。然而，迅速地另一念頭卻又在吞噬她真實個體生命存在的思維黑洞裡矛盾不堪、掙扎欲出：「不，不，我今晚想得太多了！捺住它，快些捺住我的思潮！………回去吧！只要看一看他的熟睡的臉，也許我就不會再胡思亂想了。」這樣的意識流動與內心獨白，懷疑、反抗的聲音與制止、屈服的聲音並現，組構成個體與個體的複調喧嘩。末尾「我比較喜歡這樣的收梢。」這句項羽始終無法理解的「私語」，原是虞姬主體自覺的宣誓，自我真實需求的實踐，而選擇通過死亡儀式完成。到頭來卻發現終極原因仍然收攏於對待項羽的「情無反顧」，於是重新落入情愛的迴圈。如同張愛

---

44 除本文所列「日月」意象等例，尚有封號與諡號、宮殿與棺槨等名物相對作喻，不一一列舉。

玲在〈走！走到樓上去〉所說：「中國人從《娜拉》一劇中學會了『出走』。實際上無從出走，即使走也只是「走到樓上去」，「一聲呼喚，他們就會下來的」。[45] 這是否暗示著——基於傳統思想壓制或現實條件不容許，女性多未能從命運困局中解脫，乃至「女人……女人一輩子講的是男人，念的是男人，怨的是男人，永遠永遠。」[46] 形成一種曖昧的弔詭。如此，對傳統故事模式進行無節制的改編，引發天馬行空的想像，展現了私語敘事的震動效果。

四、傳統文化的繼承與開拓

文學從諷刺譴責發展到對於新事物的尋求，魯迅和張愛玲這兩位時間跨度相隔三十年的作家在面對傳統與現代、保守與革命、經世濟民與自營自立、依附裂解與重整新造的動盪時代、文化思潮與文學轉向中，分別以對世情人性書寫的不同側重與獨特姿態，成為傳統文化優秀的繼承者與開拓者，他們走過時代與文明，塑造了異數，也成就了藝術。他們對於古老素材的重讀、歷史傳述人物的再塑，顯示出他們蓬勃的創造實踐。

故事新編的體裁與命意息息相關。基於「故事」是指向舊文本對新文本提供著輸出與參照，而讀者正是通過預先的本文或敘事建構來接觸歷史[47]；「新編」則主導著敘事的策略技巧，分別從不同的

---

45 張愛玲，〈走！走到樓上去〉《流言》，頁97。
46 張愛玲，〈有女同車〉《流言》，頁152。
47 美國學者詹明信（Fredric Jameson）說：「歷史本身在任何意義上不是一個本文，也不是主導本文或主導敘事，但我們只能瞭解以本文形式或敘事模式體現出來的歷史，換句話說，我們只能通過預先的本文或敘事建構才能接觸歷史。」引自張京媛主編，《新歷史主義與文學批評》，北京：北京大學出版社，

敘事角度、話語形式、符碼意象上進行文本的調整與再述。從〈補天〉與〈霸王別姬〉這兩篇文本觀察，作家都設定女性主角（女媧與虞姬）為代言、張目，而檢視其題材體式與書寫策略，可以察覺魯、張兩位作家都站在現實的基礎上，從歷史文化遺產中借火種，進行增刪改寫、翻衍創作，形成一種互文。二者在情節架構的鋪演上，採用著第三人稱敘事，從女性主角人物的視角，探察其內在思維、欲望流動以及矛盾衝突，以擴增或細描的手法，重新做了意義的詮釋與顛覆、內容的解構與建構。然而，由於任何「重寫」的價值在於承襲以外仍須具有創造性，不僅於「關注某個或幾個特定的潛文本，須由此確定在此基礎上形成的新文本要表達什麼，它將有預設的框架和頭尾清晰的佈局。」[48]在〈補天〉中，魯迅從原本傳統寫實原則添加以更多創造的想像，並運用獨白到對話再到眾聲喧嘩的敘事，暗寓作者的志趣或理想的主體介入[49]；他將人物的衝突放置在個體與群體之間，形成理想者（創造者）與庸眾（被造者）的對立；又把古老的素材結合著對當代社會文化的指涉評斷，試圖以重寫解決「個人時間」與「歷史時間」的緊張關係，從而約化了主角人物的長成過程。而張愛玲的個人主義書寫則是以感性的體驗、耽溺的精美，特別關注個人的生存狀態和心理的潛在視角，展開獨特的「私語」書寫，致力於揭露基本的人性與情欲，披露出作家在「日常時間」與「生命時間」尋求和諧與安穩的渴望。在〈霸王別姬〉裡，

1993 年，頁 19。

48　（荷蘭）佛克馬（D. W. Fokkema）著，《中國與歐洲傳統中的重寫方式》，范智紅譯，《文學評論》，北京，1999 年第 6 期，頁 147。

49　朱崇科，《張力的狂歡──論魯迅及其來者之故事新編小說中的主體介入》，上海：三聯書店，2006 年 1 月，頁 4-5。

她首度展露了「女奴意識」[50]，大膽的揭示女子自身是阻礙自我發展的因素之一。在「虞姬」腳色完型的過程中，作家更結合「日月、星光、蠟燭」等意象說故事，調動光澤與溫度，拓展想像空間，表達小說的底蘊——含蓄地揭示了思維與夢境中潛藏的黑暗我的原欲流動，「對女性『原罪意識』進行展露和鞭撻，是心理建構的一個補充，與魯迅具有同等重要的意義」[51]。顯然，在兩位作家快意的操作情節、自由的遊戲意義之餘，二者是結合著「當」代性反觀歷史，作時空的打通；有意地／努力地從舊文本對新文本的約束中突圍而出，是承襲與創新的延續，也是建構與解構的裂變，形成文本越界，正負關係微妙。而死亡的結局——女媧補天的功成身死的寂滅，姬別霸王的忠於自我殉情的絕望，前者是作悲劇的戲擬，後者是對悲劇的嘲諷，都融入了作者自身的孤獨與痛苦，呈現出荒誕美學的特徵。然而，「絕望之為虛妄，正與希望相同」[52]，他們在更高層次上都表現出對現世社會的關注以及對人性、個體生命的關懷。將文學（創作實踐）與社會功能、時代意義加以系聯，產生影響。

是以，魯迅，作為啟蒙戰士，他的文學書寫是尖銳地面對著黑暗與不公，致力於國民性的批判，意圖重新建構一種新文化士氣來表現人生。無視於可能出現的「虛浮不實」[53]，在他晚年的作品《故

50　張愛玲，〈談女人〉《流言》，頁 84-85。

51　于青，《張愛玲傳》，廣州：花城出版社，2008 年 1 月，頁 92。

52　原句為匈牙利詩人裴多菲‧山多爾（Petfi Sándor）名言，魯迅借用此言呼喚青年超越虛妄尋找充實，在與絕望較量而把握到的希望，乃是更高一層的未來哲學。參見魯迅，〈希望〉，收入楊義選評：《魯迅作品精華》第二卷散文詩、散文、舊體詩、書信集，香港：三聯書店，1998 年 11 月，頁 27-28。

53　王德威說：「作家身處於一個政治紊亂、理法不存的年代，以輕佻的口吻、戲弄的筆觸、改寫、重述一則又一則古老神話或哲學故事，與他沉重陰鷙的小說集《吶喊》、《徬徨》相比，《故事新編》尤顯虛浮不實。」參見氏著，

事新編》裡更是將諷刺、譴責、尋求與開藥方壓縮在一起，為擺脫歷史而寫歷史。而張愛玲，則如一枝新生的苗，尋求著陽光與空氣。在她手上，文學從政治走向人間[54]，不吶喊革命，沒有民族解放的怒吼，她的小說裡有一種聲音，力透紙背：就是將人性加以肯定——一種簡單的人性，只求安靜的完成它的生命與戀愛與死亡的循環。這樣的寫作風格從她的年少之作〈霸王別姬〉早已脈絡可尋。[55]

　　《小說中國——晚清到當代的中文小說》，台北：麥田出版有限公司，1993年，頁 355-356。

54　胡蘭成，〈論張愛玲〉《中國文學史話》，台北：遠流出版事業有限公司，1991 年，頁 135-141。

55　本文重新改寫。原文收入「2015 年發皇華語・涵詠文學——中國文學暨華語文教學學術研討會」《會議論文集》，台北：文津出版社，2016 年 9 月，頁 219-246。

地毯上的圖案：
從適應與選擇看林語堂與張愛玲的自譯

一、成長的文本──自譯

　　翻譯是人類有意識的社會行為。在不同語言文化間，翻譯活動以譯文形式再現原文作者的意圖，為讀者提供了聯繫的橋樑。20 世紀以來，國際交流互動頻繁快速，種種關於翻譯的界定與研究亦如雨後春筍般展開，對翻譯現象提出新的觀察與解讀：指向了文學翻譯與文本外的因素如政治、經濟、文化、意識形態等緊密系聯；處於原文、源語世界和譯語世界，譯者與作者、讀者互相聯動的翻譯生態環境裡，翻譯成為一種適應與選擇的藝術，不僅是一種簡單的語言轉換活動，開拓了翻譯科學的新領域。

　　其中，「自譯」（self-translation ／ auto-translation）指由作者本人將一己原作翻譯成另外一種語言，意即同一內容的兩種語言的不同版本，常見於文學翻譯。由於「創作主體與翻譯主體合一」，被認為是最理想的翻譯，是一個比較特殊而複雜的翻譯現象。在十六世紀已有歐洲詩人翻譯自己的拉丁文作品，二十世紀以來，東西方出現不少自譯家並同步地對自譯理論著手研究。事實上，自譯作品的確為自譯者提供了一個重新審視自己的作品機會，與他譯者通常遵循于忠實再現原文以及靠近作者的原則相比，自譯者得以主動適時的對原文不適當的部分進行了改動，並力求「克己」避免「把翻

譯變成借體寄生的東鱗西爪的寫作」[1]，呈現了更大的靈活性與創造性。這種雙語寫作無論指向翻譯過程還是結果，或者從「翻譯自我的作品」到「翻譯自我」，以及「無形文本或隱形文本的自譯」的界定，都說明著自譯活動中譯者和作者之間的關係呈現了複雜的融合關係。同時，作為思想挪移、文化置換、傳播交流的載體，這種「授權的翻譯」（authorized translation）[2]又涉及了改寫與再創作的意圖，甚至經翻譯的原作本身就處在轉化之中，被視為成長的文本，不同於一般所謂的「忠實翻譯」。

在漢語寫作中，能運用兩種語言創作並自由轉換進行翻譯者，舉如「兩腳踏中西文化」[3]的林語堂以及被夏濟安、志清昆仲所贊佩「有著隨心所欲中英文互譯的本領」[4]的張愛玲，兼具雙語背景，蜚聲國際，都是能寫作的譯者。以下即聚焦於他們的英作中譯——林語堂 1943 年 2 月的英文創作"Between Tears and Laughter"[5]，1944 年自譯成中文的《啼笑皆非》（一到十一章）[6]以及張愛玲 1956 年發表的英文小說"Stale Mates——A Short Story Set in the Time When Love

1　錢鍾書，《錢鍾書散文》，杭州：浙江文藝出版社，1997，頁 63。

2　波波維奇（Anton Popovic）將「自譯」稱為「授權的翻譯」（authorized translation）。Shuttleworth, Mark & Moria Cowie. Dictionary of Translation Studies, Manchester：St.Jerome, 1997, p13 .

3　林語堂，〈林語堂自傳〉《啼笑皆非》，台北：風雲時代出版公司，1989 年 8 月，頁 199。

4　張愛玲、宋淇、宋鄺文美著，宋以朗編，《張愛玲私語錄》，台北：皇冠文化出版有限公司，2010 年 7 月，頁 37。

5　Lin Yu tang, Between Tears And Laughter, The John Day Company Published, 1943, Book contributor, Universal Digital Library, Collection universal library. Free Download: https://archive.org/details/betweentearsandl010989mbp.2015/08/01

6　《啼笑皆非》一到十一章由林語堂自譯，十二篇以下由徐誠斌譯出。參見林語堂著，林語堂、徐誠斌漢譯，《啼笑皆非》（《林語堂名著全集》第 23 卷），長春：東北師範大學出版社，1994 年，頁 1-194。以下中英文本引文直書頁碼。

Came to China "和 1957 年她的中文自譯〈五四遺事〉[7]；從作家的適應與選擇：自作自譯的心理動因與譯者的主體性、自譯的調和策略來探討這兩位雙語作家自作自譯活動的實踐。

二、適應與選擇：
林語堂《啼笑皆非》與張愛玲〈五四遺事〉

（一）作家自作自譯的心理動因與譯者的主體性

1. 林語堂《啼笑皆非》（ "Between Tears and Laughter" ）

"Between Tears and Laughter"是一部描述政治和哲學的英文著作，「係為西方人士」「究亂世之源」「對症下藥」而作。由於近代中國從五四西潮激盪到 1941 年太平洋戰爭爆發，內處紛擾變動，外臨世界危局，林語堂嘗言有三感：感吾國遭封鎖、感強權種族偏見、感和平未立（缺乏性動機），他剖析「局勢」，重新思索根本的問題在「道術」的淪喪與振興，嘗試以道家柔術和孔教禮樂為「治道」，提倡和平。因此不同於前行作品灑脫與閒適的心態，他在書中憂國憂民，強力指摘西方帝國主義、強權政治與戰爭悲劇，披露美國對華政策的自私和虛偽等「徵象」。且因「不欲失人失言」，所以譯出此書，意圖通過文字振奮國人，自立自強，期待中國的復興，並

---

7 張愛玲，〈五四遺事——羅文濤三美團圓〉《續集》，台北：皇冠文學出版有限公司，1988 年 2 月，頁 231-246，〈五四遺事（英譯）〉頁 247-267。以下引文直書頁碼。（另於 2010 年，皇冠改版，〈五四遺事——羅文濤三美團圓〉中文版收入《色，戒—短篇小說集三·1947 年以後》，台北：皇冠文學出版有限公司，2010 年 6 月，頁 172-184。）

請斷章取義者勿讀此書。[8]如此適應環境生態所激發的興國救亡的激情心理以及貢獻社會的向善的倫理動機[9]（豐富性動機），可視為這部自作自譯的積極動因。

另一方面，林語堂的創作路徑隨著時代也產生著階段性的變化，從基督教孕育的童年與英文學習，林語堂確立了對於西洋文明和西洋生活基本的接受，而此一時期對中國舊學的暫時擱置，相對形成對故鄉傳說的神祕感。海外歸國後，林語堂的寫作成為一項重新發現祖國的工作。他常徘徊於新舊兩個世界，一方面反觀自我：「西方觀念使我對自己文明的欣賞有更為客觀的態度，……我相信我的頭腦是是西洋的產品，而我的心是中國的。」一方面得到了這樣一個評論：「我的最長處是對外國人講中國文化，而對中國人講外國文化。」[10]觀察《啼笑皆非》的寫譯內容許多觸及中國文化思想的積澱（如《論語》、《老子》和《莊子》），彷彿是一種無形文本存在于林語堂腦海中，而藉由英文寫作提煉詮譯出來。[11]印證了他在自傳裡提及他的著作和讀書是基於一種免於被欺騙的自由心理、知道人生多些的興趣以及無窮的追求下展開[12]；而翻譯作為社會活動的一種，必定受到道德的制約。[13]是以，對林語堂而言，因為當代亂世學

8　林語堂，《啼笑皆非》「中文譯本序言」「原序」「前序第一」「後序」，頁 1-3，1-8，193。如林語堂是在書中反駁史班克孟（耶魯教授）政治經濟學方案，古爾伯森的以數學為基礎的武力分配的方案，德國人建立的後來在美國流行的地略政治學（Geopolitics）方案等等。而選擇以儒家的禮樂刑政的王道建立世界和平的基本設想。

9　王金安、黃唯唯，〈闡釋倫理視角下林語堂的自譯研究——以《啼笑皆非》為案例〉《海外英語》，2014 年 01 月，頁 144。

10　〈林語堂自傳〉，頁 188、199。

11　林語堂，《生活的藝術》序，北京：華藝出版社，2001 年，頁 2。

12　〈林語堂自傳〉，頁 198-205。

13　張南峰，《中西譯學批評》，北京：清華大學出版社，2004 年，頁 39。

者越講越糊塗，務要明暢地辟邪說明明德（原序），因此本身學識修養的養成與客觀上源語世界和譯語世界文化交流、宣傳意圖、功利考慮的敘述需要等，推化了譯者的主體性，影響著自譯文本的選擇。同時這些多元視角的提供，對於林語堂中國文化的講述、向西方推銷所營造的「中國元素」[14] 的觀察以及先後遭到魯迅、郭沫若、賽珍珠等批評的爭議（如文化認同的雙重性與困境、生存文化身分與民族文化記憶的衝突），相對地可以得到更多的理解。

2. 張愛玲〈五四遺事〉（"Stale Mates——A Short Story Set in the Time When Love Came to China"）

　　"Stale Mates——A Short Story Set in the Time When Love Came to China"發表在 1956 年 9 月 20 日紐約『記者』《The Reporter》雙週刊。說的是五四時代的新青年嚮往自由、追求愛情，抗衡禮教，最後卻仍落於三美團圓事一夫的舊式俗套婚姻劇。中文本題名為〈五四遺事〉約八千字，原刊於 1957 年 1 月 20 日夏濟安主編的台北《文學雜誌》第 1 卷第 5 期，後經宋淇找出收入皇冠出版的《續集》。檢視張愛玲的英文寫作生涯始於 1938 年刊登於《大華晚報》的 "What a life，What a girl's life！"後重寫為〈私語〉（1944 年 7 月刊登於《天地》月刊第 10 期，1945 年收入《流言》散文集）。1943 年後陸續向英文月刊《二十世紀》投稿，主編梅涅特曾讚美她「不同於她的中國同胞，她從不對中國的事物安之若素；她對她的同胞懷有深邃的好奇心，使她有能力向外國人闡釋中國人。」[15]（《還活著》引言）

14　張曼，〈文本在文化間穿行：論張愛玲的翻譯觀〉，收入李歐梵等著，陳子善編，《重讀張愛玲》，上海：上海書店出版社，2008 年 12 月，頁 237。

15　Klaus Mehnert, Introduction to "Still live", *The Twentieth Century*, No.6

後來這些散文與影評張愛玲也都自譯成為中文，用著「輕鬆而饒有
興趣的文字向外國人介紹中國文化，中國人的生活」[16]，路線與林語
堂相似[17]。1952 年她由滬赴港開展譯書生涯，為美國新聞處翻譯了
《老人與海》、《愛默森選集》、《無頭騎士》，並有英文小說"The
Rice-Sprout Song"（中譯《秧歌》）以及《赤地之戀》（英譯"Naked
Earth"）等。1955 年到美，持續從事創作改寫，包括由中譯英與由
英譯中的雙向自作自譯發表，尤其《金鎖記》系列的四度譯寫，成
為 20 世紀中國中短篇小說的英譯教材，都說明了作家利用自譯的土
壤翻寫改創，為原作開闢新的出口。她曾經嚮往能像林語堂一樣用
英語創作，在美國闖出一片天地[18]，同時想改變作風寫不同的書；另
有學者認為張愛玲的翻譯是她面臨生命巨大轉變時（比如不愉快童
年的創傷），向他種語言尋求庇護的標誌[19]。然而，在異質語境裡寫
作謀生，雖然作家及其譯寫作為文學傳統的建構、文化協調仲介的
腳色超過外交工具的指責、政治利害的影響，但受到現實生活中西
方文化的衝擊、贊助者限制和市場需求的考慮，張愛玲的翻譯在母
體文化與客體文化的環境適應並不如意。[20]

　　根據《張愛玲私語錄》提及〈五四遺事〉應就是張愛玲的寫作

（Jun.1943），p432.

16　20 世紀 20 年代張愛玲將自己的四篇英文散文 Still Alive, Chinese Life and
　　Fashion, Demons and Fairies, What a life！What a girl's life！分別翻譯成《洋人看
　　京戲及其他》、《更衣記》、《中國人的宗教》、《私語》，將其影評 Wife,
　　Vamp, Child 以及 Educating the Family 翻譯成《借銀燈》以及《銀宮就學記》。
17　余斌，〈張愛玲與林語堂〉《新文學史料》，2009 年 2 月，頁 146-147。
18　張愛玲，〈私語〉《流言》，台北：皇冠文化出版有限公司，1968 年 7 月，
　　頁 162。
19　陳傳興，〈子夜私語〉，《閱讀張愛玲──張愛玲國際研討會論文集》，台北：
　　麥田出版，1999 年，頁 400。
20　張愛玲、宋淇、宋鄺文美著，宋以朗編，《張愛玲私語錄》，頁 50-51。

計畫中的發生於西湖的故事[21]。小說篇幅短小，內容所指涉的時間與話題——五四運動與自由戀愛的新文藝題材在張愛玲作品中較少談及[22]，在她的作品中不算突出，她自己談論的也少。中英二個版本的故事是同一個，基於對自己中英文水準的自信、為避免誤讀誤譯以及重返東方的反思，所以她選擇自譯。後出版的中文本在表現的手法上增添了張氏筆調的文字與情節。她這樣解釋：因為要遷就讀者的口味，絕不能說是翻譯。[23] 就這個觀點來看，張愛玲顯然以為自作自譯不僅於字面上的語言轉換，作為譯作的主體有權對文本意義作不斷延伸。這使得〈五四遺事〉呈現增改重寫或曰再創作的色澤。

簡言之，上述這二個由英譯中的作品的體式、題材、內容並不相同，作家們置身的翻譯環境生態、譯作心理動因以及市場看待亦有所別，但作為尋求和建構自我的文化身份的過程的一部份，二者作譯的終極目標都指向了中西文化的交流與反思。同時，極為重視「讀者反應」，是以雙向交際策略做了適應和選擇——即對西方讀者企圖保存著異域色彩又不致造成混淆，而對中文讀者嘗試維繫以傳統又避免冗複，他們在兼為作者與譯者的情境再體驗以及語言框架轉換的關鍵上，進行了超越與整合。

（二）翻譯策略的運用：調和式翻譯

長期以來，翻譯策略大都設定於歸化和異化原則的採用，互有

---

21 張愛玲、宋淇、宋鄺文美著，宋以朗編，《張愛玲私語錄》，頁 48-49，55。

22 張愛玲，〈爐餘錄〉《流言》，頁 54。〈憶胡適之〉《張看》，台北：皇冠文化出版有限公司，1976 年 5 月，頁 148。

23 張愛玲，〈自序〉《續集》，頁 7。

選擇與討論[24]。事實上，從翻譯理論的層面分析，歸化或異化的翻譯策略各有所長，理想的翻譯極難完全使用絕對的唯一。而從翻譯實踐的角度檢驗，翻譯的方法包括編譯、意譯、直譯、音譯、省略譯、改譯等極為多元。由於林語堂與張愛玲的文學道路上，成為翻譯家實與他們的寫作生涯同趨互補，以下將通過翻譯譯例的分析，探討他們基於對政治、文化、詩學、翻譯目的等不同環境動因的適應考慮，理解他們在自作自譯對歸化和異化翻譯策略的交錯使用以及選擇「調和式翻譯」（翻譯與創作的融合、理論與實踐的超越）所呈現的價值意義（求真與務實的獨特性與多重性）。

1. 歸化與異化原則的的交錯使用

（1）書名標題

"Between Tears and Laughter"──《啼笑皆非》

林語堂英文文本中第一章"A CONFESSION"中有一段關於啼笑人生的敘述：

Everything has its place and time.……When the war is over, the snails will be on the thorn, and the world will wag on, very much alive, as it always does, between tears and laughter. Sometimes there are more tears than laughter, and sometimes there is more laughter than tears, and sometimes you feel so choked you can neither weep nor laugh. For tears and laughter there will always be so long as there is human life. When our tear wells have

---

24　各家討論參見孫致禮，〈中國的文學翻譯：從歸化趨向異化〉《中國翻譯》，2002 年第 1 期，頁 40-44。以及郭建中，〈翻譯中的文化因素：異化和歸化〉《文化與翻譯》，北京：中國對外翻譯出版公司，2000 年，頁 141。

run dry and the voice of laughter is silenced, the world will be truly dead.
（10）

中譯：「天下事莫不有個時宜。……大戰完了，花香鳥啼，世界還是世界。在啼笑悲喜之間流動下去。有時悲多喜少，有時悲少喜多，有時簡直叫你哭不得笑不得，因為自有人生，便有悲喜啼笑。等到淚水乾了，笑聲止了，那塵世也就一乾二淨了。」（9）

其中，英文本中"the snails will be on the thorn"的履歷來自英國維多利亞時代詩人 Robert Browning（1812-1889）著名詩歌"Pippa's Song"，林氏借取詩中寓意"……The lark's on the wing; The snail's on the thorn; God's in His heaven─, All's right with the world!"（雲雀振翅高飛，蝸牛爬上荊棘，神居於天國，世間一切平安依舊），中譯為「花香鳥啼，世界還是世界」。由於這個世界上的悲劇都有滑稽的成分（6），錯誤總是好笑的（8），沒有一個時代沒有丑角，人生不但笑中帶淚，有時更是哭笑不得，唯有苦中作樂。他以為人生於宇宙的大劇場，淒疼的一幕與發笑的一事並存，唯有意志堅強可以跳脫困境。所以林語堂以「啼笑皆非」四字成語作譯了英題 Between Tears and Laughter，並不以字對譯，來形容世事荒非、人生無何，有時，一人有相當的聰明毅力，甚麼沮喪失望都可化成一幕啼笑皆非的把戲（5）[25]。傳神的標示了幽默大師林語堂一貫的文字性情與文化風格。

"Stale Mates──A Short Story Set in the Time When Love Came to China"──〈五四遺事──羅文濤三美團圓〉

倘若直譯這篇英文小說的題目「〈老搭子──當『愛情』來到

---

[25] Sometimes, provided the mind has sufficient moral and intellectual strength, it turns futile rage and scorn into a comedy of sparkling tears and laughter.（6）

中國的一個小故事〉」，可以讀出其以充滿東方情結的想像吸引著西方讀者的獵奇、趨異心理。張曼指出：在當時美國女性主義運動高漲的時代，張愛玲以一個「東方故事」提出忠告：「傳統的包袱不是一場革命就能推翻，有時反而會逆向。真正的革新應在日常生活中實現。」[26] 不僅如此，張氏在《自序》中附注 Stale Mates 為《老搭子》[27]，其實是別有深意的扣合著小說結尾的「三美團圓湊成一桌『麻將搭子』」嘲諷了五四以來崇尚「出走」[28] 的愛情傳奇。而張愛玲自譯中文本的標題與副題「〈五四遺事——羅文濤三美團圓〉」像是一首舊時代的輓歌，卻在名目上挾持了「五四」這一場中國邁入現代化的「風風雨雨的豪華」[29]，十分的時代感。而「遺事」則是依循中國筆記小說記事傳統，將已經成為歷史性材料[30] 入奇補闕。再加上「三美團圓」這個類古典喜劇小說回目的喧嘩調子，自可解作張愛玲的巧立名目，借目解文，由文生意。在中國現代文學中，關於描述五四婚戀題材的短篇小說基本上蘊含著一個新舊對立的敘述模式，〈五四遺事〉這個追愛的時尚故事中不能免俗的包含著「新女性的奮鬥」、「男孩子在外埠讀書」、「難得回鄉下看看老婆孩子的中年人」[31] 的情事夢痕外加打出一副「團圓麻將」的反諷牌。論者多認為張愛玲係以傳統話本妻妾大團圓的世俗性消解了五四的啟

26　參見張曼，〈文化在文本間穿行——論張愛玲的翻譯觀〉，《重讀張愛玲》，頁 245。

27　張愛玲，〈自序〉《續集》，頁 7。

28　張愛玲，〈走，走到樓上去〉《流言》，頁 97-98。

29　胡蘭成：〈五四運動〉《山河歲月》，台北：遠景出版社，1975 年。頁 242-244。

30　張愛玲、宋淇、宋鄺文美著，宋以朗編，《張愛玲私語錄》，頁 49。

31　張愛玲，〈異鄉記〉，《對照記》，台北：皇冠文化出版有限公司，2010 年 4 月，頁 119。

蒙現代性，是對愛情神話的悖論、「革新去舊」風尚的顛覆。此外，張氏小說向來習慣「意有所指，文有所本」，極容易引發讀者產生耐人尋味的猜想——陳子善即提及張愛玲對「團圓」二字很敏感，這個副題隱隱與《小團圓》（1976）裡「邵之雍（胡蘭成）做著三美團圓的美夢」若合符節[32]。因此，這樣的命名模式以歸化策略向譯入語讀者靠攏，不直接硬譯，努力保留原文本意義上的文學特點和文化氛圍，進行了標題改寫，是趨向于對讀者／社會的務實。

（2）文化承載詞：文化元素的回譯

各種語言系統都存在著具有文化特色的「文化承載詞」，這些語言符碼積澱著特有的民族智慧、歷史意義、文化慣習與生活經驗，經常以耳熟能詳的成語、發人深省的警句、指涉專門的制度用語以及約定成俗的習慣諺語、或膾炙人口的典故詩文等形式出現，語簡義豐、譬喻生動地在行文中發揮曉喻鼓勵或教訓警戒的功能。對雙語作家林語堂與張愛玲言，在他們英文創作裡對中國文化的面面觀，以及不自覺流露的漢文化本質，正是作家潛意識中存在著不易察覺的自譯行為，指導著作者的思維和寫作。使得「自作自繹」的過程帶有著「A文化以B語言創作，再翻譯成A語言」的文化回譯的痕跡。以下試舉這兩篇作品中的幾個有趣的例子做一觀察。

①人物的名字與稱謂

林語堂在《啼笑皆非》中提及中西人物命名時，採用翻譯的方式多元。對譯入語讀者熟悉的人物往往是直譯其名姓，舉如〈前序

---

32 陳子善，〈《小團圓》的前世今生〉《沉香譚屑——張愛玲生平和創作考釋》，Hongkong：Oxford University Press，2012 年，頁 144-146。

第一〉中譯本他提及世界立身成名的私生子 Bastards：孔子與「秦政也是一例」（5）。英文本原為："Ts'in Shih-huang, who built the Great Wall, was another."（6），是刪略讀者熟知的史實「秦始皇建造長城」，而直譯其名政。另有保留音譯英文人名，括弧加注補充人物的身分貢獻，並採取中國史上相當的人物作喻以助瞭解。如〈述古篇第四〉「修昔的底斯」加注（Thucydides，希臘的司馬遷。所記當代希臘五十年間內戰 Peloponnesian War 一書，稱為希臘最客觀公允的史書，為現代史家所極稱賞）、諾士忒拉戴馬〔Nostradamus，歐洲的劉伯溫〕（22／23）[33]。當後文中再次出現"Thucydides"，則簡稱「修氏」以符合中文的表達習慣。他如將伯理克理斯統治雅典時期的'Athenian Empire'譯為《希臘黃金時代》（22／23），取代直譯《雅典帝國》，藉以說明希臘最繁榮昌盛的時期，則是意譯的例子。這樣翻譯的特點在於譯釋兼備，講求語言的直接俗白，並妙用比喻法，作文化的橫向移植、呼應讀者的知識經驗。

　　〈五四遺事〉中，人物多稱姓而不及名，其中主要人物為男主人公羅（文濤）以及他的「三美」：分別為張姓元配（His wife）、自由戀愛的對象密斯范（Miss Fan）、後起波折誤會、羅離婚另娶的王家大女兒「王小姐」（Miss Wong）。其中（Miss Fan）音譯直譯為密斯范。當時稱未嫁的女子為『密斯』是一種時髦。對〈五四遺事〉這個愛情神話中浪漫的情人密斯范，張愛玲斟酌于字詞於上下文中的寓意，以異化原則處理，強調新女性新價值保留「密斯」的頭銜，用意類似「文明棍」的「文明」。而羅的張姓元配，在中譯本中，她的娘家是以「他家的姑奶奶」（256）稱呼出嫁的女兒[34]，仍保留

33　（22/23）：表示中文本第 22 頁，英文本第 23 頁。以下體例相同。
34　在羅提出離婚後，元配的張姓家族氣憤鼓噪：「只等他家姑奶奶在羅家門框

著漢文化家族本位主義觀念，但複雜的人稱所指涉的人際關係往往使得西方讀者混淆不清，所以在英文本裡是一直以身分 His wife「他的妻子」作為識別或以 she「她」代稱。至於第二任太太開染坊的王家姑娘稱「小姐」（Miss），與太太相對；另外，密斯范成為第三任太太後，英文便以直譯加注前後身份做為區別 His wife, the former Miss Fan（265），中文翻譯為「他那范氏太太」（265）。至後妻妾同住，彼此又以「范家的」（That of the House of Fan）、「王家的」（That of the House of Wong）互稱。這些身分連接的稱謂變化從時髦的密斯到傳統的某氏，以及從 Society girls（交際明星）到 street walkers（鹹肉莊上的妓女），牽動著故事中的角色變動及情節發展，嘲弄著新變不成、復歸於舊，無不對應著五四以來新舊中西夾雜的生態，兼用異化與歸化翻譯的原則進行調整。

　　一般而言，異化大致相當於直譯，歸化大致相當於意譯，[35] 但其間也存在著差異：異化與歸化的原則使用須考慮到語言層面與文化因素。異化要保留的不僅是純語言的形式特色，還有異域文化因素；歸化不僅使譯文符合譯入語的表達習慣，還要使原文的文化特色符合譯入語的文化規約[36]，各自形成語境。與所面對讀者群的理解程度與興趣導向相關。

②文化詞彙與諺語的植入

　　林語堂在《啼笑皆非》裡把別具文化特色的詞語、習語和事件

上一索子吊死了，就好動手替她復仇。」〈五四遺事〉，頁 256。

35　孫致禮，〈中國的文學翻譯：從歸化趨向異化〉《中國翻譯》，2002 年第 1 期，頁 40-44。

36　王金安、唐琳、唐莉玲，〈論「異化」與「歸化」翻譯策略〉《桂林航太工業高等專科學校學報》英語園地，總第 55 期，2009 年第 3 期，頁 391-393。

綜合利用直譯加注及句意相承的方式，展現給中文讀者，以便於理解異域文化的特色。極有名的例子是「Karma」（11）「業緣篇第二」意譯「佛法說業」並加注〔按梵語 Karma「羯磨」（音譯），指身心言行必有苦樂之果，名為業因，通常所謂「宿業」、「現業」之業也。〕（10）接著在 that is what the Buddhists mean by the Wheel of the Law（"Dharma"）, and again, in a more pathetic sense, by the Wheel of Karma.（14）又將之與佛家的「法輪」與「業輪、業障」（13）作了連結。另譯者亦以深厚的中國文化底蘊主導了自譯，如「排物篇第七」"a spiritual prophet"譯為「講經和尚」（62／64）；「業緣篇第二」（14／15）中的隱藏於面紗之後的朦朧形影（……an existence behind a veil, a shape that comes up……）被意譯成「不即不離，若有若無，像個巫山神女」，是結合傳說中旦為朝雲、暮為行雨的「神女」想像製造了飄渺神祕的模糊美感。又如「前序第一」living in a daze 譯作「恍惚迷離，如在夢寐間」（1／1），to throw up your hands 翻成「拂袖作別」（6／6），a mystic one 作「妙悟」（5／5），self-important nations 譯為「夜郎自大的國家」（5／5）等。此外，譯文中亦不乏英文用典，如「述古篇第四」（29／31）"The Greeks did believe in a sort of Karma in the form of 'Nemesis'; retribution followed hybris, 'insolent violence.'"中譯為：「希臘卻也相信一種因緣道理，叫做 Nemesis〔冤冤相報〕，驕橫〔hybris〕必取覆滅。」個中 Nemesis（涅墨西斯）是希臘神話中被人格化的冷酷無情的復仇女神，神話中的涅墨西斯會對在神祇座前妄自尊大的人施以天譴。林語堂處理這一專有名詞的翻譯時特別保留英文原文，並在後加注引申為「冤冤相報」。有心的讀者當可自尋源語所系，得其衷曲（自序）。另有採取中英並列的對照形式的說明，兼顧語彙詞根在音節與意義的節奏性與雙關性的中譯，如「證今篇第五」：「如果某一國不肯收拾往

事，忘記前鑒，只顧收拾本利，乘勝打劫，集體安全便不可收拾（雙方關語）」："There will be no collective security if some one nation wants only to collect and fails to recollect."」（46／49）從其中的「收拾」（安全、本利、往事）與「collective—collect—recollect」可以比較由字到詞的擴增與句序的照應。[37]

〈五四遺事〉寫的是爛熟的新文藝套子，發生在變動中的新中國。對於有著文化差異的西方讀者自然有著隔閡，在英述中國文化習俗的時候，張愛玲有些採用直譯加注的方式，有些是以音譯並詮釋其由來，來介紹中國文化，避免西方讀者產生迷惑。此一翻譯有時創造了新詞，應是譯者由越規翻譯尋求保持意義差異的共生翻譯策略。前者如「七出」（Seven Out Rules）及其後的解釋：Ancient scholars had named the seven conditions under which a wife might justifiably be evicted from her husband's house.（254）；「家法」（Family Law）：原句為 The old man threatened to invite the Family Law out of its niche and beat the young rascal in the ancestral temple. "Family Law" was a euphemism for the plank used for flogging.（256）；音譯加注的如「填房」（tian fang）：room filler, a wife to fill up a widower's empty room.（258）；「豔福」（yeng fu）：glamorous blessings- extraordinary in an age that was at least nominally monogamous.（267）而在中譯本中，除了保留三美團圓的「豔福」所針對五四時尚（自由戀愛、一夫一妻制的奮鬥）的反諷語境，對其他所習知的文化習俗的中文解說一概刪略。至於地理名詞也各具用心，如：音譯杭州（Hangchow），直譯西湖（West Lake）、樓外樓（the House Beyond House）等。尤其對「西湖」

37　同頁可見"To be forewarned is to be forearmed."與「有備無患」中西均為諺語的精簡對譯。

這個名士美人流連之所、產生愛情的羅曼蒂克地點，早是作家選項。[38] 中英文版本中都不乏從視覺的「前朝名妓的洗臉水」"The pale green water……had a suggestion of lingering fragrance like a basin of water in which a famous courtesan had washed her painted face."、聽覺上「……那湖水嘓的一響，彷彿嘴裡含著一塊糖。」"Now and then the water made a small swallowing sound as if it had a piece of candy in its mouth." 到「湖上月光的重逢」的悲哀而美麗："it would be sad and beautiful - and therefore a good thing - for the two to meet once again on the lake under the moon."，對西湖的動態作了生動的摹寫[39]。連帶著位於西湖畔著名的餐館「樓外樓」也有精彩的飲食描繪：如 Live shrimp 回譯為「搶蝦」的「活跳蝦」的敘述（some of the shrimp jumped across the table）；又如湖上遊船吃「菱角」（ling）一段：They were eating ling, water chestnuts about the size and shape of a Cupid's-bow mouth. The shells were dark purplish red and the kernels white. 中譯本綜合英文本對菱角的「（愛神）邱比特之弓形的嘴型、深紫色的菱角殼和白色菱角仁」的描述，精練為：「一隻只如同深紫紅色的嘴唇包著白牙」，都充分顯示了作譯同爐而治以及張愛玲特有的筆觸。這些都是譯者把握原文的結構，傳遞訊息、實踐審美的再現。

---

38 張愛玲年少時即對西湖即對西湖詩意背景無限嚮往，後來為了想寫的一篇小說中有西湖，還特別去了一趟西湖，吃了樓外樓的螃蟹麵。分別參見〈天才夢〉《張看》，頁 240 以及〈談吃與畫餅充饑〉《續集》，頁 43。

39 對西湖這樣視覺和聽覺句地描繪，在張愛玲 1946 年前後所寫的〈異鄉記〉已經出現。參見張愛玲，〈異鄉記〉以及宋以朗，〈關於〈異鄉記〉〉《對照記》，頁 127-128、108-109。

2.意譯或增或刪的創造性

　　在《啼笑皆非》中，林語堂對於容納中國文化並予變通的意譯甚多，舉如：「果報篇第二」（51／54）；「排物篇第七」（56／59）；其中比對 pattern of things、the rhythm of life 等人生事物運行的原則，林語堂增譯為「陰陽消長，禍福倚伏」等充滿哲理的四字成語（道家老子語）作為關鍵字，串聯文意解讀；the eyes of the mind 譯作「靈犀」，The lack of vision on the part of the Allied leaders, however, has compelled them to fly in the teeth of this Wheel of Karma.（19）的意譯：「同盟國猶懵然未覺，倒行逆施，直向業輪的緣法撲來」（時變第三）（18），是綜合句意由譯者進行了內涵意義的擴充或凝縮的翻譯。同時由於英語詞彙的音節、結構長短不一，所以不太講究用詞的均衡對偶。中文語法則喜歡使用四字片語和排比式詞彙；利用重疊法或附加在動詞前後，使語言產生韻律感。另如「業緣篇第二」they cannot make head or tail of it.「他們辨不出是牛是馬」（9／10），則著墨于順應漢語閱讀的習慣作自如的翻譯，可見林語堂掌握著意譯法靈活變通的原則，中文修辭的色彩濃重。此外在「排物篇」「明樂篇」等篇章還附有譯者的按語多處，如林氏對經濟學家的不滿：〔按荀子有好名詞，斥此輩為"散儒"。……學有歸宿，斯不為散矣。附此一笑。〕（61），這是「序中夾評」宛如直接與讀者對話，表情傳意，作為前後文的補充，不脫中國史文的敘事傳統，也符合著林氏的文化取向以及笑罵風格。其中，譯者或許是意圖再次強調經濟數字的迂腐可棄，還更動了原文標示的年度時間（1937、38—1942、43），可看作一種不完全忠實的自譯。此外，林語堂在書中抨擊邱吉爾處理印度問題，有感而發。在英文原本（38）節錄了亞諸（馬修·阿諾德，Matthew Arnold, 1822-1888）的名詩《多佛

海灘》（Dover Beach）（38-39）是一個特殊的譯他的例子，以下取
其中段作例：

> Sophocles long ago·········
> The sea of faith
> Was once, too, at the full, and round earth's shore
> Lay like the folds of a bright girdle furl'd.
> But now I only hear
> Its melancholy, long， withdrawing roar，
> Retreating, to the breath
> Of the night-wind, down the vast edges drear
> And naked shingles of the world. ·········

　　林氏擷取英詩先括文簡述詩旨：〔那首詩寫英國南岸海邊的海
嘯，名為"Dover Beach"。詩長短句，吊今追古，慨歎大道淪亡，斯文
掃地，以現代英國與古代希臘相比，沙複克利（Sophocles）乃希臘
詩人〕，然後中譯（36-37）：

> 沙複克利昔居伊海之濱兮，其為時已甚遠，……
> 大道若溟洋兮，曩氾濫於兩極，
> 儼采幢之舒卷兮，若雲旗之奪目。
> 悲餘生之不遇兮，聞長波之太息。
> 聲宛宛以淒涕兮，浪奄奄而退汐，
> 奇晚風之悲鳴兮，漸汩沒乎尾閭。·········

　　對英詩的長短句式，林氏以楚辭章句體作譯。這是譯者啟用他

所熟悉的漢語文學資源對他詩進行衍義性翻譯[40]，一方面系聯作詩的詩人、被詠懷的詩人沙複克利（索福克勒斯）、到譯者、讀者穿越時光共同感思；同時啟動對屈原的懷想，回返各人的內心世界。在此，林氏捨棄逐字逐句的硬譯，在詩中將句子與句子的意義作連貫解釋，取今復古，結合成一個新的總意義。其中譯者未免于嵌入自認得心應手的翻譯（如「尾閭」用莊子語），直接邀請讀者進行文言與白話的詮釋轉換，這樣的翻譯不僅是簡單的替換，而是一種忠實與偏離原則相互交錯的迴旋與衍生。而譯者的操控正是翻譯變形的主觀誘因。又如林語堂分別考慮源語文化與譯語文化置詞順序的習慣不同行文，中譯本「明樂篇第八」根據譯入語的文法習慣排列：「排律師、排巡警、排兵卒」（63）不同于英文本原語序 the contempt for the solider; the contempt for the police; and the contempt for lawyers.（66）由於「明樂篇第八」中置入大量《禮記》《樂記》《論語》（66-67）文字，英文本中對西方讀者除兼以音譯、意譯加注的形式翻譯漢文化的精髓「禮」（66）：Li（rituals, and the principle of moral order）（69），另在中文譯本中採取夾註解釋英文書寫的緣由：When man is constantly exposed to the things of the material world⋯⋯ then he⋯⋯becomes dehumanized or materialistic.（71）「夫物之感人無窮，而人之好惡無節，則是物至而人化物也」（67）後附按語說明：〔按物至而「人化物」，正是人為物欲所克，而成物質主義。而「人化物」即已失人道，故可譯為「dehumanized」：又是為物所化，故並不可譯為「materialistic」。所以「物質主義」之形容詞見於古籍者，當以「人化物」一語為最早。〕以幫助讀者理解。如此，林語堂在

---

[40] 周紅民，《翻譯的功能視角——從翻譯功能到功能翻譯》，北京：科學出版社，2013 年，頁 67-68。

具體翻譯實踐中，不拘泥於把資訊內容較大的單句原文限定譯成一個或幾個句子，而是從語篇整體著眼，進行活譯。並通過注釋反思原作創作和譯本翻譯思維過程，落實他的翻譯理論：不僅達意更重在傳神。發揮著自作自譯的譯語優勢，出現了超越原文的翻譯。

〈五四遺事〉中則是添增了許多細節描述，未見於英文原本。最長的一段為「他母親病了，風急火急把他叫了回去。……夜裡睡在書房裡，他妻子忽然推門進來，插金戴銀，穿著吃喜酒的衣服，仿照寶蟾送酒給他送了點心來。

兩人說不了兩句話便吵了起來。他妻子說：『不是你媽硬逼著我來，我真不來了——又是罵，又是對我哭。』她賭氣走了。羅也賭氣第二天一早就回杭州，一去又是兩年。

……這一次見面，他母親並沒有設法替兒子媳婦撮合，反而有意將媳婦支開了，免得兒子覺得窘。媳婦雖然怨婆婆上次逼她到書房去，白受一場羞辱，現在她隔離他們，她心裡卻又怨懟，而且疑心婆婆已經改變初衷，倒到那一面去了。」

這段文字的加入出現兩個功能，一方面用了紅樓夢 91 回「縱淫心寶蟾工設計」[41] 的段子，說媳婦盛妝打扮想要挽回丈夫的心沒有成功，二人吵架不歡而散，自覺羞辱。另一方面模擬了婆媳二人的嫌隙漸生，心理的猜忌隔閡竟然結了仇恨，為後文「老太太認定了媳婦是盼她死。發誓說她偏不死，先要媳婦直著出去，她才肯橫著出去。」急轉而下的情節做了較合理的鋪陳。在這裡，張愛玲對原文進行了增補和強化，意圖彰顯婚姻悲劇中夫妻關係的變質與婆媳關

41　夏金桂羨愛薛蟠族弟薛蝌，欲往挑逗，先遣丫鬟寶蟾試探，於夜間送酒果與薛蝌，百般引誘，薛蝌不為所動，寶蟾失望而歸。見《紅樓夢》第九十、九十一回。

係的緊張，體現社會文化制度和習俗禁錮下女人的不幸命運，突出了譯作的女性立場。

其他在兩男兩女的「自由戀愛、進步交往」部份，中文本也添加了一些細節。舉如相識相遊的經過：密斯周原是郭君的遠房表妹，……她把同學密斯范也帶了來，有兩次郭也邀了羅一同去，大家因此認識了。（249）打趣的對象也永遠是朋友的愛人。（250）花晨月夕，盡可以在湖上盤桓。兩人志同道合，又都對新詩感到興趣，曾經合印過一本詩集，因此常常用半開玩笑的口吻自稱『湖上詩人』。（251）在空間佈置上，以西湖（West Lake）與湖邊蓋滿薔薇的小白房結合了傳統的詩情與現代畫的美感吸引中文讀者的想像，中文本中還意猶未盡的添加了「重重叠叠的回憶太多了。游湖的女人即使穿的是最新式的服裝，映在那湖光山色上，也有一種時空不協調的突兀之感，彷彿是屬於另一個時代的」（250）以及「平湖秋月」（253）、「西泠印社」（262）等西湖的景點，這些西湖的記憶從文學到生活，已成為中文讀者文化的一部份。在新文藝的氣息籠罩下，青年男子的會作詩，女子的登山臨水，和朋友或愛人白日游冶，夜裡說話到霧重月斜，而西方的雪萊、威治威斯與柯列利治的自況更代表著時髦進步的象徵。至於「他們從書法與措詞上可以看出密斯周的豪爽，密斯范的幽嫻，……這一類的談話他們永遠不感到厭倦」等，相較英文本的段落壓縮，在中文本裡新增的描述，以及調動某些行文順序的承轉補述，對從五四走來的中文讀者是有感而愉悅可親的。

原文與譯本中有兩處圍繞在「歲月對密斯范的侵蝕以及男子喜新厭舊的天性的鬥爭」（263）的參差對照，互有省略。一以「吃菱角」與「嗑瓜子」互相映照。前者中英版本都保留了「戀愛時的密斯范扔菱角殼的愛嬌神態」，但僅英文本提及婚後密斯范成天躺

在床上嗑瓜子，亂丟瓜子皮：「Half the time she lay in bed cracking watermelon seeds, spitting the shells over the bed- clothes and into her slippers on the floor.」此處通過動作、事件展示了人物性格的變化——密斯范由幽嫻優雅到邋遢懶散，形成對照。連帶地為西方讀者感覺陌生新鮮的吃菱角、嗑瓜子這兩個吃相定了型，造成移情效果。

二是作譯兩本裡都具體形容了初見密斯范時「靜物的美」：前瀏海齊眉毛、一條黑華絲葛裙子、細腰喇叭袖、雪青綢夾襖、圍著一條白絲巾，是當時女學生的樣板（250）；後來舊情復燃，她的臉與白衣的肩膀被月光鑲成一道藍邊，使他恍惚（262），他永遠不要她改變，要她和最初相識的時候一模一樣（263）。然而結婚之後，僅在中文譯本中提及密斯范「出去的時候穿的仍舊是做新娘子的時候的衣服，大紅大綠，反而更加襯出面容的黃瘦。羅覺得她簡直變了個人。」此處由人物衣著顏色配飾等意象交疊，譯者訴諸男主人公矛盾的心理——從賞贊、迷情到驚異悲哀，永遠不再永遠，使讀者驚動。

由以上分析，我們可以察覺二位作家在翻譯時不約而同地對原文有著「增述」與「刪節」等的斟酌處理，前者以意義的闡發或情節的補述以改善文意的混淆與斷裂；後者大多在刪除目標語讀者已知的冗餘或不恰當的資訊以避免重複與瑣碎，都出現了對原文本的一種創造性的背叛。

三、跨語際寫作——翻譯與創作的合體再制

翻譯與創作是中國現代文學的車之兩輪、鳥之雙翼[42]。而著譯者

42　謝天振，《譯介學》，上海外語教育出版社，1999 年，頁 3。

心理與實踐是一種複雜多變的過程。林語堂與張愛玲所從事的翻譯活動不論是單語創作的互動／改寫，或是將源語系統所承載的文化思想通過目的語（譯入語）的轉移傳達，或進行回譯，都表現出流暢的能動性和自由度。他們作譯時的心理動因，多按照自己本身的文化意識，關注於讀者的期待視野以及交流宣傳、市場需要等，來決定翻譯文本選擇和翻譯策略。林語堂的文學創作量很大，幾乎沒有時間來做翻譯工作[43]，所以自譯文本數量不多。而《啼笑皆非》是嚴格界定下唯一的有形文本的自作自譯。林語堂在〈原序〉裡自言：「此書之作，因有些不得不說的話，待要明白曉暢把它說出。……當代的問題是道術淪喪及其振興的問題。」在中文譯本中更明點：「譯出此書的原因是惟求關心治道之有心人，……頷首稱善，吾願足矣。」是以譯作的缺乏性與豐富性動機聲明了他面臨中西文化碰撞，以憂國憂民的愛國情懷、政治倫理的意圖與反思本土文化的立場，選擇具有時代性、民族性、政治性的譯作，對中國讀者宣示了譯者的主體定位。而〈五四遺事〉則以溫婉、感傷、小市民的愛情故事的面貌呈現。張愛玲在特定社會，歷史和文化語境中「遷就讀者的口味」，反向操作了抗新還舊的主題，面向熟悉她的華文讀者重現自我文字本色，回歸了譯（作）者中心[44]。〈自白〉中她描述自己「因受中國舊小說的影響較深，直至作品在國外受到語言隔閡同樣嚴重的跨國理解障礙，受迫去理論化與解釋自己，這才發覺中國新文學深植于我的心理背景。」[45]她的翻譯觀一如創作理念：說人

---

[43] 林太乙，《林語堂傳》，西安：陝西師範大學出版社，2002 年，頁 188。

[44] 胡庚申，〈從「譯者主體」到「譯者中心」〉《中國翻譯》，2004 年第 3 期，頁 10-16。

[45] 張愛玲在 1965 年《世界作家簡介，1950-1970，二十世紀作家簡介補策》寫了一篇《自白》，參見宋以朗、符立中主編，《張愛玲的文學世界》，北京：

家所要說的，說人家所要聽的[46]。劉紹銘認為〈五四遺事〉是"Stale Mate"的副產品[47]，宋淇也說她的自譯「是運用原作者的特權與自由來『再創造』」[48]。在所秉持譯入語文學的詩學觀和譯者個人的經濟壓力、提高作家聲譽等因素的影響下，張愛玲在中西新舊作譯之間，做了「最流行式樣與回憶之間的微妙的妥協」（263）。是而，不論是政論《啼笑皆非》闡述文化理想，以「人生哲學」做翻譯中間物；或是小說〈五四遺事〉追尋「生命情事」的作譯，觸及文化經驗；他們在譯出原著精義或者發揮譯語的優勢上，分別以能動性「適應」著「源語世界」與「譯語世界」，又以目的性、創造性「選擇」著自譯文本，而以共感性（sympathy）、審美性體現譯者的創新意識。進而在「自譯是原作最好的闡釋」、「也是翻譯過程中的獨裁者」中騰挪出迴旋的空間。

在翻譯策略上：由於作家們都十分介意作品遭到歪曲誤讀，張愛玲曾說：「翻譯是世界之窗，我們這玻璃窗很髒。」[49]因此選擇親自翻譯。他們基本上立足中國文化本位，採用著「調和的翻譯」策略，在自作自譯的框架內靈活變化──對原文有意圖的變更增刪以及因文制宜的修改，使譯文能夠更好地為中國讀者接受和閱讀。如此一來，自作自譯的「忠實性」乃被重新定義：不僅針對原作者以及讀者關係，更指向作譯者與讀者都參與的翻譯過程本身。加以譯

新星出版社，2013 年 1 月，頁 19-21。

46　張愛玲，〈論寫作〉《張看》，頁 235。

47　劉紹銘著，〈輪回轉生：張愛玲的中英互譯〉，收入李歐梵等著，陳子善編，《重讀張愛玲》，上海：上海書店出版社，2008 年 12 月，頁 245。

48　宋以朗，〈我看，看張〉，收入宋以朗、符立中主編，《張愛玲的文學世界》，北京：新星出版社，2013 年 1 月，頁 2-3。

49　張愛玲，〈對現代中文的一點小意見〉，收入子通、亦清編，《張愛玲文集補遺》，北京：中國華僑出版社，頁 241。

者的雙語背景，特殊的雙重自譯模式：「創作」與「翻譯」自然互動流通，其中包括著再現性的創作中並行著隱性的翻譯過程，融和著作家自身書寫文字標點的習慣性與特色（舉如張愛玲欣賞禿頭句子，二人都尋求譯文與原文地位平等相近——因為無法等同，願意服務讀者，但並不想一味討好讀者），因而自譯者的「主導性」被強化。至於雜合「歸化」與「異化」的翻譯原則，不但在譯寫模式上，讓譯者穿梭于兩種語言和文化間，擁有了更多的「自由性」。更促使翻譯文學與中國現代文學之間交錯著異化的衝擊性與歸化的民族性，驗證了翻譯是打破原有的和諧，創造新的和諧的重要意義。

　　總結而言，譯者、譯作與翻譯生態的關係密切，翻譯的適應與選擇將譯者推至翻譯過程的中心地位。在《啼笑皆非》的自譯中，林語堂以中國傳統文化基礎，對中國讀者的責任感，落實了理解、感動、忠實、傳神的翻譯要求，有效地把自己的主張傳譯輸出，以開放性格局意圖影響／教育讀者。〈五四遺事〉裡，張愛玲的文筆極具風格，在舊派的人看了覺得輕鬆，新派的人看了覺得有意思[50]。但她不作折衷派，力求寫的真實。她的譯文幾乎是原作者的中文寫作，是以獨特的眼光「細膩而精煉、奇豔而警醒」的描述了自身為中國人的世俗心態以及生活細節的種種感悟。雖然他們的自作自譯各自在本國、異域的評價以及接受度不同，[51]然而由於他們都面臨一個戰後的世界秩序／社會文化重建的一個轉捩點，二者都以古代的

---

[50] 張愛玲，〈自己的文章〉《流言》，台北：皇冠文化出版有限公司，1968 年7 月，頁 21。

[51] 張愛玲對林語堂有著崇拜也有著批評，不可否認的，林氏的作品成功的在異域傳播，張氏作譯的銷路在海外市場卻不如預期。其間翻譯市場機制的影響，語言是一個選項，讀者的反應與接受則是一個重要的指標。於此，前行學者已有論述，本文不再贅述。

儀俗生活和東方文化為對照面反諷著或批評了現代西方生活。這包含著中與西、傳統與現代、精神與物質、靜態邊緣與動態中心在空間關係、時間觀念、生活發展與世界秩序二元觀念的拆解、修復與改造；並在自作自譯的立場與腳色上，實踐了克羅斯（Croce）「**翻譯即創作**」"not reproduction, but production"的名言。由於文化具有抗譯性，形之於語言文字更甚。在忠實與化境之間反復推敲，自譯者有時難免落於創作大於譯本的疑慮。[52] 而譯著是否能發揮譯語的優勢，忠實乃至超越原著，實掌握於文學翻譯活動的本身──審美性和創造性。在翻譯過程中譯者對原作的審美性的發揮，將成就譯本創新性的展現。如果借用賽凡提斯關於翻譯好比地毯的背面的名言 [53]，他們的自作自譯可視為一方雙面毯，是翻譯與創作的合體再制，譯者掌握著主體本色，從語言、文化和創作各個層面進行著融織和花樣翻新，與讀者共同探索跨語際寫作的極限。[54]

---

[52] 在譯作裡不流露出「生硬牽強」的痕跡。「入化」的另一難關是「完全保存原有的風味」。譯者須在翻譯中正確處理這樣兩對矛盾：一是翻譯與抗譯的矛盾，即化解翻譯過程中易於流露的生硬牽強的痕跡；二是化解「痕跡」與保留「原有風味」的矛盾，最終達到譯本讀起來不像譯本，而像是原作家使用別國語言文字的創作。

[53] 賽凡提斯著、楊絳譯：《堂吉訶德》下冊，第 62 章，台北：聯經出版公司，1985 年 7 月。頁 569。中國古人也說翻譯的「翻」等於把繡花紡織品的正面翻過去的「翻」，展開了它的反面。釋贊甯《高僧傳三集》卷三《譯經篇論》：「翻也者，如翻錦綺，背面俱花，但其花有左右不同耳」。錢鍾書也曾明白地論述了「譯必訛」的道理。他列舉的那許多「距離」，不可避免地帶來譯作裡的創新，也出現種種流失和損傷。參見錢鍾書：《舊文四篇》，上海：上海古籍出版社，1979 年，頁 56。

[54] 本文重新改寫。原文發表於《閩台文化研究》2016 年第 1 期，總第 45 期。福建：閩台文化研究編輯部。2016 年 3 月。頁 78-89。

參考書目

（一）張愛玲著作類

《流言》台北：皇冠文化出版有限公司，1968 年

《傾城之戀》台北：皇冠文化出版有限公司，1968 年

《張看》台北：皇冠文化出版有限公司，1976 年

《紅樓夢魘》台北：皇冠文化出版有限公司，1977 年

《惘然記》台北：皇冠文化出版有限公司，1983 年

《餘韻》台北：皇冠文化出版有限公司，1987 年

《續集》台北：皇冠文化出版有限公司，1988 年

《第一爐香》台北：皇冠文化出版有限公司，1991 年

《愛默森選集》台北：皇冠文化出版有限公司，1992 年

《對照記：看老照相簿》台北：皇冠文化出版有限公司，1993 年

《華麗與蒼涼——張愛玲紀念文集》台北：皇冠文化出版有限公司，
　　1996 年

《同學少年都不賤》台北：皇冠文化出版有限公司，2004 年

《沉香》台北：皇冠文化出版有限公司，2005 年

《小團圓》台北：皇冠文化出版公司，2009 年

《雷峰塔》（The Fall of Pagoda），趙丕慧譯，台北：皇冠文化出版
　　有限公司，2010 年 9 月。

《易經》（The Book of Change），趙丕慧譯，台北：皇冠文化出版

有限公司，2010 年 9 月

《張愛玲散文全編》杭州：浙江文藝出版社，1992 年

（二）張愛玲相關研究類

子通、亦清編《張愛玲文集・補遺》北京：中國華僑出版社，2002
　　年

子通、亦清編《張愛玲評說六十年》北京：中國華僑出版社，2001
　　年

于青《張愛玲傳》廣州：花城出版社，2008 年 1 月

于青、金宏達《張愛玲研究資料》福建：海峽文藝出版社，1994 年

止庵、萬燕《張愛玲畫話》天津：天津社會科學院出版社，2003 年

水晶《替張愛玲補妝》濟南：山東畫報出版社，2004 年

水晶《張愛玲未完》台北：大地出版社，1996 年

水晶《張愛玲的小說藝術》台北：大地出版社，1973 年

王一心《一個人的繁華，兩個人的寂寞：張愛玲時光地圖》北京：
　　中國青年出版社，2016 年

王一心《小團圓》對照記 香港：文匯出版社，2009 年

王一心《張愛玲與胡蘭成》哈爾濱：北方文藝出版社，2001 年

王豔芳《千山獨行 : 張愛玲的情感與交往》北京 : 人民出版社，2016
　　年

古蒼梧《今生此時今世此地──張愛玲、蘇青、胡蘭成的上海》香港：
　　牛津大學出版社，2004 年

司馬新《張愛玲與賴雅》台北：大地出版社，1996 年

李歐梵等著，陳子善編《重讀張愛玲》上海：上海書店出版社，
　　2008 年

余斌《張愛玲傳》台北：晨星文學館，1997 年

肖進編著《舊聞新知張愛玲》上海：華東師範大學出版社，2009 年

宋以朗、符立中主編《張愛玲的文學世界》北京：新星出版社，
　　2013 年

沈雙編《零度看張》香港：香港中文大學出版社，2010 年

金宏達《平視張愛玲》北京：文化藝術出版社，2005 年

金宏達主編《回望張愛玲——華麗影沉》北京：文化藝術出版社，
　　2003 年

金宏達主編《回望張愛玲——昨夜月色》北京：文化藝術出版社，
　　2003 年

金宏達主編《回望張愛玲——鏡像繽紛》北京：文化藝術出版社，
　　2003 年

林以亮《華麗與蒼涼——張愛玲紀念文集》台北：皇冠文化出版有
　　限公司，1996 年

周芬伶《孔雀藍調——張愛玲評傳》台北：麥田出版公司，2005 年

林幸謙主編《千迴萬轉：張愛玲學重探》新北市：聯經出版，2018
　　年

林幸謙編《張愛玲：傳奇、性別、系譜》新北市：聯經出版，2012
　　年

林幸謙《歷史・女性與性別政治——重讀張愛玲》台北：麥田出版
　　公司，2001 年

邵迎建《傳奇文學與流言人生》北京：三聯書店，1998 年

季季、關鴻編《永遠的張愛玲——弟弟、丈夫、親友筆下的傳奇》，
　　上海：學林出版社，1996 年 1 月

耿德華著、王宏志譯《張愛玲的世界》台北：允晨文化出版公司，
　　1994 年

唐文標《張愛玲資料大全集》台北：時報出版事業有限公司，1984

年

高全之《張愛玲學：批評・考證・鉤沉》台北：一方出版有限公司，
　　2003 年

許子東《細讀張愛玲》北京：北京大學出版社，2020 年

許子東《張愛玲的文學史意義》香港：中華書局，2011 年

張子靜、季季《我的姊姊張愛玲》上海：文匯出版社，2003 年

張愛玲、宋淇、宋鄺文美著，宋以朗編，《張愛玲私語錄》台北：
　　皇冠文化出版有限公司，2010 年 7 月

張愛玲、胡蘭成《張愛胡說》上海：文匯出版社，2003 年

張均《張愛玲十五講》北京：文化藝術出版社，2012 年

黃德偉編《閱讀張愛玲》香港：香港大學比較文學系，1998 年

陳子善《張愛玲叢考》上、下卷 北京：海豚出版社，2015 年

陳子善《沉香譚屑 —— 張愛玲生平和創作考釋》Hongkong：
　　OxfordUniversityPress，2012 年

陳子善《記憶張愛玲》濟南：山東畫報出版社，2006 年

陳子善《張愛玲的風氣——1949 年前張愛玲評說》濟南：山東畫報
　　出版社，2004 年

陳子善《說不盡的張愛玲》，台北：遠景出版事業有限公司，2001
　　年

陳子善《作別張愛玲》上海：文匯出版社，1996 年

陳學勇《舊痕新影說文人》，北京：中華書局，2007 年 2 月

陳炳良《張愛玲短篇小說論集》台北：遠景出版社，1985 年

陳暉《張愛玲與現代主義》廣州：新世紀出版社，2004 年

馮祖貽《百年家族—張愛玲》台北：立緒文化事業有限公司，1999
　　年

楊澤編《閱讀張愛玲——張愛玲國際研討會論文集》台北：麥田出

版股份有限公司，1999 年

楊雪《多元調和：張愛玲翻譯作品研究》杭州：浙江大學出版社，
　　2010 年

費勇《張愛玲傳奇》廣州：廣東人民出版社，1996 年

萬燕《女性的精神：有關或無關乎張愛玲》上海市：同濟大學出版社，
　　2008 年

劉紹銘《到底是張愛玲》上海：上海書店出版社，2007 年

劉紹銘《張愛玲的文字世界》台北：九歌出版社，2007 年

劉紹銘、梁秉鈞、許子東《再讀張愛玲》香港：牛津大學出版社，
　　2002 年

劉鋒杰《小團圓的前世今生》合肥：安徽教育出版社，2009 年

劉鋒杰《想像張愛玲—關於張愛玲的閱讀研究》合肥：安徽教育出
　　版社，2004 年

蔡登山《傳奇未完：張愛玲》台北：遠見天下文化出版股份有限公
　　司，2003 年

蔡鳳儀編《華麗與蒼涼——張愛玲紀念文集》台北：皇冠文學出版
　　有限公司，1995 年

鄭樹森編選《張愛玲的世界》台北：允晨文化實業股份有限公司，
　　1988 年

關洪、季季編《永遠的張愛玲》上海：學林出版社，1996 年

（三）文學理論、人文史料相關研究類

上海通社編《上海研究資料》上海：上海書店，1984 年

上海通社編《上海研究資料續集》上海：上海書店，1984 年

王文英《上海現代文學史》上海：上海人民出版社，1999 年

王安憶《王安憶讀書筆記》北京：新星出版社，2007 年

王德威《如何現代，怎樣文學？》台北：麥田出版有限公司，1998年

王德威《想像中國的方法：歷史、小說、敘事》北京：三聯書店，1998年

王夢鷗《中國理論與實踐》台北：時報文化出版有限公司，1995年

孔範今《二十世紀中國文學史》濟南：山東文藝出版社，1997年

古添洪《記號詩學》台北：東大圖書有限公司，1984年

朱立元主編《當代西方文藝理論》第三版，上海：華東師範大學出版社，2014年

朱崇科《張力的狂歡──論魯迅及其來者之故事新編小說中的主體介入》上海：三聯書店，2006年

吳福輝《都市漩流中的海派小說》長沙：湖南教育出版社，1994年

李今《海派小說論》台北：秀威資訊科技股份有限公司，2005年

李歐梵《上海摩登──一種新都市文化在中國 1930 − 1945》北京：北京大學出版社，2001年

李歐梵《現代性的追求》台北：麥田出版有限公司，1996年

孟悅《歷史與敘述》西安：陝西人民教育出版社，1991年

周紅民《翻譯的功能視角──從翻譯功能到功能翻譯》北京：科學出版社，2013年

周芬伶《芳香的秘教──性別、愛欲、自傳書寫論述》台北：麥田出版社，2006年

周蕾《婦女與中國現代性》台北：麥田出版有限公司，1995年

孟悅、戴錦華《浮出歷史地表──中國現代女性文學研究》台北：時報文化出版公司，1993年

苗啟明、溫益群《原始社會的精神歷史架構》昆明：雲南人民出版社，1993年

范伯群《民國通俗小說鴛鴦蝴蝶派》台北：國文天地雜誌社，1990
　　年

柯靈《文苑漫遊錄》香港：三聯書店，1988年

唐振常《近代上海探索錄》上海：上海人民出版社，1994年

高辛勇《形名學與敘事理論》台北：聯經出版事業公司，1987年

夏志清《夏志清文學評論集》台北：聯合文學雜誌社，1987年

夏志清著、劉紹銘等譯《中國現代小說史》台北：傳記文學出版社，
　　1979年

夏志清《新文學的傳統》台北：時報文化出版事業有限公司，1979
　　年

徐君、楊海《中國社會民俗史叢書——妓女史》上海：上海文藝出
　　版社，1995年

徐賁《走向後現代與後殖民》北京：中國社會科學出版社，1996年

孫萍萍《繼承與超越——四十年代小說與五四小說》，武漢：武漢
　　出版社，2002年

馬鏞《外力衝擊與上海教育》武漢：湖北教育出版社，2003年

梅家玲編《性別論述與台灣小說》台北：麥田出版社，2000年

張京媛主編《新歷史主義與文學批評》北京：北京大學出版社，
　　1993年

張南峰《中西譯學批評》北京：清華大學出版社，2004年

張仲禮主編《近代上海城市研究》上海：上海人民出版社，1990年

張誦聖作、古佳豔譯《性別論述與台灣小說》台北：麥田出版有限
　　公司，2000年

張漢良《比較文學理論與實踐》台北：東大圖書股份有限公司，
　　1986年

張散、馬明仁編《有爭議的性愛描寫》延吉：延邊大學出版社，

1988 年

黃人影《當代中國女作家論》上海：光華書局，1933 年

許道明《海派文學論》上海：復旦大學出版社，1999 年

陳平原《在東西方文化碰撞中》上海：華東師範大學，2014 年

陳平原《中國小說敘事模式的轉變》台北：九大文化股份公司，
　　1990 年

陳東原《中國婦女生活史》台北：台灣商務印書館，1994 年

陳厚成、王寧主編《西方當代文學批評在中國》廣州：百花文藝出
　　版社，2000 年

陳青生《抗戰時期的上海文學》上海：人民出版社，1995 年

程季華主編《中國電影發展史》北京：中國電影出版社，1980 年

費正清編《劍橋中國晚清史（1800-1911）》上卷 北京：中國社會科
　　學出版社，1985 年

楊幼生、陳青生《上海「孤島」文學》上海：上海書店，1994 年

楊義《京派海派綜論》北京：新華書店，2003 年

楊義《中國現代小說史》北京：人民出版社，1998 年

楊義、張中良、中井政喜《二十世紀中國文學圖志》台北：業強出
　　版社，1995 年

楊義等《二十世紀中國小說與文化》台北：業強出版社，1993 年

劉心皇《抗戰時期淪陷區文學史》台北：成文出版社，1980 年

錢理群、溫儒敏、吳福輝合著《中國現代文學三十年》台北： 五南
　　圖書出版有限公司，2002 年

錢理群《中國淪陷區文學大系》南寧：廣西教育出版社，1998 年

魯迅《魯迅全集》北京：人民文學出版社，1981 年

魯迅《魯迅小說合集》台北：里仁書局，1997 年

趙家璧主編、茅盾編選《中國新文學大系──小說一集》台北：業

強出版社，1990 年

滕守堯主編、（美）斯佩克特著、高建平譯《佛洛伊德的美學──藝術研究中的精神分析法》成都：四川人民出版社，2006 年

蔣述卓、王斌、張康莊、黃鶯《城市的想像與呈現：城市文學的文化審視》北京：中國社會科學出版社，2003 年

錢鍾書《圍城》台北：輔欣書局，1990 年

錢鍾書《錢鍾書散文》杭州：浙江文藝出版社，1997 年

廚川白村著、林文瑞譯《苦悶的象徵》台北：志文出版社，1992 年

謝天振《譯介學》上海外語教育出版社，1999 年

鍾慧玲《女性主義與中國文學》台北：里仁書局，1997 年

戴叔清編《文學術語辭典》上海：上海文藝書局印行，1931 年

謝慶立《中國近現代通俗社會言情小說史》北京：群眾出版社，2002 年

顧燕翎編《女性主義經典：十八世紀歐州啟蒙，二十世紀本土反思》台北：女書文化出版社，1999 年

顧燕翎編《女性主義理論與流派》台北：女書文化出版社，1996 年

顧慧玲主編《女性主義與中國文學》台北：里仁出版社，1997 年

嚴家炎《論中國現代文學及其他》台北：新學識文教出版中心，1989 年

西格蒙德・佛洛伊德（Sigmund Freud，1856-1939）原著、車文博主編〈作家與白日夢〉《佛洛伊德文集》吉林：長春出版社，2004 年

西蒙・波娃（Simone de Beauvoir）著、歐陽子譯《第二性》台北：志文出版社，1992 年

米蘭・昆德拉（Milan Kundera）著、孟湄譯《小說的藝術》北京：三聯書店，2014 年

佛克馬（Douwe Fokkema）、蟻布思（Elyud Ibsch）合著，袁鶴翔等
　　合譯《二十世紀文學理論》台北：書林出版社，1987 年
格蕾·格林（Gayle Greene）、考比里亞·庫恩（Coppelia Kahn）編，
　　陳尹馳譯《女性主義文學批評》板橋：駱駝出版社，1995 年
弗留葛爾（John Carl Flugel）《服裝心理學》（The Psychology of Clothes）
　　台北：水牛出版社，1991 年
盧卡奇（Lukács György）著、楊衡達編譯、邱為君校訂《小說理論》
　　台北：唐山出版社，1997 年
賽凡提斯（Miguel de Cervantes Saavedra）著、楊絳譯《堂吉訶德》
　　台北：聯經出版公司，1985 年

（四）其他專著

巴金《巴金全集》北京：人民文學出版社，1989 年
巴金《激流三部曲》北京：人民文學出版社，1989 年
包天笑《釧影樓回憶錄》香港：大華出版社，1971 年
朱西寧《微言篇》台北，三三書坊，1981 年
汪辟彊《唐人小說》台北：河洛圖書出版社，1974 年
周瘦鵑《拈花集》上海：文化出版社，1983
李君維《人書俱老》長沙：嶽麓書社，2005 年
林太乙《林語堂傳》西安；陝西師範大學出版社，2002 年
林語堂《林語堂自傳》北京：群言出版社，2010 年
林語堂《生活的藝術》北京：華藝出版社，2001 年
林語堂著、徐誠斌譯《林語堂名著全集》長春：東北師範大學出版社，
　　1994 年
林語堂《啼笑皆非》台北：風雲時代出版公司，1989 年
林語堂（Lin Yutang），Between Tears And Laughter , The John Day Company

published, 1943.（Book contributor Universal Digital Library, Collection universal library）

東方蛺蝶著、陳子善編《東方蛺蝶小說系列》兩冊（《傷心碧》、《名門閨秀》）北京：人民文學出版社，2005 年

胡適《胡適文集》北京：人民文學出版社，1998 年

胡蘭成《中國文學史話》台北：遠流出版事業股份有限公司，1991 年

胡蘭成《今生今世》台北：三三書坊，1990 年

柯靈《文苑漫游錄》香港：三聯書店，1998 年

楊義選評《魯迅作品精華》三卷 香港：三聯書店，1998 年

蘇青《結婚十年》台北：時報文化出版有限公司，2001 年

蘇青《結婚十年正續》綏化：黑龍江人民出版社，1999 年

蘇青著、喻麗清編《蘇青散文》台北：五四書店，1989 年

蘇青著、方銘編《蘇青散文集》合肥：安徽文藝出版社，1997 年

語言文學類　PG2489　文學視界119

愛張・張愛
——讀解張愛玲

作　　者/嚴紀華
責任編輯/洪聖翔
封面手繪/J. Xu
封面設計/Mengyun Zhang
封面完稿/劉肇昇

發　行　人/宋政坤
法律顧問/毛國樑　律師
出版發行/秀威資訊科技股份有限公司
　　　　　114台北市內湖區瑞光路76巷65號1樓
　　　　　電話：+886-2-2796-3638　傳真：+886-2-2796-1377
　　　　　http://www.showwe.com.tw
劃撥帳號/19563868　戶名：秀威資訊科技股份有限公司
　　　　　讀者服務信箱：service@showwe.com.tw
展售門市/國家書店（松江門市）
　　　　　104台北市中山區松江路209號1樓
　　　　　電話：+886-2-2518-0207　傳真：+886-2-2518-0778
網路訂購/秀威網路書店：https://store.showwe.tw
　　　　　國家網路書店：https://www.govbooks.com.tw

2020年9月　BOD一版
定價：320元
版權所有　翻印必究
本書如有缺頁、破損或裝訂錯誤，請寄回更換

國家圖書館出版品預行編目

愛張.張愛：讀解張愛玲 / 嚴紀華著. -- 一版. -- 臺
　北市：秀威資訊科技, 2020.09
　　　面；　公分. -- (文學研究類；PG2489) (文學
視界；119)
　　BOD版
　　ISBN 978-986-326-847-5(平裝)

　　1.張愛玲 2.現代文學 3.文學評論

848.6　　　　　　　　　　　　　　109012737

讀 者 回 函 卡

感謝您購買本書，為提升服務品質，請填妥以下資料，將讀者回函卡直接寄回或傳真本公司，收到您的寶貴意見後，我們會收藏記錄及檢討，謝謝！
如您需要了解本公司最新出版書目、購書優惠或企劃活動，歡迎您上網查詢或下載相關資料：http:// www.showwe.com.tw

您購買的書名：_____

出生日期：_____年_____月_____日

學歷：□高中 (含) 以下　　□大專　　□研究所 (含) 以上

職業：□製造業　□金融業　□資訊業　□軍警　□傳播業　□自由業
　　　□服務業　□公務員　□教職　　□學生　□家管　　□其它____

購書地點：□網路書店　□實體書店　□書展　□郵購　□贈閱　□其他

您從何得知本書的消息？

　□網路書店　□實體書店　□網路搜尋　□電子報　□書訊　□雜誌

　□傳播媒體　□親友推薦　□網站推薦　□部落格　□其他_____

您對本書的評價：（請填代號　1.非常滿意　2.滿意　3.尚可　4.再改進）

　封面設計____　版面編排____　內容____　文／譯筆____　價格____

讀完書後您覺得：

　□很有收穫　□有收穫　□收穫不多　□沒收穫

對我們的建議：_____

_____

_____

_____

11466
台北市內湖區瑞光路 76 巷 65 號 1 樓

秀威資訊科技股份有限公司　　　收

BOD 數位出版事業部

....

（請沿線對折寄回，謝謝！）

姓　　名：＿＿＿＿＿＿＿＿＿　年齡：＿＿＿＿　性別：□女　□男

郵遞區號：□□□□□

地　　址：＿＿＿＿＿＿＿＿＿＿＿＿＿＿＿＿＿＿＿＿＿

聯絡電話：(日) ＿＿＿＿＿＿＿＿＿＿　(夜) ＿＿＿＿＿＿＿＿＿＿＿

E-mail：＿＿＿＿＿＿＿＿＿＿＿＿＿＿＿＿＿＿＿＿＿